ハヤカワ文庫NV

〈NV1508〉

深海のYrr（イール）

〔新版〕

2

フランク・シェッツィング

北川和代訳

早川書房

8914

DER SCHWARM
by
Frank Schätzing

Translated by
Kazuyo Kitagawa
Published 2023 in Japan by
HAYAKAWA PUBLISHING, INC.
This book is published in Japan by
arrangement with
VERLAG KIEPENHEUER & WITSCH GMBH & CO, KG
through THE SAKAI AGENCY, INC.

目次

深海のYrr（イール）〔新版〕 2

登場人物

シグル・ヨハンソン……………………ノルウェー工科大学教授。海洋生物学者

レオン・アナワク………………………クジラの研究者

ジャック・グレイウォルフ

（オバノン）……環境保護運動家

カレン・ウィーヴァー……………海洋ジャーナリスト

トム・シューメーカー
デイヴィー
}…………〈デイヴィーズ・ホエーリングセンター〉の共同経営者

アリシア（リシア）・

デラウェア………生物学専攻の女子大学生

スー・オリヴィエラ………………ナナイモ生物学研究所所長

ジョン・フォード…………………バンクーバー水族館海棲哺乳動物研究責任者

レイ・フェンウィック……………カナダ海洋科学水産研究所研究員

ロッド・パーム……………………ストロベリー島海洋観測所のオルカの専門家

ゲーアハルト・ボアマン…………海洋地球科学研究所ゲオマールの地球科学者

エアヴィーン・ズース……………同所長

ベルナール・ローシュ……………分子生物学者

ティナ・ルン………………………スタットオイル社石油資源開発推進プロジェクト副責任者

フィン・スカウゲン………………同社役員

クリフォード・ストーン…………同社石油資源開発推進プロジェクト責任者。ルンの上司

トゥール・ヴィステンダール……同社中央研究所副所長

コーレ・スヴェルドルップ………ルンの恋人

ジャック・ヴァンダービルト……CIA 副長官

サロモン・ピーク…………………アメリカ海軍少佐

ジューディス

（ジュード）・リー………同司令官

第一部　異変（承前）

四月三十日

カナダ　バンクーバー島

深い緑色の中で、夜がまばゆく輝いていた。

冷たさも暖かさも感じない。ただ心地よかった。息をしているかどうかは問題ではなく、呼吸に代わる機能が働き、自然の力に抱かれて自由に動くことができる。アナワクが深緑色の宇宙をしばらく漂っていると、途方もない恍惚感に襲われた。イカロスのように大きく腕を広げ、重力を失ったことに酔いしれて深い奈落に沈んでいく。奈落の底が輝いていた。どこまでも続く氷の風景。暗い深緑色の海は、夜の空に姿を変えた。

大氷原の縁に立つと、微動だにしない漆黒の水を眺めた。頭上には満天の星が輝いている。

心安らかだった。

こうして立っているだけで素晴らしかった。氷原の縁が切り離れて浮き上がり、彼を乗せて北の海に漂っていくだろう。そこで彼を待ち受けるのは疑問の重荷ではなく、わが家だ。彼のわが家。そこはわが家なのかもしれない。懐かしさが胸にこみ上げ、輝くような涙が目に溢れた。その涙を振り払うと、涙の粒が真っ暗な海に飛び跳ねてきらめきはじめた。少し離れたところで、海水が人の姿を作った。彼を待っているようだが、そこには到達できない。星々の光を浴びて佇(たたず)む人影が、輝くクリスタルのように浮かび上がった。

〈わたしは見つけた〉人影が言った。

顔も口もないのに、アナワクにはその声が聞こえた。足を踏みだすが、そこは氷原の端だ。漆黒の海に、恐怖を感じさせる、とてつもなく大きなものが泳いでいた。

〈何を見つけたのか？〉彼が尋ねた。

自分の声に驚愕した。唇からほとばしり出た言葉は、獰猛(どうもう)な動物の咆哮のようだ。人影の声とは対照的に、彼の言葉は氷の風景に広がる完璧な静寂を切り裂いた。突然、刺すような冷気を感じた。人影を探すが、どこかに消えてしまった。

〈もうわかってるでしょう？〉彼の耳もとで声がした。

横を見ると、地球外知的文明探査（SETI）の研究員、サマンサ・クロウの華奢（きゃしゃ）な姿が目に入った。

〈うまく話せないようね。それ以外はすごく回復しているわ。それにしても変な声！〉

〈すまない〉彼が口ごもった。

〈そうね、話す練習が必要ね。わたし、エイリアンを見つけたのよ。知らないの？　ついにコンタクトに成功した。素晴らしいでしょう！〉

彼の体に戦慄が走った。素晴らしいとは思わない。わけもなく、クロウの見つけたエイリアンがぞっとするほど怖かった。

〈それで……その正体は？〉

クロウは氷原の先の漆黒の海を指した。

〈そこにいる。あなたと知り合えて喜んでいる。コンタクトをとりたいらしい。でもそれには、あなたから会いにいかないと〉

〈ぼくにはできない〉

〈できないの？　どうして？〉

彼女は理解できないというように首を振った。

彼は、海を切り裂いてやって来る巨大な背を見つめた。十頭、いや百頭はいる。彼のために来てくれたのだ。そのとき、彼は知った。クジラは彼の恐怖を食べている。

〈ぼくは……とにかく無理だ〉

〈恐れてはいけない。さあ、始めるのよ！　この世でいちばん簡単なことよ。わたしたちのしていることに比べれば簡単なことだわ。わたしたちは果てしない宇宙の声に耳を澄まさなければならない〉

アナワクは激しく震えていた。氷原の先端まで行って見まわした。漆黒の海が星空を呑みこむあたりに、光が一つ輝きを放っている。

〈さあ！〉

ぼくは飛んでいる。生命に満ち溢れた深緑色の大海を。ちっとも怖くない。何が起きるというのだろう。水は確固とした大地のようにぼくを支え、強い意志の力でぼくはあの光に到達できる。クロウの言うように簡単だ。恐れることは何もない。

目の前を、巨大なクジラが潜っていった。大きな尾びれが星空にそびえ立つ。

何も恐れるものはない。

しかし彼は躊躇しすぎた。尾びれを眺めていると、不安に襲われた。彼には強い意志も、自然の法則に打ち勝つ力もない。ついに一歩を踏みだすが、瞬く間に氷の海に沈んでいった。冷たい波に激しく頭をぶつけ、何もかもが真っ黒になった。悲鳴を上げようとして海水を飲みこんだ。肺に水が入って呼吸ができない。容赦なく深海に引きずりこまれていく。

心臓が激しく打ち、こめかみが激しく脈打った。ハンマーで殴られたような衝撃……アナワクは飛び起きて、頭上の厚板に頭をぶつけた。

「くそ」

彼はうめいた。

こめかみが脈打っていた。衝撃ではなく、木の板を指関節でたたくような規則的な音がした。横を向くと、アリシア・デラウェアの姿が目に入った。船室のベッドに身をかがめている。

「ごめんなさい。あなたが、ロケットのように飛び起きるとは思わなかったから」

彼はじっと見つめた。デラウェア？

そうだ。次第に記憶が戻り、どこにいるのかわかった。頭を抱え、ぶつぶつと不平をつぶやくと、もう一度横になった。

「何時だ？」

「九時半」

「くそ」

「大丈夫？　悪い夢でも見たの？」

「くだらない夢さ」

「コーヒーを入れるわ」

「コーヒー？　ああ、飲みたいな」

ぶつけた額を指先で触れた。痛い。瘤（こぶ）になるかもしれない。

「目覚まし時計はどこだ？　七時にセットしておいたのに」

「聞こえなかったのよ。でも不思議ではないわ、あんなことがあったあとでは」

彼女は小さな台所に行き、あたりを探した。

「吊り戸棚の左側に、コーヒーとフィルターとミルクと砂糖がある」

「お腹（なか）空いた？　朝ご飯を作るけど……」

「いや」

彼女は肩をすくめ、コーヒーメーカーに水を入れた。アナワクはしばらく彼女を見つめ、ベッドから立ち上がった。

「あっちを向いてくれ。着替えるから」

「あら、恥ずかしがらなくてもいいのに」

彼はしかめ面をしてジーパンを探した。テーブルの横のベンチに丸めておかれていた。着替えをするのはひと苦労だった。目眩（めまい）をこらえ、痛む脚を無理やりズボンに入れた。

「ジョン・フォードから電話は？」

「ええ、少し前に」

「くそ」

「え？」

「よぼよぼの爺さんでさえ、ぼくより速くズボンがはける。くそ、どうして目覚ましが聞こえなかったんだ」

「レオン、あなたばかじゃない？　飛行機が落ちて死にかけたばかりのところなのよ。あなたの膝は腫(は)れているし、わたしもまだ頭が痛む。とにかく運がよかった。ダニーやパイロットのように死んでもおかしくなかった。それなのに、目覚まし時計に文句を言ったり、体を思うように動かせないと罵(のの)しったり。いいかげんにしたら」

彼はベンチに腰を下ろした。

「そうだな。それで、ジョンは何と言っていた？」

「データが全部揃って、ビデオを見てたそうよ」

「それはよかった。それで？」

「それだけ。あなたは自分で結論を出すべきだって言ってたわ」

「それでおしまい？」

彼女はフィルターにコーヒーパウダーを入れてマシンにセットし、スイッチを入れた。

数秒後、音がしはじめると、コーヒーの香りがキャビンに広がった。

「あなたはまだ眠っていると彼に言ったの。そしたら、起こすなって」

「どうしてそんなことを？」

「彼、あなたに早く回復してほしいのよ」

「ぼくはもう大丈夫だ」

しかし、本当に大丈夫なのか自信はない。ＤＨＣ－２はジャンプしたコククジラと衝突し、右の翼がもぎ取られた。狙撃手のダニーは即死だっただろう。遺体は見つからなかったが、疑う余地はない。彼は衝突の前に機内に戻れず、そのため墜落したときに機体の扉は開いたままだった。しかし、アナワクはそれで命拾いをした。開いた扉から外に放りだされたのだ。そのあとのことは思い出せない。いつ膝を捻挫したのかもわからなかった。ウィスラー号の船内でようやく意識を取り戻し、激痛を感じた。

そして、隣に横たわるデラウェアが目に入ると、その痛みは吹き飛んだ。彼女は死んだと思ったのだ。だが、死んでいないと誰かが言うのを聞いて、彼は胸を撫で下ろした。彼女はもっと運がよかったそうだ。パイロットの体がクッションとなったのだ。意識が朦朧とする中、沈んでいく機体から抜けでることができた。機体は一分もしないうちに沈んでしまったそうだ。ウィスラー号の乗員がアナワクとデラウェアを海から引き上げたが、パイロットはDHC－2とともに深海に姿を消した。

悲劇は起きたが、それでも計画は成功に結びついた。ダニーはタグをルーシーに確実に撃ちこんだ。URAがクジラの群れを追跡し、クジラに襲われることなく、二十四時間の映像を記録した。映像データは、早朝から水族館で待機するジョン・フォードのもとに届けられた。さらに、タグから衛星に送信された遠隔測定（テレメトリ）データは、フランスの宇宙開発機関CNESを経由して戻ってきた。事故さえ起きなければ、四人は地上に降り立ち、互いの肩をたたき合ったことだろう。

事態は悪くなるばかりだ。次々と人が死んでいく。彼でさえ二度も死ぬところだった。ストリンガーの死から驚くほど早く立ち直れたのは、グレイウォルフに対する怒りが彼の感情を焼きつくしたからだろう。墜落事故に遭って以来、彼は惨（みじ）めだった。それは、何年も人を苦しめる病気に襲われたような感覚だ。病気は不安や自己不信、強烈な脱力感を伴って現われる。まだショック状態にあるのだろうが、それだけではない。飛行機から投げだされて以来、常に感じる目眩や胸の痛み、パニックの傷痕に苦しめられていた。

まだ回復してはいない。傷ついたのは膝だけではない。

傷は心の奥にも負っていた。

昨日はほとんどを眠って過ごした。ディヴィーやシューメーカー、スキッパーたちが見舞いに来てくれた。フォードは何度も電話をよこし、容体を尋ねてくれた。そのほかに、彼を気遣う者はいない。アナワクに同情してくれるのは、ひと握りの友人たちだけなのだ。一方、アリシア・デラウェアは、両親や大勢の知り合いから、バンクーバー島を離れるように強く迫られた。

彼の病気は医者では治せない。

デラウェアが入れたてのコーヒーを彼の前においた。眼鏡の青いレンズ越しに、アナワクをじろじろ眺めていた。彼はコーヒーをひと口すすって舌先をやけどし、携帯電話を要求した。

「個人的なことを訊いてもいい？」

彼女が尋ねた。彼は一瞬どきりとして、首を振った。

「あとにしてくれ」

「あとって、いつ？」

アナワクは肩をすくめると、水族館のフォードに電話した。

「こっちは、データの整理がまだ終わっていない。きみはゆっくり休め」

フォードは言った。

「リシアに言ったそうですね。自分で結論を出すべきだと」

「そうだ、整理をし終えてからのことだが。大半がつまらないデータだ。だから、きみがこっちに来る前に、全部見てしまうつもりだ。そのほうがきみにも都合がいいだろう」

「いつ頃までかかりそうですか？」

「そうだな、四人がかりだから。二時間、いや三時間くれないか。午後の早い時間にヘリコプターを手配しよう。ヘリコプターをいつも使えるのは対策本部の利点だ。こんなことに慣れたくはないが」

　彼は笑った。

「そのあいだに一つ頼みがある。説明する時間はないが、海洋観測所のロッド・パームに電話してくれないか」

「パームに？　何の用件で？」

「一時間前に、彼とナナイモの生物学研究所、海洋科学研究所とで会議をしたんだ。スー・オリヴィエラでもいいが、パームはきみのすぐ近くにいるから」

「くそ！　どうして誰も電話してくれないんだろう」

「きみに充分な睡眠をとってもらいたいからだよ」

　アナワクは不平を言って電話を切った。ストロベリー島の海洋観測所に電話をかけると、パームがすぐに出た。

「きみか！　フォードと話したんだね」

「そうです。地球を揺るがす大発見があったんでしょう？　なぜ、ぼくに電話してくれないんですか？」

「きみには休養が必要だ」

「くだらない」

「とんでもない。きみには充分な睡眠をとってほしかったんだ」

「同じ言葉を三十秒前に聞きました。今日、これで二回目ですよ。いや、三回目だ、リシアのおせっかいを加えれば。ぼくはもう大丈夫です」

「こっちに来ないか？」

「ボートで？」

「ほんの二、三百メートルだ。それに、湾の中では何も起きてないし」

「わかりました。十分で着きます」

「ありがとう」

デラウェアが眉根を寄せて、コーヒーカップの向こうから彼を見つめていた。

「新しいことでも？」

「誰もがぼくを病人扱いする」

「そんなつもりはないわ」

彼は立ち上がると、ベッドの下の引き出しを開けて、新しいシャツを取りだした。

「ナナイモの生物学研究所で何か発見したらしい」

彼はぶっきらぼうに言った。

「何を？」

「知るもんか」

「そう」

「ロッド・パームのところに行ってくる……きみも行かないか？　時間とその気があれば」

「いっしょに連れていってくれるの？　名誉なことだわ」

「冗談を言ってる場合じゃない」

「冗談じゃないわ」

彼女は鼻に皺を寄せた。前歯の先が下唇にのっていた。アナワクは、その歯並びをなんとかしてもらいたいと思った。見るたびに、ニンジンを想像してしまうのだ。

「あの事故からずっと、あなたは機嫌が悪くて、誰もまともな話ができなかった」

「きみがもし……」

彼は言いかけて、口をつぐんだ。デラウェアが彼を見つめる。

「わたしもいっしょに飛行機に乗っていた」

「すまない」

「わたしは怖くて死にそうだった。誰でもすぐにママのところに飛んで帰るわ。けれど、あなたはアシスタントを失ってしまった。だから、わたしはママのところに帰らないで、無愛想なあなたのそばに残ることにした。今、何を言おうとしたの？」

彼は額の瘤に触れた。瘤は大きくなって、痛かった。膝も痛んだ。

「べつに何も。きみは落ち着いた？」

彼女は眉を上げた。

「わたしは興奮なんかしてないわ」

「行こうか」

「個人的なことを訊いてもいい？」

「だめだ」

デビルフィッシュ号に乗って小島に渡るのが、現実とは思えなかった。クジラの襲撃など嘘のようだ。ストロベリー島は島全体が樅の木の茂る丘で、五分も歩けば一周できる小さな島だ。今日は風もなく、鏡のような水面に暖かい陽光が降り注いでいた。アナワクはどこかに尾びれや、黒い背が見えないかと、あたりを眺めた。しかし、あの襲撃以来、トフィーノでオルカを見かけたのは二度だけだ。それは凶暴性を示さない定住型オルカだった。回遊型のクジラだけが異常行動をすると考えるのは、正しいのかもしれない。

異常行動はあとどのくらい続くのだろうか？

ゾディアックを島の桟橋につないだ。パームの観測所は、すぐ向かいにおかれた古い船だ。ブリティッシュ・コロンビア・フェリーの第一号で、今は切り倒した木を支えにして陸に揚げられている。まわりを流木や錆びついた錨が囲んでいた。パームはその船をオフィス兼自宅として使い、二人の子どもと暮らしていた。

アナワクは足を引きずらないように、苦労して歩いた。デラウェアは何も言わない。彼に腹を立てているようだ。

数分後、三人は船尾で、白樺を編んで作ったテーブルを囲んで座っていた。デラウェアはコーラをちびちびと飲んでいた。対岸にトフィーノの家並みが見える。目と鼻の先だが町の喧騒は届かず、聞こえてくるのは自然の立てる音だけだった。

「膝は大丈夫か？」

パームが心配そうに尋ねた。彼は白い髭を生やし、額の禿げ上がった愛想のいい男で、パイプをくわえて生まれてきたような愛煙家だ。

「それより、あなたたちが発見したものの話を聞かせてください」

アナワクは腕を伸ばして、頭痛を忘れようとした。

「レオンは、体調について訊かれるのが嫌なんです」

デラウェアがすかさず指摘した。

アナワクは意味不明の言葉をつぶやいた。当然、彼女の言うとおりだ。怒りのバロメータが落ちこんだ。

パームが咳払いをした。

「レイ・フェンウィックとスー・オリヴィエラとずいぶん話し合ったんだ。J－19の公開解剖から、連絡をとり合っていたから。だが、それだけの理由ではない。きみたちの飛行機が墜落した日、もう一頭クジラが漂着した。私の知らないコククジラで、どこにも登録はない。フェンウィックはこっちに来る時間がなかったから、私と助手たちで解剖し、ナナイモに分析用のサンプルを送った。言っておくが、おぞましい仕事だ。心臓をむきだしにしたあとで、いつの間にか私は胸郭の上に立っていた。そして、足が滑って中に落ちた。血やら粘液やらが頭の上から降り注ぎ、長靴の中にまで入ってきた。食事中のゾンビのような姿だっただろう。ロマンチックな冒険だな。もちろん、脳の一部も取りだした」

　またクジラが死んだと思うと、アナワクは胸が痛んだ。クジラが異常な行動をするからといって、憎むことはできない。彼には、クジラは昔のままの素晴らしい生き物だ。保護する必要のある存在なのだ。

「死因は？」

　パームは両手を広げた。

「感染症かもしれない。ジンギスにも、フェンウィックは同じ診断を下した。ところが奇妙なことに、二頭のクジラには、絶対にクジラにはありえないものがあった」

　彼は人差し指でこめかみを指し、ぐるぐるまわした。

「フェンウィックは血液凝固のようなものを、クジラの脳に見つけたのだ。厳密に言えば、脳幹だ。脳と頭蓋のあいだに出血もあった」

　アナワクは耳をそばだてた。

「血液凝固？　二頭とも？」

「最初はそう思ったのだが、血液ではなかった。フェンウィックとオリヴィエラは、クジラの異常行動の原因は騒音にあるのではないかと考えている。ただ、明確な証拠が見つかるまでは、公表するつもりはない。だが、今までフェンウィックがよく批判していた、ソナーが引き起こす……」

「サータスＬＦＡ？」

「そうだ」

「それは関係ないですよ」

「何のことか教えてもらえます？」

デラウェアが口をはさんだ。

「何年か前、アメリカ政府が海軍を特別扱いして、潜水艦の探知目的で低周波ソナー導入の許可を与えた。それがサータスＬＦＡと呼ばれるシステムで、そこらじゅうで試している」

パームが説明した。

「本当に？　海軍は海棲哺乳動物保護の協定を結んでいるのだと思っていたわ」

アナワクが薄笑いを浮かべた。

「たいていの人がたいていの協定を結んでいるものだ。そして、必ず抜け道がある。アメリカは、世界の海の八十パーセントを監視するという欲望を抑えきれない。まさにサータスＬＦＡはそれが可能だ。そこで、アメリカ政府は海軍にはその協定を免除することにした。新システムには三億ドルの費用をかけたし、クジラに害は与えないと誓ったからだ」

「でも、ソナーはクジラに影響するでしょう。ばかでも知ってるわ」

「充分な証拠はないんだ。過去の実験では、クジラやイルカがソナーに敏感に反応した。だが、採食法や繁殖や回遊にどう影響するのかは、解明されていない」

パームが説明した。

アナワクは鼻を鳴らした。

「ばかばかしい。クジラの鼓膜は百八十デシベルで破れる。新システムの水中スピーカー一台は、二百十五デシベルの音を出す。全部合わせれば、当然もっと大きくなる」

デラウェアは二人の顔を交互に見た。

「それで……クジラはどうなるの?」

パームが口を開いた。

「フェンウィックとオリヴィエラが疑うのは、まさにそこだ。何年も前、海軍は世界のさまざまな海で、クジラやイルカにソナー実験を行なったが挫折した。たくさんのクジラが死んだからだ。すべて脳や内耳に大量出血が認められた。つまり、大きな音が引き起こす典型的な症状だ。環境保護団体が、クジラが死んだすぐ近くでは、いつもNATOの演習が行なわれたことを証明した。だが、海軍にそれを訴えてみてごらん!」

「否定したの?」

「海軍は何年間もすべての関連性を否定したが、結局、いくつかのケースでは責任を認めざるをえなくなった。しかし、われわれの手に入る情報はどんどん少なくなる。結局、死んだクジラの損傷を調べるしか方法がない。そして、研究者はそれぞれの理論を展開する。たとえば、フェンウィックは海中の騒音がクジラの頭を集団で狂わせたと考えている」

「ばかな。音はクジラの方向感覚を狂わせるんだ。座礁することはあっても、船を襲ったりはしない」

アナワクがうなるように言った。

「フェンウィックの理論は考えるに値すると思うわ」

デラウェアが言った。

「そうかい？」

「そうよ。クジラは頭がおかしくなった。最初は数頭だったけど、そのうち集団でおかしくなった」

「リシア、くだらないことを言うな！　ＮＡＴＯがカナリア諸島で実験をしたあと、ツチクジラが座礁した。ツチクジラほど音に敏感なクジラはいないんだ。もちろん頭がおかしくなった。パニックに駆られて本能を失い、浜に漂着したのだから。クジラは音から逃げたんだ」

「発信源を攻撃するんじゃないの？」

デラウェアが食い下がった。

「何の発信源だ？　ゾディアックの船外機か？　ほかにどんな音があるんだ？」

「きっとほかの騒音があったのよ。水中爆発とか」

「この近辺にはない」

「どうしてわかるの？」

「わかりきったことだ」

「そうね、そのとおりね」

「いったい何が言いたいんだ！」

「何百年も前から、クジラの座礁はあったわ。このブリティッシュ・コロンビアでも。昔の言い伝えでは……」

「誰もが知る話だ」

「それで？　先住民はソナーを持ってたの？」

「そんな話が関係あるのか？」

「関係あるわ。クジラが座礁するのは衝動的に……」

「ぼくは衝動的な人間なのか？」

デラウェアは燃える目で彼を睨みつけた。

「わたしが言いたいのは、集団座礁は必ずしも人工的な音に関係ないということ。逆に言えば、音は座礁とは違う何かをクジラに引き起こす」

パームが両手をあげた。

「ちょっと待った！　議論しても無駄だ。フェンウィックでさえ、彼の理論は穴だらけだと考えているのだから。彼はクジラの集団異常は……きみたち聞いているのか？」

二人はパームを見た。

彼は二人が聞いているのを確認して、話を続けた。

「フェンウィックとオリヴィエラは血液凝固のようなものを発見したが、それは外部からの影響で発生したと考えた。表面が血のように見えたから、そう結論したのだ。しかし、その物質を取り出して分析したところ、クジラの血液が染みこんでいただけだとわかった。物質自体は透明で、空気に触れるとたちまち分解してしまう。だから、大部分は残っていなかったんだ」

パームは身を乗りだした。

「分析結果は、何週間か前に検査したサンプルの結果と一致した。彼らはクジラの脳にあった物質を、すでに見ていたんだ、ナナイモで」

アナワクはしばらく言葉が出なかった。

「それは何だったんですか？」

しわがれた声で訊いた。

「バリア・クイーン号の船体に密生する貝の中に、きみが見つけたものだ」

「クジラの脳の中にあったものと、船体の……」

「同一の有機体だった」

「未知の有機体と一致」

アナワクがつぶやいた。


わずか二、三時間出かけただけでアナワクは疲労困憊した。彼はデラウェアといっしょにトフィーノに戻ってきた。膝が痛く、桟橋につながる木の階段を上るのも苦労だった。膝の痛みは体を動かすことも、考えをめぐらすことも妨げた。気持ちが落ちこみ、途方に暮れて、何もかもが不愉快だった。

歯を食いしばり、誰もいない〈デイヴィーズ・ホエーリングセンター〉の売店に足を引きずりながら入った。冷蔵庫からオレンジジュースを取りだすと、カウンターの後ろの椅子に腰を下ろした。頭の中では無意味な考えが渦巻いている。まるで、犬が自分の尻尾に嚙みつこうとするようだ。

デラウェアがあとから入ってきて、ぐずぐずとあたりを見まわした。

「好きなものを飲むといい」

アナワクは冷蔵庫を指して言った。

「飛行機を墜落させた、あのクジラ……」

彼女が言いかけた。

彼は瓶の栓を開けると、ひと口飲んだ。

「つまむものは何もないが、好きにやってくれ」

「レオン、あのクジラも怪我をしたわ。もしかすると死ぬかもしれない」

彼は考えこんだ。

「そうだな」

彼女はクジラのプラモデルが陳列された棚に近づいた。親指大のものから、腕の半分ほどの大きさのものまでが飾ってある。尾びれで立ち上がるザトウクジラの模型が多い。彼女はそのうちの一つを手に取ると、指でひっくり返した。アナワクはその様子を眺めた。

「クジラはあんなこと進んでしないわ」

彼は顎をさすった。やがて身をかがめると、無線機の隣にある小型のポータブルテレビをつけた。頼まなくても、彼女はそのうち出ていくかもしれない。彼女がそばにいることが嫌なのではない。彼女に八つ当たりする自分が嫌だったのだ。一方で、一人になりたいという欲求も急速に大きくなっていく。

デラウェアは模型のクジラを大事そうに棚に戻した。

「個人的なことを訊いてもいいかしら？」

またか！　アナワクは嫌味な返事を考えたが、やがて肩をすくめた。

「お好きにどうぞ」

「あなたはマカ族なの？」

驚きのあまり、危うく瓶を落とすところだった。それを訊きたかったのか。先住民かどうかを知りたかったのだ。

「なぜ、そう思うんだ？」

「飛行機に乗る前に、シューメーカーに言ったでしょう。グレイウォルフがあんなに強く捕鯨に反対したから、マカ族の機嫌をそこねる。マカ族は先住民でしょう？」

「ああ」

「あなたの部族？」

「マカが？　いや、ぼくはマカじゃない」

「あなたは……」

「リシア、自分の家族の歴史を話す気分にはなれないんだ」

「わかったわ」

彼女は唇を嚙みしめた。

「フォードから電話があったら連絡する。それとも、きみが電話をくれるか。ぼくを起こさないように、きっとフォードはきみに連絡するだろう」

彼女は赤毛のポニーテイルを揺らして背を向けると、ゆっくり戸口に向かった。そこで立ち止まり、振り返らずに言った。

「一つだけ言わせて。グレイウォルフに命を助けてもらったお礼をいいなさい。とにかくわたしはあそこに行ってきたけれど」

「きみが行った……」

彼は、はっとした。

「ええ、もちろん。あなたは、ほかのことでは彼を嫌ってもいいけど、いくら感謝してもたりないのよ。彼がいなければ、あなたは死んでいたのだから」

彼女は言って、出ていった。

アナワクはその後ろ姿をじっと見送った。瓶をテーブルにたたきつけるようにおいて、深く息を吸った。

感謝する。グレイウォルフに。

彼はいつまでも座りこんでいた。テレビのチャンネルを変え、ここ数日のブリティッシュ・コロンビア沿岸の状況をレポートした特別番組を見つけた。同じような番組はアメリカの放送局でも放送していた。アメリカでもクジラの襲撃のために、沿岸の海上輸送が麻痺(まひ)しているようだ。ニューススタジオでは、海軍の制服を着た女性のインタビューが行なわれている。短いストレートの黒髪に、アジア的な美しさを持つ顔立ち。おそらく中国系だ。いや、中国系ハーフだろう。たった一つ違和感があった。彼女の瞳はおよそアジア人には似つかわしくない、水のように透き通ったブルーだったのだ。

名前がテロップに出ていた。アメリカ海軍司令官ジューディス・リー。

「ブリティッシュ・コロンビア沿岸水域を描き直さなければなりませんか？　つまり、自然に戻すということですが」

キャスターが質問した。

「自然に何かを戻さなければならないとは思いません。たとえ改善しなければならない問題があったとしても、わたしたちは自然と調和して生きているのです」

彼女が答えた。

「今では、調和という言葉はどこにも聞かれませんね」

「わたしたちは国境のこちら側やあちら側で、最高の科学者や研究機関と連携しています。クジラが集団で異常行動を起こしていると警告をすれば、注意を喚起できます。ですが、それは同時に、状況を脚色し、人々をパニックに陥れ、混乱を招く恐れもあるのです」

「集団現象ではないと？」

「どのような現象なのか推測するには、まず現象であるという前提が必要です。今のところは、同様の出来事が問題にされているのであり……」

キャスターがさえぎった。

「事件は一般には知らされませんが、なぜでしょうか？」

「いいえ、お知らせしていますよ。今この瞬間も」

リーは笑みを浮かべた。

「こうして話を伺（うかが）えるのは嬉しいが、驚きでもあります。ここ数日、アメリカでもカナダでも情報規制がかなり厳しくなった。専門家の意見を聞くのはまず不可能です。なぜなら、あなたのお国の当局によって、専門家への接触がブロックされているから」

「そんなはずはない。グレイウォルフはべらべらしゃべっている。聞いていないのか？」

アナワクはうなった。

しかし、誰かがバンクーバー水族館のジョン・フォードにインタビューを申しこんだか？　カナダ海洋水産研究所のレイ・フェンウィックには？　ロッド・パームはオルカ研究の第一人者だが、新聞やテレビから意見を求められたか？　ぼくだって《サイエンティフィック・アメリカン》に海棲哺乳動物の知能研究について記事を書いたばかりだ。それなのに、マイクを持ってやって来る記者は一人もいない。

ようやく彼は事態の不自然さに気がついた。テロや飛行機事故、自然災害などの場合は、二十四時間以内に必ず専門家や自称専門家がテレビカメラの前に引きだされるものだ。

当局は水面下で活動している。

確かにグレイウォルフも、新聞のインタビューを最後に公(おおやけ)の場では見かけない。それまでは、過激な環境保護論者としてアピールするチャンスが掃いて捨てるほどあった。ところが、ある日突然、トフィーノのヒーローの話題は途絶えてしまったのだ。

リーは答えた。

「それは少し偏(かたよ)った見方です。状況は普通ではありません。過去に同じような事態が発生したことがないのです。あとから取り消すことはできませんから、専門家の皆さんには早まった結論を出してほしくない。それを考えると、多少の制約は必要だと思います」

「つまり、すべてを掌握したいと？」

「そのつもりです」

「うまくいっていないと言う人もいますが？」

「わたしたちに何を期待されるのかはわかりませんが、アメリカは、クジラに対して戦艦やブラックホークを向けるようなことは決してしません」

「毎日、新しい犠牲者が出ます。ですが、カナダ政府はブリティッシュ・コロンビア水域を危険地域に指定するにとどまっていますが……」

「小型船の場合です。普通の貨物船やフェリーには被害はありませんから」

「この数日、船の行方不明事件はなかったのですか？」

「もう一度はっきり言いますが、それらは漁船です。小型モーターボートなのです。船舶の行方不明事件は常に起きており、調査もしています。生存者の探索を全力で行なっているのは言うまでもありません。ですが、外洋で起きた原因のはっきりしない事件のすべてを、クジラによる襲撃と結びつけるのは危険なのです」

リーは忍耐強く説明した。

キャスターは眼鏡の位置を直した。

「私の聞き違いでなければ、バンクーバーの船会社イングルウッドが所有する大型貨物船が海難事故に遭ったとか。そして、タグボートが沈んだ」

リーは両手の指先をつき合わせた。

「バリア・クイーン号のことですか？」

キャスターは右手に持ったメモ用紙に視線を落とした。

「そうです。報道されていませんが」

「当然、報道なんかされていない！」

アナワクは口に出して言った。シューメーカーにその件を調べるように頼んだことを、すっかり忘れていた。

「バリア・クイーン号は舵板に損傷を受けました。タグボートは船を連結する際に操船ミスが原因で沈んだのです」

リーが答えた。

「クジラに襲撃されたのではないのですか？　メモには……」

「あなたのメモは間違いです」

アナワクは凍りついた。この女性はいったい何を言っているのだ。

「では、司令官、トフィーノ航空の水上飛行機が墜落した事件について、何か教えていただけませんか？」

「航空機の墜落事故はありました」

「クジラと衝突したそうですね」

「調査中ですが、個々の事件について、わたしは話すことはできません。わたしの任務はもっとハイレベルな……」

キャスターはうなずいた。

「では、その任務について教えてください。具体的にはどのような仕事ですか？　ただ状況を見ておられるだけのようですが」

リーの朗らかな顔が引きつった。

「対策本部の任務は事態に対応することです。緊急事態と向き合い、解決することなのです。事態の早期把握、原因の徹底解明、予防措置、住民の避難など、すべてがわたしたちの任務です。しかし先ほども言ったように、まったく新しい事態が起きている。だから、これまでの体験に照らして、事態を早期に把握し予防策を講じることは難しかった。けれども、そのほかは掌握しています。クジラに襲われる危険のある船舶は海に出ません。必要な船舶輸送は航空機に切り替えています。大型船には護衛艦をつけ、軍が空からくまなく監視しています。さらに、科学調査には膨大な予算を投じています」

「武力的な解決は除外されて……」

「除外ではなく、限定しているのです」

「環境保護組織は、文明社会がクジラの異常行動の原因だと言っていますが。騒音、水質汚染、海上交通……」

「それは調査中です」

「どこまでわかりましたか？」

「繰り返しになりますが、確かな原因究明がなされないかぎり、わたしたちも、ほかのどなたも推測は禁物です。漁業組合も、産業界も、船舶組合も、クジラの観光業や捕鯨支持者も、自分勝手に事態を理解し、脚色することは許されません。クジラが襲撃をするとしたら、窮地に追いこまれたか、病気なのです。その場合、武力を行使しても意味はない。原因を究明すれば、事態も収束に向かうはず。それまでは、海に近づかないことです」

「ありがとうございました、司令官」

キャスターは言って、カメラに顔を向けた。

「ただいまのインタビューは、カナダ・アメリカ共同対策本部および調査委員会で、アメリカ合衆国海軍を代表される、ジューディス・リー司令官でした。では、そのほかの今日のニュースをお伝えします」

アナワクはテレビのボリュームを下げると、ジョン・フォードに電話をかけた。

「ジューディス・リーとは何者です？」

「まだ会ったことはないが、この辺を飛びまわっているよ」

「カナダとアメリカが共同対策本部を設置したとは、知らなかった」

「何もかも知る必要もないだろう。きみは生物学者だ」

「クジラの襲撃のことで、誰かからインタビューを受けましたか？」

「オファーはあったが、実現しなかった。きみにも、テレビ局から何度も依頼が来た」

「ばかな！　なぜぼくに直接……」

「レオン、言えるはずがないだろう。リーがすべて遮断したのだから。それでいいのかもしれない。きみが国や軍の傘下に入ってごらん、すぐにきみは沈黙を要求される。きみの行動は何もかも秘密にされる」

フォードは午前中より、さらに疲れているようだ。

「それでは、なぜ、ぼくたち二人は自由に意見交換ができるんですか？」

「同じ船に乗っているからだよ」

「それにしても、あの司令官の説明はとんでもない！　バリア・クイーン号の……」

「レオン、きみは事件が起きたときに現場にいたのか？」

フォードはあくびをした。

「それを引き合いに出すのはやめましょう」

「そうではない。私は、イングルウッド社のロバーツが言ったことを、きみほど疑ってはいない。それでも、ちょっと考えてみよう。貝が船体に密生した。生物学的に見て奇妙な貝が蠢いていた。これらが、バリア・クイーン号の事件だ。クジラがタグボートのケーブルにジャンプした。あ、まだあったね。きみがドックに潜った際に、何かがきみの顔に飛びかかり、どこかに消えた。そして、フェンウィックとオリヴィエラはクジラの脳内に粘着性の物質を発見した。きみは、こういうことをすべて公表するつもりか？」

アナワクは黙りこんだ。

「なぜ、イングルウッドと連絡がとれないのだろうか？」

やがて尋ねた。

「さあね」

「あなたならわかるはずだ。カナダの対策本部、科学調査チームのリーダーなのだから」

「そうだよ！　彼らは私に資料を提出するはずなのに、どういうわけか提出しない」

「イングルウッドと対策本部は同じ船に乗っている」

「そういうことだ。この件について、もっときみと話したいが、まずはＵＲＡのビデオを片づけないと。考えていたより時間がかかるな。スタッフの一人が体調をくずして寝こんでしまったんだ。今日中には終わりそうもない」

「くそ」

アナワクが悪態をついた。

「また電話するよ。きみが居眠りをしているときは、リシアに……」

「ぼくならいつでも大丈夫」

「それにしても彼女はよくやってくれているね」

もちろんよくやってくれている。誰もそこまでは望めないというほど献身的に。

「ええ、まあ」

アナワクは不服そうにつぶやいた。

「ぼくにできることは？」

「よく考えること。散歩でもして、それとも、ヌートカ族の首長に会いにいくか。先住民なら何か知っているだろう。こんなことは大昔にも起きたと語ってくれたら感激するな」

フォードは声を上げて笑った。

冗談の好きな男だと、アナワクは思った。

彼は電話を切ると、通りに面した窓を見つめた。

やがて立ち上がって部屋の中を行き来しはじめた。膝は痛むが、うまく歩けないことを罰するかのように歩き続けた。

このままだと被害妄想に陥るかもしれない。今でさえ、皆は自分と付き合う気があるのだろうかと疑いはじめている。誰も電話をしてこないし、こちらから尋ねないかぎり、答えてもくれない。皆は、うまく歩けない病人のように自分を扱う。確かにさまざまなことがあった。まずボートから投げだされ、そのあとで飛行機から投げだされ……

だが、それだけが問題ではない。

彼はクジラの模型の前で立ち止まった。

自分を遠ざけようとする者はいない。病人扱いする者もいない。フォードはビデオを見終わるまでは何も示唆できないから、水族館に来て手伝えとは言わないのだ。デラウェアも適度な距離をとって面倒をみてくれる。自分で自分を傷病兵とみなし、我慢できないと感じていただけなのだ。

では、何をすればいいのか？

悪循環を断ち切るには、何をすれば最善か？　正しい道に戻れることをする。他人に要求するのではなく、自分自身に挑戦する。特別なことをするのだ。

特別なこととは何だろうか？

フォードは、ヌートカ族の首長に聞いてみろと言わなかったか？

〈先住民なら何か知っているだろう〉

本当にそうだろうか？　一八八五年、インディアン法の制定により、カナダ先住民の知識を代々口伝えで継承する慣習は断ち切られた。政府は先住民を白人社会に統合するため、故郷から移住させ、子どもたちを学校に通わせ、アイデンティティを奪い取ったのだ。インディアン法とは、独自の社会に調和していた先住民に寛大に手を差しのべて、異質な社会に統合させるものだった。インディアン法の悪夢は後々まで続き、ようやく数十年前から、先住民は独自の生活を取り戻すようになった。人々は、百年も前にばらばらになった言い伝えをふたたびたぐり寄せた。しかし、カナダ政府は生活の埋め合わせには奔走したが、先住民の文化の再生を話題にすることはなかった。

昔の言い伝えを知る先住民は少ない。

誰に尋ねればいいのか？

長老たちか。

アナワクは足を引きずってベランダに出ると、メインストリートに目を走らせた。ヌートカ族とのコンタクトはほとんどなかった。ヌートカとは彼らの言葉でヌゥ・チャ・ヌルス、山に住む者という意味だ。ヌートカ族は、ブリティッシュ・コロンビア州西海岸に住む主要な部族の一つだ。ほかに、チムシアン族、ギクサン族、スキーナ族、ハイダ族、クワキウトル族、サリッシュ族などがある。一般の人々には、さまざまな部族、家系や語系を区別分類するのは困難だ。小さな入江ごとに異なる言葉や生活様式を持つ、いわゆる先住民文化を把握するのは不可能に近い。

だから、フォードが言ったことは冗談としか受け取れない。先住民の謎めいた伝説が事件解決の鍵となるのは、映画の中の話なのだ。問題は、その先住民がいないことだ。バンクーバー島沿岸の太平洋の話を知るには、島の西部に住むヌートカ族に頼るのがいちばんだが、彼らの祖である家系のさまざまな神話に巻きこまれてしまうだろう。それぞれの家系はそれぞれの居住地に住んでいる。ヌートカの伝統が島の風景と深く結びつき、神話が自然に深く根ざしているという意味は、何もかもがすべて一つになる、ということだ。だから厄介なのだ。ヌートカの創造神話では、生まれ変わって別の姿になるということが重要な役割を果たしている。特にディディダトの家系では、オオカミに重要な意味があるが、もちろんオルカの神話もある。オオカミの伝説を無視して、オルカの伝説を知ろうとするのは大きな間違いだ。生まれ変わりという点において、人間と動物は精神的に深く結びついている。結果、すべての生き物に生まれ変わりの可能性があるだけでなく、生き物は二つのアイデンティティを同時に持つことになる。つまり、オオカミの海の化身がオルカであり、オルカの陸の化身がオオカミなのだ。だから、オオカミを語らずしてオルカを語るなど、ヌートカから見れば考えられないことなのだ。

ヌートカ族は伝統的に捕鯨をしてきたために、クジラの伝説をたくさん持つ。しかし、それぞれの家系が同じ伝説を語るのでもなく、同じ伝説でも家系によりさまざまなバリエーションがある。マカ族はヌートカ族の中の一族だ。もっとも、語系が同じだけだと言う者もいる。マカ族は、イヌイット以外で過去に捕鯨の法的な権利を有した、北アメリカ唯一の先住民だ。現在彼らは、百年近く封じてきた捕鯨の解禁を求めている。彼らの居住地は、バンクーバー島ではなく、島の対岸にあたる、アメリカ合衆国ワシントン州の西北端だ。ヌートカと同じように、彼らにもさまざまなクジラの伝説があった。しかし、クジラの思考、感情に関する点では、両者は独自のイメージを抱いている。ただ、たとえ両者の考え方が違っても共通するのは、クジラを単純にクジラとして認識するのではなく、〝偉大なる神秘〟として認識することだ。

何か特別なことをする。

先住民に助言を求めるのは、確かに特別なことだ。しかし、特別な成果が得られるかどうかは、別の問題だろう。

アナワクは苦笑いを浮かべた。

二十年もバンクーバー界隈に住んでいると、ヌートカ族の人々と知り合う機会はないし、知り合いになるつもりもなかった。ごく稀に、彼らの世界におぼろな憧れを覚えることはあった。しかし、すぐにいたたまれない気持ちになり、憧れがふくらむ前に押さえつけていた。デラウェアからはマカ族だと思われたが、彼はマカ族の伝説を理解するにはふさわしくないのだ。

グレイウォルフはもっと不適格だ。

ジャック・グレイウォルフは哀れな男だ。今どき、西部劇に登場するような名前を名乗る先住民はいない。首長の名はノーマン・ジョージとか、ウォルター・マイケルとか、ジョージ・フランクだった。ジョン・ツーフェザーズとか、ローレンス・スイミングホエールと名乗る者は皆無だ。ジャック・オバノンのような能なしのほら吹き男だけが、グレイウォルフなどという童話のような名を平気で名乗れるのだ。おれはインディアンだと額に書いて歩くようなジャックは、正統な先住民の名を名乗るには無能すぎる。

グレイウォルフは愚か者だ！

では、このぼくは？

二人は一つ穴の狢（むじな）だ。一人は先住民の容姿を持つが、先住民にかかわるものはすべて排除する。一人はひたすら先住民になろうとする。二人とも愚かなのだ。

どちらも、おかしな容姿の、いわば負傷兵なのだ。

くそ、膝が痛い！　そのおかげで、考えるつもりもないことを考えてしまった！　やって来た道に自分を押し戻そうとするアリシア・デラウェアなど、必要ではない。

誰に尋ねればいいのか？

ジョージ・フランク！

彼はアナワクが知る首長の一人だった。白人と先住民は仕事で付き合うこともあり、たまにビールを飲む程度のものだが、対立しているのではない。世界をうまく住み分けているのだ。とはいえ友情も成立する。ジョージ・フランクは友人とまでは言えないが、知り合いなのは確かだ。気さくな男で、ヌートカ族の一族、ウィカニニシュ近辺に居住するトラ・オ・クイ・アト族のタアイイ・ハウィルだった。タアイイは首長の意味で、タアイイ・ハウィルはいわゆる大首長だ。イギリス王室と同じで大首長は世襲だ。今日、ほとんどの部族が選挙で首長を決めるが、世襲の大首長は今でも尊敬されている。

しかし、バンクーバー島の北部ではタアイイ・ハウィイ、南部ではタアイイ・チャアチャアバトと呼ばれているのを、アナワクは思い出した。笑いものにされてはならない。おそらくジョージ・フランクはタアイイ・チャアチャアバトのほうだ。しかし、その違いに気がつく者などいるだろうか。

とにかく、先住民の言葉には触れないのが無難だ。

ジョージ・フランクに会いにいくのは大変ではない。彼の住まいは、ホテル〈ウィカニニシュ・イン〉の近くだ。次第にいいアイデアに思えてきた。フォードからの電話を待つ代わりに、悪循環を断ち切り、これから自分が向かう方向を見極められる。彼は電話帳でフランクの番号を調べ、電話をかけた。

大首長は家におり、いっしょに川岸を散歩しようと誘ってくれた。

「お前はクジラの話を聞きに来たのだな」

フランクが言った。葉が茂る巨木の下を、半時間ほど散歩した頃のことだ。

アナワクはうなずいた。訪問の理由はすでに説明してある。首長は顎をさすった。小柄な男で、皺だらけの顔に優しげな黒い瞳が輝いている。髪はアナワクと同じで黒髪だ。ウインドブレーカーの下には、〈サーモン・カミング・ホーム〉とプリントされたTシャツを着ていた。

「お前が、先住民の教えを請おうと思いついたのではあるまい」

「ええ、ジョン・フォードのアイデアです」

アナワクは、そう答えられるのが嬉しかった。

「どちらのジョン・フォード？　映画監督か、バンクーバー水族館のか？」

フランクは笑みを浮かべた。

「監督はもう死んだと思いますよ。ぼくたちは多角的に事態を見たいのです。あなた方の伝説の中に、同じような現象を示唆するものがあるのではと思って」

フランクはすぐ脇の川を指さした。川は勢いよく流れ、小枝や木の葉も運んでいく。川の源は高い山の中だが、このあたりでは砂に堰き止められたところもあった。

「あそこにお前の答えがある」

「川に？」

フランクはにやりとした。

「ヒスフク・イシュ・ツァウォーク」

「先住民のさまざまな言い伝えですね」

「その一つだ。お前も知っているかと思うが」

「あなた方の言葉を習ったことはないんです。あちこちで、一つ二つ聞き知っただけで」

フランクはしばらくアナワクを眺めていた。

「これは、先住民の文化の核をなす言い伝えだ。ヌートカは自分たちのものだと主張するが、思うに、別のところでも同じように言われている。〝すべては一つ〟という意味だ。川に起きることは、人間にも動物にも海にも起きる。一人に起きることは、誰にでも起きる」

「そのとおりです。それを、エコロジーという人もいる」

フランクは腰をかがめると、水際に生える木の根に引っかかっていた小枝を手に取った。

「どう説明しようか。お前が知らないものは、われわれも知らないのだ。お前のためなら喜んで耳をそばだてよう。何人かに聞いてみてもいい。たくさんの歌や伝説があるが、どれがお前たちの力になるのかわからない。われわれの言い伝えの中に、お前は必ず見つけるだろう。そして、まさにそこに問題がある」

「よくわかりませんが」

「動物に対する概念が、お前たちとは違うのだ。ヌートカはクジラの命を奪ったことはない。クジラが命をくれたと考えているのだ。クジラの自覚ある行動だ。ヌートカは、自然はすべて意識を持つと信じている。互いに絡み合う大きな意識を持っていると」

彼は言うと、ぬかるんだ小道を歩きだした。アナワクがあとに続いた。目の前に、木が伐採された巨大な空き地が現われた。

「これを見てみろ。恥ずかしいことだ。森が伐採されると、雨や太陽や風が大地を侵食し、川は排水路に成り果てる。クジラを悩ますものが何か知りたいのなら、よく見てごらん。ヒスフク・イシュ・ツァウォーク、すべては一つ」

「そうですね。ぼくが何を研究しているのか、前に話しましたか？」

「お前は意識を探しているのだろう？」

「自己認識です」

「ああ、そうだった。美しい夜に、聞かせてくれた。去年だったか。私はビールを飲み、お前は水を飲んでいた。お前は水しか飲まないな」

「アルコールは嫌いなんです」

「飲んだことがないのか？」

「ほとんどありません」

　フランクは立ち止まった。

「アルコールか。お前はよき先住民だ。水を飲んで、私を訪ねてくる。われわれが秘密の知恵を持っていると考えて」

　彼はため息をついた。

「人はいつになったら互いの先入観を捨てるのだろうか。先住民はかつてアルコール依存症だった。いまでも問題を抱える者はいる。だが、ほとんどの者はたまに飲むくらいだ。なのに、ビールを手にする先住民を見ると、白人は決まってこう言う。『ああ、なんとかわいそうな。われわれが彼らに酒を与えてしまったのだ』われわれは迷える子羊か、崇高な知恵の番人というわけだな。レオン、お前はキリスト教徒か？」

アナワクはこの問いには驚かなかった。これまでフランクと話したときも、こういう流れになったのだ。彼の話題はリスのように、あちこちに飛躍する。

「違います」

アナワクは答えた。

「本当か？　私は聖書を研究したことがある。知識で溢れていたぞ。森がなぜ燃えるか、キリスト教徒に訊いてみろ。神が火の中に姿を現わすからだと答える。古い言い伝えを示し、本当に藪が燃えていると言う。キリスト教徒は森林火災をそう理解しているのか？」

「もちろん違います」

「それでも、信心深いキリスト教徒には、藪が燃える話は重要な意味を持つ。先住民も自分たちの言い伝えを信じるが、どこまでが真実かよくわかっている。ものごとを決めつけることが大切なのではなく、どのようなものかという概念が重要なのだ。われわれの伝説には、すべてがあると同時に何もない。もちろん書き残されているのではないから。とにかく、すべてに意味があるのだ」

「わかります、ジョージ。ただ、ぼくたちはまるで進展しないという感じなのです。どうしてクジラが凶暴になったか、ぼくたちは頭を悩ませている」

「お前たちの科学では力尽きたと？」

「そんなところです」

フランクは首を振った。

「そんなことはないだろう。科学は偉大だ。科学は人間に多くの可能性をもたらす。問題は視点だ。お前は自分の知識を使うときに、どこを見ているのだ？　お前は、異常行動をするクジラを見る。お前はクジラを友人とは認めない。なぜだ？　クジラが敵になったからだ。何がクジラを敵にさせたか？　お前がクジラに何かしたのか？　それともクジラの生きる世界か？　だが、クジラはどんな世界に生きているのだ？　お前は、クジラが直接受けた被害を探す。すると山ほど見つかる。意味のない捕鯨、水は汚染され、クジラ観光は狂喜し、クジラの餌場は破壊され、海の中には騒音が溢れ、われわれはクジラから子どもを育てる場所を取り上げる。バハ・カリフォルニアに、製塩プラントが建設されるのではなかったか？」

アナワクはうなずいた。一九九三年、バハ・カリフォルニアのサン・イグナシオ湾が、ユネスコの世界自然遺産に登録された。太平洋に生息するコククジラの大昔からの出産場所であり、多くの絶滅危惧種の動植物にとっても、手つかずの自然が残されている。それらに考慮せず、新たな製塩プラントを日墨合弁の企業が建設しようとしていた。一秒間に二万リットル以上の海水を湾から汲み上げ、百十六平方マイルの塩田に引き入れる。塩を採取したあとの水は排水として海に戻す。それがクジラにどのような影響を及ぼすかは解明されておらず、多くの研究者、環境保護組織、ノーベル賞受賞者団体が、惨事を引き起こしかねない施設の建設反対を訴えていた。

フランクが続ける。

「お前も知るとおり、これがクジラの世界だ。クジラはここで生きているが、この世界は、クジラが快適に生きるか否かを決める条件にほかならないのではないのか？　レオン、クジラが問題ではないのかもしれない。クジラはわれわれが直面する問題の、ほんの一部にすぎないのだろう」

バンクーバー水族館

アナワクが大首長の言葉に耳を傾けている頃、バンクーバー水族館では、ジョン・フォードが二人分の視力を働かせていた。

もう何時間も、二台のモニター画面を同時に観察し続けていたのだ。一台には、ＵＲＡが撮影したルーシーとほかのコククジラの映像が映しだされている。もう一台には、座標軸で構成されたヴァーチャル空間が映しだされ、クジラの群れを表わす緑色の光点が輝いている。群れは常に位置を変えた。クジラが潜水した早い段階で、カメラロボは尾びれの特徴からルーシーを識別し、その鳴き音を特定していた。そうすることで、ルーシーの位置だけを割りだして座標に表示することが可能で、暗闇の中でも決して見失うことはない。

二台目のモニターには、ルーシーの脂肪に撃ちこまれたタグの記録したデータも表示されている。心拍数、水深、水温や水圧などだ。タグとURAからの情報は、二十四時間にルーシーの身に起きた状況を完璧に再現する。異常をきたしたクジラの行動証明だ。

モニター室には、データ分析用の席が四つある。薄闇の中、フォードと助手二名の顔がモニター画面の灯りに照らしだされていた。四番目の席は空席だった。そこに座るはずの助手が胃腸炎で脱落したためだ。結果、三名の作業は夜間にまで及ぶことになった。

フォードは画面に目を向けたまま紙パックに手を伸ばすと、冷えたフライドポテトをつかんで口に運んだ。

ルーシーの行動に異常は見られない。

この数時間は海棲哺乳動物の主な行動の一つを繰り返していた。六頭の大人のコククジラと、二頭の子どもとともに餌を採っているのだ。ルーシーが海草の茂る海底まで潜り、柔らかな堆積物をかき混ぜてゴカイやエビを掘りだすと、大量の泥が渦を巻いて立ち昇った。ルーシーは細く弓なりになった体を横に傾け、海底の泥を掘る。コククジラの採食の様子を見るのは初めてではなかったが、それでもフォードはモニター画面に釘づけになった。URAはまったく新たな角度で群れを撮影していたからだ。カメラロボはまるで群れの一頭になったように、クジラを追跡している。多くのクジラがはっきりと確認でき

マッコウクジラの採食行動を追尾するのであれば、暗黒の深海に潜ることになるだろう。しかし、コククジラの餌場は浅い海だ。彼の視線はこの数時間、明るい海と薄暗がりを行ったり来たりしていた。ルーシーは海上に数分間浮かび、ヒゲ板のあいだから泥を吐きだすと、空気を肺いっぱいに吸いこみ、潮を吹いてまた海底に潜る。岸に非常に近かったため、映像のほとんどは、水深三十メートル以下の浅い海で撮影されていた。

切れこみのある大理石のようなクジラの体が海底の泥を掘り、海水が濁っていく様子に彼は目を凝らした。クジラは遠くに移動せず、カメラロボが追跡するのは容易だった。群れは常に向きを変える。数メートルこちらに、数メートルあちらに、浮上し潜水して餌を採る。また浮上して潜水する。バンクーバー島はクジラにとって、のどかに過ごせる高速道路のレストハウスのようなものだった。

浮上し、潜水し、餌を採る。

いつしか、それにも飽きてきた。

一度、遠くに何頭かのオルカの白黒のシルエットが現われたが、すぐに消えた。オルカは大型クジラの数少ない敵の一つだが、両者が遭遇してもたいていは何ごともなく終わる。しかしオルカはシロナガスクジラでさえ容赦しないときもある。襲撃が始まれば、壮絶な殺戮(さつりく)の場となった。オルカは相手の舌や顎に嚙みつき、死に至らしめるのだ。巨大な屍(しかばね)はゆっくりと海底に沈んでいく。

潜水し、餌を採り、浮上する。

いつの間にかルーシーは眠っていた。少なくともフォードはそう思った。助手二人とともに見つめる画面が次第に暗くなっていった。夜が近づいている。暗い海を背景に、ルーシーは影だけになった。水中にまっすぐ浮かんだ体がゆっくりと沈み、またゆっくりと浮上する。こうして睡眠をとるクジラは多い。二、三分に一度、半分眠った状態で海面に浮上して呼吸をする。眠りながら、また沈む。驚くべき点は、クジラの睡眠時間は長くても五分から六分ということだ。短い時間に効果的な睡眠をとることが可能なのだ。

ついに映像は真っ暗になった。座標軸の画面だけに、群れの位置を示す緑色の光点が輝いている。

夜になった。

何も見えない。それでも画面を観察し続けるのは退屈な仕事だった。ときどき何かが光った。クラゲかイカだろう。それ以外は真の闇だ。もう一つのモニター画面には、ルーシーの身体データや環境データが表示されている。ヴァーチャル空間の中で、緑色の光点はゆっくり動いていた。つまり、群れのクジラすべてが眠っているのではないということだ。クジラはさまざまな時間帯に睡眠をとる。画面に表示される深度が大きく上下するのは、ルーシーやほかのクジラが潜って餌を採っていることを示すものだ。水温は深度に応じて〇・五度ずつ変化する。そのほかのデータは一定していた。コククジラの心拍数は遅くなるときもあれば、速くなるときもあった。URAのハイドロフォンは可能なかぎりの音を拾った。水の流れや動き、オルカの鳴き音、ザトウクジラの歌声、遠くにいる船舶のスクリュー音。聞き慣れた音ばかりだった。

フォードは真っ黒な画面を前にして、顎がはずれるほどのあくびをした。

フライドポテトの残りをつかんだ。

その瞬間、脂ぎった指の動きが止まった。フライドポテトが指のあいだから落ちると、彼は目を細めた。

データ表示に動きがある。

これまで水深ゼロメートルから三十メートルのところを行き来していた。ところが、突然四十メートルに変わり、五十メートルを示している。ルーシーが移動したのだ。外洋に向かい、しかも深く潜っている。ほかのクジラも続いた。もうのんびり漂っているわけではない。これは回遊時の速度だ！

そんなに急いでどこに向かうのか？

ルーシーの心拍数が減少した。速い速度で潜水を続けている。この時点で、肺に残る空気の量は十パーセントほどだ。もっと少ないかもしれない。残りは血液や筋肉に蓄えられた酸素だ。潜水する際の典型的な状態だった。

水深百メートルを超えた。

このときクジラは、必要でない体の機能への血液循環を止める。余分な血液は伸縮性の高い血管網の中に蓄えられる。酸素を消費せずに筋肉を動かし、新陳代謝を行なう。この驚くべき一連のプロセスは、クジラが何百万年もかけて身につけたものだ。かつて陸上に生息した動物は海面と水深何百メートル、何千メートルの深海とを行き来できる。一方、魚は水深の差が百メートルを超えれば生命の危険に陥るのだ。ルーシーは潜水を続けた。水深百五十メートル、二百メートル。次第に陸からも遠ざかっていった。

「ビル？　ジャッキー？　こっちに来て、これを見てくれ」

フォードは振り返りもせず、助手二人の肩をたたいた。

助手がモニターのまわりに集まった。

「潜ってますね」

「かなり速い。もう陸から三キロメートルも離れた。群れは外洋に向かっている」

「回遊を始めたのでしょう」

「こんな深いところを？」

「夜はプランクトンが沈むからではないですか？　オキアミなど大好物の餌が沈むから」

フォードは首を振った。

「違うな。ほかの種ならそうだが、コククジラは海底採食だ。まったく理由がない……」

「見てください！　水深三百メートルだ！」

フォードは椅子の背にもたれた。一般にコククジラの泳ぐ速度は特に速くない。短区間をスパートする能力はあるが、あとは浅いところを時速十キロメートルで泳ぐ。何かから逃げるか、回遊するのでなければ、ゆっくりと泳ぐのだ。

何がクジラを駆り立てたのか？

これは明らかに異常行動だった。コククジラの餌は浅い海底に生息する生き物だ。だから、回遊するときは、陸から二キロメートル以上も離れたりはしない。水深三百メートルの環境がクジラにどう影響するのか、彼にはわからなかった。おそらく大丈夫なのだろう。コククジラがあえて水深百二十メートル以上に潜っていることが、ただ不可解だった。

三人は二つの画面を凝視した。

突然、ヴァーチャル空間の座標軸の下のほうに、緑色の光点が一瞬輝いて、すぐに消えた。

スペクトログラム！　音波を視覚的に表現したものだ。

もう一度。

「これは何でしょう？」

「音だ！　かなり強烈な音波信号だ」

フォードは映像を止めて巻き戻し、もう一度観察する。

「非常に強い信号だ。爆発のような」

彼は言った。

「爆発ではありません。爆発なら人間にも聞こえるはずです。これは超低周波音です」

「それはわかるが、ただ爆発のような……」

「もう一度です！」

クジラを示す緑色の光点が止まった。それから、三度目の強烈な揺れがあり、すぐに消えた。

「クジラが止まりました」

「水深は？」

「三百六十メートル」

「信じられない。そんな深くで何をしているんだ？」

フォードの視線が、URAの映像を映しだす左側の真っ暗な画面にさまよった。その瞬間、彼の口が開き、彼は閉じるのを忘れた。

「これを見てくれ」

彼はささやいた。画面は真っ暗ではなかったのだ。

バンクーバー島

アナワクは大首長フランクと話すうち、次第にリラックスしていった。

ホテル〈ウィカニニシュ・イン〉まで散歩しながら、フランクが携わる環境保護プロジェクトの話を聞いた。彼は漁師の家系の出身で、今はレストランを経営しているが、トラ・オ・クイ・アト族がイニシアチブをとり、森林伐採による自然破壊の跡を改善する運動に取り組んでいる。〈サーモン・カミング・ホーム〉は、クラークウォト入江を昔のままの生態系に戻すシンボルだった。木材会社が伐採し尽くした森林を完全に元どおりにする夢を抱く者はいないが、できることは何かあると考えている。森林伐採が原因で、大地は干からび、豪雨によって土が流される。土は石や、切り倒された巨木の残骸とともに川や湖に流れこみ、サケの産卵場所を堰き止め、サケは次第に姿を消していく。それは、ほかの動物の餌場を奪うことにもなる。彼らの環境改善運動はボランティアの手を借りて広がった。川をきれいにし、使われなくなった道路を壊して、かつての川の流れを取り戻した。流れに沿って有機廃棄物の用土を盛り、成長の早いハンノキを植えた。こうしてゆっくりではあるが、彼らの不屈の実行力と成果を焦らない姿勢で、森林と動物と人間とのあいだにかつて存在した調和を取り戻そうとしている。

「あなたたちが捕鯨再開を望むために、多くの人から敵視されているのをご存じですか?」

しばらくして、アナワクが尋ねた。

「お前はどう思うのだ?」

「賢明ではありません」

フランクは考えこむようにうなずいた。

「お前の言うとおりだ。クジラは保護されているのに、なぜ獲るのか。部族の中にも捕鯨再開に反対する者は多い。たとえ伝統的な捕鯨をまだ知る者がいたとしても、誰がその精神的な準備に身を委ねるのか？　一方で、われわれは百年近く一頭のクジラも獲ってはいない。捕鯨を再開するとして、その数は五、六頭だ。たいした数ではない。われわれは小さな部族なのだ。われわれの祖先は捕鯨を生業としてきた。捕鯨には数カ月から一年にわたる儀式がある。クジラを獲る前に精神を清め、クジラがわれわれに与える命にふさわしい心を身につける。手当たり次第に銛を撃ちこむのではない。クジラと漁師が互いに認める不思議な力によって、両者で取り決めたクジラに銛を撃つ。これが、われわれの守り続けたい精神なのだ」

「その一方で、クジラは大金をもたらす。マカ族の漁業組合長は、コククジラ一頭で五十万米ドルにはなると見積もっています。海の向こう、つまりアジアでは、肉と油に高値がつくと、彼はあからさまに言っている。同時に、マカ族の経済問題や失業問題の解決につながると見ている。これは賢いやり方ではありません。無様そのものだ。精神性のかけらもないのだから」

「それも正しい。マカ族が捕鯨を再開したいのは伝統のためなのか、金のためなのかも問題だが、彼らが既得権を行使できない一方で、白人がクジラを絶滅に追いやっているのも確かだ。白人は精神的な理由で捕鯨をするのではないだろう？　彼らはクジラの命を商品とみなして捕鯨を始めた。そう考えたことは、われわれは一度もない。ほかで収入を得るようになった今、あえて金のことを口にする者は部族にはいない。なのに、クジラの絶滅はわれわれだけに責任があるかのように、世間は先住民を非難する。お前は気づかないか？　われわれは、白人が浪費する自然を分かち合って今も生きている。白人は自然を使い果たしてしまうと、目をこすって、突然保護する側にまわる。決して守れないものから自然を守ろうとして、偉ぶっているだけだ。日本やノルウェーのような捕鯨国が、クジラを絶滅に追いやる責任を問われるべきだ。なのに、堂々と海に出てクジラに銛を撃ちこむ。彼らが責められず、罰せられるのは先住民なのだ。世の中とはそういうものだ」

アナワクは沈黙した。

「われわれは救われない民族だ。多くの状況が改善されたが、自力では解決できない紛争に巻きこまれている。お前に話しただろうか？　私は漁をしたときや商売で儲(もう)けたとき、祭りの際に、何がしかを取り分けてワタリガラスに与える。カラスはいつも空腹だから」

「いいえ、聞いてません」

「では、その話を知っているか？」

「いいえ」

「ワタリガラスは、もっと北のハイダ族やトリンギット族では伝説の主人公だが、われわれの島では違う。われわれの伝説には化身の話が多い。けれど、ワタリガラスは愛されている。トリンギット族は、ワタリガラスはキリストがしたように貧しい者を救うと言う。だから、私は大食漢のカラスに、ひと握りの肉や魚を取り分けておくのだ。ワタリガラスはアシャメドという獣男の息子で、父親にカラスの肌を着せられ、ウィグエトと名づけられた。彼は自分の村の食糧を食べつくすと、地上に送られた。石を一つ持参し、その石の上で休んだ。そして、その石がわれわれの住む土地になった。彼は太陽の光を盗んで地上にもたらした。私はワタリガラスのものを、ワタリガラスに与えているわけだ。私は伝説を愛する一方、蛋白質とアミノ酸と単細胞生物から始まった生命の進化の過程で、ワタリガラスが生まれたことを知っている。われわれの創造伝説も好きだが、ビッグバンが何なのか、テレビや本で学んだ。キリスト教徒もビッグバンを知っているが、教会では、天地創造の七日間や十戒が語られる。彼らは神話と科学が調和する道を見つけるのに何百年も時間をかけた。なのに先住民は、短時間で考え直すように要求されている。われわれは故郷を追われ、よその世界、決してわれわれのものにはならない世界に連れていかれた。今、本来の世界に戻ると、そこが見知らぬ世界になったことに気がついた。レオン、これが故郷を追われた報いだよ。とどのつまり、お前にわが家はない。異郷の地にも、お前の故郷にも。先住民は故郷を追われた。白人はその償いをしてくれる。けれど、自身も故郷を追われた彼らに償いなどできるはずがない。彼らは自分で作った世界を破壊する。彼らも故郷を失った。結局、われわれは同じなのだ」

フランクはアナワクを長いこと見つめた。やがて、皺だらけの顔に笑みを浮かべた。

「壮快な先住民のレクチャーだっただろう？　さあ、一杯飲みにいこう。おっと、お前は酒を飲まなかったか」

五月一日

ノルウェー　トロンヘイム

二人はカフェテリアで待ち合わせ、いっしょに会議に出る予定だった。だが、ティナ・ルンは現われない。ヨハンソンは、カウンターの掛け時計の針を見つめていた。ゴカイは休みなく、ストイックに、確固として蠢き続けている。一秒ごとに氷の中を掘り進む。今この瞬間も、ゴカイを止める手立てはない。

彼は身震いした。

時はただ過ぎるのではない。走り去っていく。心の声がそうささやいていた。

何かが始まった。

計画。すべては操られ……

現実離れした考えだ。いったい誰が企んでいるのだ？　バッタが畑の収穫を食べつくすとき、何を企むというのか？　腹が空いているから畑に来るだけだ。ゴカイが何を企むというのだ？　藻類は？　クラゲは？

スタットオイルは何を企んでいるのだろうか？

役員のスカウゲンが詳しい報告を聞くために、スタヴァンゲルの本社から来ていた。どうやら彼の調査は進展し、緊急に情報交換したいらしい。会議の前に意見を統一しようと、ヨハンソンに提案したのはルンだった。しかし今、彼は一人でコーヒーを飲んでいる。コーレに引き止められたのかもしれない。調査航海にいっしょに出たときも、そのあとも、彼女はプライベートの話をしなかった。ヨハンソンも執拗に口を出すのは嫌だから尋ねなかったが、最近の彼女は自分だけの時間を必要としているようだ。

携帯電話が鳴った。ルンだった。

「どこにいるんだ？　きみのコーヒーまで飲んでしまうよ」

「ごめんなさい」

「心配ない、そんなにたくさん飲めないから。何かあったのか？」

「もう会議室にいるの。ずっと電話しようと思っていたけれど、席をはずせなくて」

彼女の声音はどこかおかしかった。

「大丈夫か？」

「ええ。こちらに来られる？　場所は知ってるわね」

「すぐに行く」

ルンがすでに会議室にいるのなら、ヨハンソンの耳に入れたくないことを、彼らは話していたわけだ。

どうせ、あの海底を掘削するプロジェクトの話にちがいない。

彼が会議室に入ると、ルンとスカウゲン、ストーンが計画水域の巨大な地図の前に立っていた。プロジェクトの責任者であるクリフォード・ストーンが、ルンに何やら押し殺した声で話しかけている。彼女は落ち着かない様子だ。スカウゲンも暗い顔をしていた。ヨハンソンに振り向くと、気のない笑みを口もとに浮かべた。スタットオイル中央研究所の副所長ヴィステンダールが三人の後方に立って、電話をかけている。

「早すぎましたか？」

ヨハンソンが慎重に口を開いた。

「そんなことはありません。どうぞお席に」

スカウゲンが言って、黒光りするテーブルを指した。

ルンが顔を上げた。そのとき初めてヨハンソンに気づいたようだ。話し続けるストーンをおいて彼に近づくと、頬にキスをした。

「スカウゲンはストーンを切るつもりよ。手を貸してね」

彼女がささやいた。

彼は何も顔に出さなかった。彼女は自分に協力させようとしている。そのような状況に巻きこむとは、いったい何を考えているのだ？

彼らは席についた。ヴィステンダールは携帯電話をしまった。ヨハンソンはできることならこの場を去り、彼らの問題にかかわりたくなかった。だが、そうする代わりに冷静な口調で言った。

「さて、私は当初の予定よりも狙いを絞った調査を行ないました。つまり、エネルギー関連企業とつながりのある科学者や研究所に、尋ねてみたのです」

「それが賢明な方法なのですか？　できるかぎり目立たないように……森に潜入するのかと思っていたが」

ヴィステンダールが驚いて言った。

「森は広すぎて、限定するしかなかったのです」

「まさか、われわれのことを口外されなかったと思うが」

「心配無用です。ノルウェー工科大学（NTNU）の好奇心旺盛な生物学者として尋ねただけですから」

「それでは、情報は多く得られないでしょう」

スカウゲンが口をとがらせた。

ヨハンソンはプリントアウトの入ったファイルを指した。

「どう受け取るかです。行間はたくさん読めますよ。科学者は嘘をつくのが下手で、駆け引きを嫌う。私が受け取った返信はどれも曖昧な表現で、そこらじゅうに口かせが見られる。だが、あのゴカイがすでによそでも出現したと確信しました」

「確信した？　でも、証拠はない」

ストーンが言った。

ヨハンソンはストーンを見返した。

「直接的な表現での回答はないが、急に強い関心を示した人々もいる。資源関連企業と密接に連携する研究機関の科学者は、特に。そのうちの一人は、メタンハイドレートの分解を研究しています」

「誰です？」

スカウゲンが鋭い声で訊いた。

「東京の松本良という人物です。厳密には、彼の研究所。彼とは直接話していませんから」

「松本？　どういう人ですか？」

　ヴィステンダールが尋ねた。

「日本を代表するメタン研究者ですよ。もう何年も前にカナダの永久凍土を掘って、メタンを発見した」

　スカウゲンが答えた。

「私が研究所にゴカイのデータを送ると、きわめて対応が早かった。彼らから逆に質問されましたよ。『ゴカイはメタン氷を不安定にできるのか。大量に現われたのか』と」

「それだけでは、松本がゴカイのことを知っているとは判断できない」

　ストーンが言った。

「いや、考えられる。彼らは石油公団（JNOC）と連携しているから」

　スカウゲンがうなった。

「石油公団？　メタンは開発途中でしょう？」

「かなり進んでいる。二〇〇〇年、松本教授は南海トラフでボーリング実験を行ない、さまざまな掘削技術を試した。結果は非公開だが、数年のうちにメタンハイドレートの商業生産を始めたいとしている。またとないメタン時代の賛歌を高らかに歌っているのだ」

「素晴らしいことじゃないか。だが、ゴカイの発見を証明したわけではない」

ストーンが言った。

ヨハンソンは首を振った。

「この探偵ごっこを逆に考えてごらんなさい。われわれが質問される側で、とりわけ私が独立研究機関の代表者だと。石油公団の相談役でもある研究者が、科学的興味を前面に押しだしてゴカイについて尋ねてくる。私がゴカイのことを知っていることは、もちろん秘密だ。けれど非常に驚いて、相手が何を発見したのか、逆に訊きだそうとする。松本教授の部下が根掘り葉掘り訊きだそうとしたように、つい私も口をすべらせて間違いを犯してしまう。まったくストレートな質問を返してしまうのだ。すると、相手がよほどのばかでないかぎり、正鵠を射たとすぐに感づく」

ルンが言った。

「そうだとすると、日本も同じ問題を抱えているのね」

ストーンが身を乗りだした。眼鏡の縁がきらりと輝いた。

「それは証拠にはならない。ドクター・ヨハンソン、あなたは、われわれ以外の誰かがゴカイを見つけたという証拠は何ひとつ持っていない。こんな情報では、どうしようもない。ドクター・ヨハンソン！　真実は、ゴカイの出現を予見できる人間は一人もいないということだ。なぜなら、ゴカイはここ以外にはいないからだ。その松本がひどく興味を示したと、誰が言ったのです？」

「私の第六感だ」

ヨハンソンは落ち着いて答えた。

「あなたの……第六感？」

「もっと言っていますよ。南米にもゴカイが現われた」

「おや、そうですか？」

「そうです」

「南米の誰かが、あなたに奇妙な質問をしたと？」

「そのとおり」

「ドクター・ヨハンソン、あなたには失望した。あなたは科学者だと思っていたが、いつから第六感をあてにするようになったんだ？」

ストーンは嘲笑うかのように口もとを歪めた。

「クリフ、あなたは口を閉じたほうがいいわ」

ルンがストーンに目もくれずに言った。

ストーンは目をむいて彼女を睨みつけた。

「私はきみの上司だ。口を閉じるのは……」

「そこまでだ！　それ以上は聞きたくない」

スカウゲンが両手をあげた。

ヨハンソンはルンを見た。必死で怒りを抑えている。ストーンは彼女に何をしたのだろう。彼は嫌味な男だが、それだけで彼女がこれほど腹を立てるはずがない。

ヨハンソンは説明を続けた。

「われわれと同様、日本や南米はゴカイの情報を抑えているのでしょう。さて、海水の信頼できる分析データを手に入れるのは、ゴカイの情報を引きだすよりもずっと簡単です。さまざまな理由から世界中の水が検査されていますからね。多くの人々から話を聞き、一様に同じことを証明してくれた」

「というと？」

「異常なほど高いメタン濃度を検知している」

ヨハンソンはひと息おいた。

「日本に関しては——ドクター・ストーン、たびたび第六感の話で申しわけないが——私の印象では、松本教授らは真実を知らせたいようだ。彼らには秘密を守る義務がある。しかし、どんな研究者も研究所も、多くの人命にかかわる情報を操作しようとは思いつかない。秘密にする理由はないのです。唯一あるとすれば……」

彼は最後まで言わず、両手を広げた。

「企業の利益が危険にさらされる場合。あなたは、そうおっしゃりたいのでしょう」

スカウゲンが言った。

「そうです」

「報告に補足することはありますか？」

ヨハンソンはうなずくと、ファイルから一枚のプリントアウトを取りだした。

「高いメタン濃度を検知したのは、三つの地域だけです。ノルウェー、日本、南米東海岸。しかしもう一つ、ルーカス・バウアーからの情報があります」

「バウアー？　誰ですか？」

スカウゲンが尋ねた。

「グリーンランドで海流の調査をしています。フロートを使ってデータを集めている。私が船にいる彼に質問をすると、返事が来ました」

ヨハンソンは返事を読み上げた。

〈前略。あなたの発見したゴカイは見たことがありません。ですが、グリーンランド沖では、さまざまな場所で大量のメタンの噴出を確認しています。海中のメタン濃度はかなり高い。われわれがここで観察している中断現象と、何か関係があるのかもしれない。われわれが正しければ、懸念すべきことです。データが少ないのは大目に見てください。私は多忙でして。そこで、カレン・ウィーヴァーの詳しい報告書を添付します。彼女はジャーナリストで、私に手を貸してくれる、少々うるさいが勤勉な女性です。彼女とコンタクトをとってください。あなたのお力になれるでしょう。kweaver@deepbluesea.com〉

「中断現象とは何のことかしら？」

ルンが尋ねた。

「わからない。オスロの会議で会ったときは、どこか注意散漫な印象を受けた。だが、愛想もよく、科学者仲間では才能ある人物で通っている。彼はデータを添付するのを忘れたので、もう一度Eメールを送ったのだが、まだ返事はない」

「バウアーが何を調べているのか、訊きださなければならないわね。キールのボアマンなら知っているでしょう」

ルンが言った。

「このジャーナリストでもわかると思うが」

「カレン……？」

「カレン・ウィーヴァー。名前ならよく知っている。彼女の書いた記事を読んだことがあるから。面白い経歴だ。大学では情報工学、生物学、それからスポーツ学を学んだ。研究テーマは海で、大きな関連性に興味があるようだ。海底の計測、プレートテクトニクス、気候変動……最新の記事では海流がテーマだった。今週末までに連絡がなければ、いずれにせよボアマンに電話する」

「さて、これからわれわれはどうしましょうか？」

ヴィステンダールが一同を見わたして尋ねた。

スカウゲンの青い瞳がヨハンソンに貼りついた。

「ドクター・ヨハンソンが言われたでしょう。人類に決定的となる情報を隠匿するなら、その卑劣な行為の責任は企業にある。討論するまでもなく、彼の意見には賛成だ。昨日の午後、私は取締役会に明白な提案を表明した。スタットオイル社は、直ちにノルウェー政府に情報を伝えた」

ストーンが顔を上げた。

「何のことです？　決定的な調査結果はまだ何も……」

「ゴカイのことだよ、クリフォード。メタンハイドレートの崩壊。メタンガス漏れの危険。海底地滑りの可能性。ロボット潜水艇が未知の生物と遭遇したことだけでも、伝える価値がある。私から見れば、調査結果はそれで充分だ」

スカウゲンは陰気な目をして一同を見わたした。

「ドクター・ヨハンソンの第六感は真実を示す正しい指標だと聞いたら、彼はきっと喜ぶはずだ。今朝、私は日本の石油公団の技術担当理事と電話で一時間にわたり話をした。石油公団に疑問の余地はない。ちょっと仮定してみようじゃないか。まず日本はメタン開発において一番乗りをめざして優位に立とうと躍起になっているのかもしれない。そして、そのためにはなにがしかのリスクを甘受し、専門家が口にする懸念を隠そうとしているのかもしれない」

彼の視線がストーンに向いた。

「さらに、とてつもなくばかげた話だが、欲望だけの理由で調査結果を隠し、警告を無視する人間はいるにちがいない。こうしたことがすべて事実だとすると、なんと恐ろしいことか！　さてそうなると、メタン大国になる夢を一夜にして破りかねないゴカイについて、石油公団は沈黙せざるをえないだろう。何週間も沈黙するかもしれない」

誰も何も言わなかった。スカウゲンは歯をむきだした。

「だが、われわれはそう厳格になるつもりはない。たかがゴカイ一匹のために、ニール・アームストロングが着陸船から出ないはずがない。言ったように、すべてこれは仮定だ。石油公団は同じような生物を日本海で採取したと、私に教えてくれた。だが、それはわずか三日前のことだというのは、嘘ではないそうだ。これでも、まだ充分ではないと言うのかね？」

「なんということだ」

ヴィステンダールがつぶやいた。

「石油公団はどうするつもりかしら？」

ルンが尋ねた。

「政府に情報を伝えるはずだ。彼らもわれわれと同じ国営だからね。われわれがすべてを知っていると彼らもわかれば、もはや隠しておくことはできない。いや、どこでも隠しておくつもりはない。私がこれから南米に電話をかけ、同じようにゴカイを見つけなかったかと尋ねてみるとする。すると明日には、彼らの網にゴカイが引っかかっていることになるかもしれない。彼らはなんと驚くことか。すぐに電話をかけてきて、そう伝えてくれるだろう。われわれの窮状を訴えて、わざわざ私が人目を引こうとしているとは、誰も考えない」

「それはそうだが」

ヴィステンダールが言った。

「違う意見でも？」

「状況が危機的だと知ったのはつい最近だ。それに、私としては政府に理解を求めるよう提案した」

ヴィステンダールは腹を立てているようだ。

「あなたを批判しているのではない」

スカウゲンがゆっくりした口調で言った。

ヨハンソンには、これが芝居のように思えてきた。スカウゲンはストーンの首切りを企んでいる。ルンの顔に満足した表情が広がった。

だが、ゴカイを発見したのはストーンではなかったのか。

「クリフォード、あなたが最初にゴカイを見つけたのはいつだったの？」

ルンが突然生まれた沈黙を破って尋ねた。

ストーンの顔がわずかに青ざめた。

「知っているだろう。きみもいっしょだった」

「その前には？」

ストーンは彼女を見つめた。

「その前？」

「去年、あなたが指揮して、コングスベルグ社の試作機を海底に設置したわね。水深千メートルの海底に」

　ストーンはスカウゲンを見やった。

「何のことだ？　あれは単独行動ではない。バックアップがあった。おい、スカウゲン、私に責任を押しつけるのか？」

「確かにきみにはバックアップがあった。最大水深千メートルまでを想定した、新タイプの海底ユニットをきみは提案した」

　スカウゲンが言った。

「そのとおり」

「理論上の想定だ」

「もちろん理論上だ。最初のテストまでは、何でも理論上だ。だが、あなたたちはゴーサインを出した。ヴィステンダール、あなたもだ。実験用プールでシミュレーションして、あなたがゴーサインを出した」

　ストーンはヴィステンダールを見つめた。

「そのとおりだ。われわれがそうした」

　ヴィステンダールは言った。

「ほら、そうだ」

「われわれは、きみに予定地の調査と鑑定を任せた。テスト不充分な施設を……」

スカウゲンが言うのをストーンがさえぎった。

「卑怯だぞ！　あなた方が許可したんだ」

「……試験運用することが本当に賢明なことか、きみに鑑定させたのだ。われわれはリスクを負う責任があった。それには、すべての鑑定結果が満足できるものであることが条件だ」

「そうだったじゃないか」

ストーンは飛び上がって叫んだ。興奮のあまり体が震えている。

「座りたまえ。昨夜、コングスベルグ社の試作ユニットとの連絡が途絶えたと聞けば、きみも興味があるだろう」

ストーンは凍りついた。

「それは……私は監視システムには詳しくない。試作ユニットは私が建設したのではない。奨励しただけだ。どうなっているのか私が知らないと言って、私を非難するのか？」

「そうではない。現状に迫られて、われわれは当時のコングスベルグの試作機を精密に再現したのだ。すると、鑑定結果をさらに二つ発見し、きみは当時……まさか忘れたのではあるまい」

ストーンはテーブルの天板をつかんだ。ヨハンソンは彼が倒れるのではないかと思った。

本当に彼はよろけると、無表情で体を起こして椅子に沈みこんだ。

「私は知らない」

「鑑定の一つは、あの地点でハイドレート層とガス層の境界線を引くのは困難だとしていた。つまり、石油を掘削中にガス溜まりに遭遇するリスクがあるということだ。リスクはわずかだが、百パーセント除外できるものではない」

「除外できるに等しい。しかも一年前から予想を上まわる成果が出ている」

ストーンが激しい口調で言った。

「百パーセント安全ではないのだ」

「だが、ガス層には遭遇していない。石油を掘削し、ユニットは機能している。コングスベルグのプロジェクトは完全な成功だ。大成功だから、あなた方は後継ユニットの建設を決めた。今度は正式に」

「第二の鑑定結果には、ハイドレートに生息する新種のゴカイを発見したとあったわ」

「そうだ。コオリミミズだ」

ルンが言った。

「あなたは、それを調べたの？」

「なぜ私が？」

「では、あなたたちが調べたの？」

「それは……当然われわれは調査した」

「鑑定結果にはこう書いてあった。この生物はコオリミミズと同一ではない。大群で出現し、その場所に与える影響ははっきりと確認できない。しかし、その周辺では、メタンが海水中に漏れだしている」

ストーンの顔が蒼白になった。

「すべて……すべて正しいわけではない。あのゴカイが現われたのは限られた場所だ」

「そこに大群で現われた」

「ユニットはそこから離れた場所に設置した。だから、その鑑定結果は……意味がない」

「きみたちには、そのゴカイを分類できる能力があったのかね？」

スカウゲンが静かに訊いた。

「われわれには確かに……」

「分類できたのか？」

ストーンは歯ぎしりした。今にもスカウゲンの首を絞めようかという形相だ。

「いいえ」

長い沈黙のあと、彼は押し殺した声で言った。

「よろしい。クリフ、きみをすべての任務からはずす。あとはルンに引き継いでもらう」

スカウゲンが言った。

「あなたは、そんなことはできない……」

「あとで話そう」

ストーンは助けを求めてヴィステンダールを見たが、彼はまっすぐ前を見つめていた。

「ヴィステンダール、ユニットは機能しているんだ」

「きみは愚かだ」

ヴィステンダールが抑揚のない声で言った。

ストーンは呆然とした。視線が一人ひとりの顔をさまよった。

「すまなかった。私は……本当にこのプロジェクトを進めたかっただけだ」

ヨハンソンはストーンが哀れに思えた。彼はゴカイの果たす役割を努めて軽視しようとした。それは間違いだと知りながらも、試作ユニットを成功させて名をあげたかった。海底ユニットは彼の子どもだ。キャリアを積み上げる唯一のチャンスだったのだ。

非公式なテストで一年間うまく機能させる。次に、正式に操業を開始する。その次は、さらに深海へ。これが彼の個人的な勝利のヴィジョンだったのだろう。しばらくは順調だったが、ゴカイがふたたび現われた。わずかな数ではなく、二度目は大群で。

ヨハンソンには、彼がかわいそうにすら思えてきた。

スカウゲンが目をこすった。

「ドクター・ヨハンソン、あなたには不快な思いをさせて申しわけない。だが、あなたも一員なのです」

「ええ、もちろん」

「世界中で収拾のつかない事態が起きている。遭難、異常発生……人々は神経過敏になり、石油会社は恰好のスケープゴートにされる。だから、われわれはミスを犯してはならない。これからも、あなたを頼りにしてもいいでしょうか？」

ヨハンソンはため息をつくと、うなずいた。

「よかった。われわれは期待していなかった。誤解しないでください。これはあなた自身が決断してくださったのだ！　あなたには科学顧問として、さらに仕事をしていただくことになるでしょう。大学には、われわれから内々に話しておきましたから」

ヨハンソンは背筋を伸ばした。

「何のことです？」

「つまり、あなたを一時的にフリーな立場にしていただけるようお願いした。あなたを政府に推薦しました」

ヨハンソンはスカウゲンを見つめてから、次にルンを見た。

「ちょっと待ってください」

「まっとうな研究ポストよ。スタットオイルが予算をつけ、あなたを全面的に支援する」

ルンが口をはさんだ。

「私はどちらかというと……」

「気を悪くされたようだが、お気持ちはわかります。けれども大陸斜面は危機的状況にあり、あなたやゲオマールの研究者をおいて、それを把握する人はいないのです。もちろん、断わっていただいても結構。ですが……公の利益のための任務だと考えてください」

ヨハンソンは怒りが爆発する寸前だった。口もとまで出た辛辣な返答を呑みこんだ。

「わかりました」

固い口調で答えた。

「受けていただけるのですね？」

「もちろん拒むわけにはいきません」

彼はルンを穴の開くほど見つめた。彼女はしばらく見つめ返していたが、やがて目をそらした。

スカウゲンは真剣にうなずいた。

「ドクター・ヨハンソン、スタットオイル社は心から感謝します。あなたは最高の功績と名声を手にされた。とりわけ私としては、あなたという友人を得られ、これほど嬉しいことはない。大学の件は、あなたの気持ちを無視して話を進めてしまった。逆風が吹くような場合、必要とあれば、私があなたの犠牲になりましょう。あなたの代わりに私が磔に なる覚悟です。よろしいですね？」

ヨハンソンは、逞しいスカウゲンの澄んだ青い瞳を見つめた。

「いいでしょう。磔のことは、のちほどまた」

「シグル、ちょっと待って！」

ルンが彼を追いかけてきた。ヨハンソンは無視して舗装道を駐車場に急いだ。スタットオイル中央研究所は岩礁に近い丘の上にあり、緑豊かな牧歌的な風景に囲まれていた。しかし、彼は美しい風景に目もくれなかった。ただ大学に戻りたかった。

「シグル！」

彼女は大声で呼んだが、彼は立ち止まらなかった。

「いったいどうしたのよ、このわからず屋！　本気でわたしを走らせるつもり？」

突然、彼は立ち止まって振り向いた。彼女は危うく彼にぶつかるところだった。

「だめなのか？　そうでなくても、きみは走るのが速いだろう」

「ばかばかしい」

「そうか？　きみは足が速い。考えるのも速い。何でも速いから、返事も待たずに、きみは友だちを仲間に引き入れる。私に追いつけるなら追いついてみろ」

ルンは彼を睨みつけた。

「あなたは独りよがりだわ！　わたしがあなたの変人生活を意のままにするつもりだと、本当に思っているの？」

「そうじゃないのか？　それなら安心だ」

彼は彼女を残してまた歩きだした。ルンは躊躇(ちゅうちょ)したが、すぐに追いかけて並んだ。

「わかったわ。あなたに言っておけばよかった。本当にごめんなさい」

「きみたちは私の意向を尋ねるべきだった！」

「そうするつもりだったのよ。なのに、スカウゲンが出し抜けに話を持ちだして、あなたが誤解した」

「きみたちは、私を駄馬か何かのように大学から買ったんだ」

「違うわ」

彼女は彼の袖をつかんで立ち止まらせた。

「それとなく探ってみただけなの。あなたが了解したら、大学はあなたを自由にするかどうか知りたかっただけ」

彼は鼻を鳴らした。

「それでは話が違う」

「話が行き違ったのよ。誓ってもいいわ。お願い、どうすればいいか教えて！」

彼は答えなかった。二人の視線が同時に、袖をつかんだままの彼女の手に向いた。彼女は手を離した。

「あなたに無理強いするつもりはない。あなたが気を変えるなら、それでもいい。それだけのことだから」

どこかで鳥が鳴いている。遠ざかるモーターボートのエンジン音が、風に乗ってフィヨルドから聞こえてきた。

「私が気を変えたら、きみの立場は悪くなるだろう？」

「そうね」

彼女は彼の袖を撫でた。

「どうなんだ」

「それは気にしないで。しかたのないことだわ。あなたを推薦する必要はなかったのかもしれない。すべて、わたしが自分で決めたことなの。スカウゲンに早まって言ってしまったのよ」

「何を言ったんだ?」

「きっとあなたは承諾すると、彼に確約した。でも、これはあなたの問題ではないわね」

彼女はかすかな笑みを浮かべた。

ヨハンソンは怒りが消えていくのを感じた。もうしばらく彼女を責めてもよかったが、すでに怒りは使い果たしてしまった。

いつでも彼女の勝ちだ。

「スカウゲンは、わたしを信用している。カフェテリアであなたに会えなかったのは、彼と二人で話をしていたからなの。彼は、ストーンが鑑定結果を隠匿していたことについて、スタヴァンゲルの本社がどう思っているのかを教えてくれた。大ばか者のストーンにすべて責任がある。彼が初めから正々堂々と事を進めていたなら、現状は違っていた」

ヨハンソンは首を振った。

「ティナ、そうではない。彼は、ゴカイが危険だとは本当に考えなかった。プロジェクトを進めたかっただけなんだ」

ストーンのことは嫌いなのに、なぜか彼をかばう言葉が口から出てしまった。

「ゴカイが危険でないと考えたのなら、鑑定結果を隠す必要はないわ」

「プロジェクトが進まない恐れがあったからだ。きみたちは、ゴカイのことは真剣に考えないだろうが、充分に調査する責任はある。でも、そうするとプロジェクトは停滞するしかない」

「あなたは、わたしたちがゴカイのことを真剣に受け止めると考えているわ」

「今は、そこらじゅうにいると知ったからだ。ストーンが初めに発見したときは、わずかな場所にしかいなかった。そうだろう？」

「そうね」

「密生していたものの、限られた場所だった。ありふれた光景だ。小さな生物はよく大群で出現するから。ゴカイに何ができるはずもない。メキシコ湾でコオリミミズが発見されたときも、メタン氷に大量に密生していたのに、危険だと声を上げた者はいなかった」

「何も隠さないのが大原則でしょう。彼にはその責任があったわ」

「確かに。それなら、今は私に責任がある」

彼はため息をつくと、フィヨルドを見やった。

「わたしたちには信用できる科学者が必要なの。あなた以外に信用できる人はいない」

「おやおや、どうかしたのか？」

「真面目に言っているのよ」

「だから、承諾しただろう」

彼女の顔が輝いた。

「よく考えて。いっしょに働くことになるのだから」

「私に気を変えさせないでくれ。このあとは、どうなるんだ?」

彼女は言いよどんだ。

「あなたも聞いたとおり、スカウゲンはストーンの後任にわたしをつけるつもりでいる。彼はその権限はあるけど、最終決定にはスタヴァンゲルの本社の同意がいる」

「スカウゲンか。なぜ、彼はあんなやり方でストーンを首にしたのだろう。私はどうすべきだったのだろう? 彼に銃弾でも補充してやればよかったのか?」

彼はつぶやいた。

ルンは肩をすくめた。

「スカウゲンは非の打ちどころのない人間だわ。欠点がなさすぎると言う人もいるくらい。人が目をつぶるような光景に、彼は腹を立てるのよ」

「それが本当なら、人間的といえる」

「本当は優しい人だわ。ストーンにもう一度チャンスを与えるように頼めば、できるかぎりのことはしてくれる」

「なるほど。で、きみはそうしようと思っているんだね」

彼女は答えなかった。

「ブラヴォー、きみも寛大な人だ」

ルンは彼の皮肉を無視した。

「スカウゲンはわたしに選択させた。海底ユニットについて、ストーンはわたしなど比べようもないほど膨大な知識を持っている。スカウゲンはトルヴァルソン号を出して、海底で何が起きたのか、ユニットからの連絡がなぜ途絶えたのか調査するつもり。本来、ストーンが指揮するはずだけど、スカウゲンが彼を切るなら、わたしの仕事になる」

「で、もう一つの選択肢は？」

「さっき言ったように、ストーンにチャンスを与えること」

「海底ユニットを救う目的で？」

「救えるものがあるなら。あるいは、操業を再開するために。いずれにせよ、スカウゲンはわたしを昇進させるつもりよ。でも彼が大目に見れば、ストーンは生き残ってトルヴァルソン号に乗る」

「きみはそのあいだ何をするんだい？」

「スタヴァンゲルに行って役員たちにこの一件を報告する。スカウゲンがわたしをお膳立てしてくれるわけ」

「おめでとう。きみのキャリアは軌道に乗った」

短い沈黙があった。

「わたしが望んでいるとでも？」

ヨハンソンは湖での週末を思い出した。

「さあね。ボーイフレンドかキャリアか。きみが躊躇するのはそこだろう。ところで、ボーイフレンドはまだいるの？」

「それは別問題よ」

「きみにとって彼はどんな存在なのか、コーレはわかっているのか？」

「あれから彼とはあまり会っていない。あなたとわたしが……」

彼女は首を振った。

「メルヘンのようなスヴェッゲスンヌの村をそぞろ歩いたり、小島に船で渡ったりするのは、現実とはかけ離れている。なんだか映画のワンシーンのように思えるわ」

「少なくとも、いいシーンなんだろう？」

「それはこんな感じ。そうね、あなたは自分がかつて愛した場所を探し続ける。行く先々で、まるでオペラの書き割りのように美しい土地に感動する。で、そこを去ることになると、涙を流して名残を惜しむ。一方で、こんな美しいところに本当に住みたいのか、世界でここがいちばん美しい土地なのか、そう疑問に思う。何というか、魔法が覚めてしまったように！　毎日少しずつ覚めていくの。つまり、実際にはないものを探しているのよ」

彼女は恥ずかしそうに笑った。

「ごめんなさい。すごくミーハーでハチャメチャに聞こえたでしょう。こういうことに慣れてないのよ」

「そうだね」

彼はルンを見つめた。彼女はまだ迷っているのかと思ったが、顔には決心したと書いてある。ほんの少し自信がないだけだ。

「一つのところに住む準備ができていないのなら、きみはそこを愛していないのだ。覚えているか？　湖でも同じ話をしたね。あのときは家にたとえた。結局、きみはコーレのもとに行って『あなたを愛しています。いつまでもいっしょにいるわ』と言ったほうがいい。きみに頼まれたら、私が行って、大げさな表現で助け船を出してやってもいい」

「うまくいかなかったら？」

「きみはそんな臆病者ではない」

「いえ、臆病者だわ」

「きみは幸福感を信用していない。私もかつてそうだった。それでは何もいいことがないよ」

「今、あなたは幸せなの？」

「幸せだ」

「絶対に？」

彼はあきらめたように両手をあげた。

「絶対に幸せなんて者はいないんだ。私は自分自身や他人に正直でいようと思う。女性と付き合い、ワインを飲んで気晴らしをするが、自分を見失わない。私は口数の少ない男だが、それを変えようとは思わない。心理カウンセラーが辟易（へきえき）するくらい、私は静かな人生を生きたいと思う。結局、私には静寂が似合っている。私は私だ。私ときみの幸せは違う。私は自分の幸せを信じている。きみは学ばなければならない。しかもすぐに。コーレは場所でも家でもない。彼はいつまでも待ってはくれないよ」

ルンはうなずいた。髪が風に揺れた。ヨハンソンはどれほど彼女が好きか、はっきりわかった。あのとき湖で、二人のあいだに永遠の関係を築くことができて本当によかった。

「ストーンが大陸斜面の調査に出かけるとなると、わたしはスタヴァンゲルの本社に行くことになる。それはかまわないわ。トルヴァルソン号は準備ができているから、ストーンは明日か明後日には出航できる。スタヴァンゲルでの仕事は長くなる。詳細な報告書を書かなければならないから。すると、その前に二、三日、コーレのいるスヴェッゲスンヌに行けるわね……仕事ならそこでもできるし」

「仕事？」

彼はにやりとした。

彼女は唇を噛みしめた。

「よく考えて、スカウゲンと話してみるわ」

「そうするのがいい。だけど、答えは早く出すんだよ」

ヨハンソンは大学に戻ってEメールをチェックしたが、たいしたものはなかった。唯一、最後のメールの送信者に興味を引かれた。

——kweaver@deepbluesea.com

ヨハンソンはメールを開いた。

〈こんにちは、ドクター・ヨハンソン。メールをありがとうございます。わたしは今、ロンドンに帰るところです。ルーカス・バウアーと彼の船の消息はまったくわかりません。

連絡がとれないのです。あなたさえよければ、お会いできませんか？　互いに手助けできるかもしれません。来週の中頃にはロンドンのオフィスに戻ります。その前がよければ、わたしはまだシェトランド諸島にいますから、そこでお会いするのも可能です。どちらがよいか、連絡をお待ちします。カレン・ウィーヴァー〉

「驚いたな。ジャーナリストはなんて協力的なんだ」

ヨハンソンはつぶやいた。

ルーカス・バウアーの消息が不明？

もう一度、スカウゲンに会うべきかもしれない。だが、すべての事件に関連があるという理論を話しても、相手にされないだろう。そもそも、それが理論と呼べるものなのだろうか。世界が大混乱に陥ったのは海に原因があると、漠然と感じているにすぎないのだ。

理論を発展させるには、証拠を揃える時間が必要だった。

すぐにカレン・ウィーヴァーに会おう。シェトランド諸島でもかまわない。飛行機で行くとなると、乗り継ぎがかなり面倒だ。経費はスタットオイル持ちだから、問題はないが。

いや、面倒な乗り継ぎなど関係ない。

スカウゲンは私のために磔（はりつけ）になろうと言わなかったか？

そこまでしてもらう必要はない。ヘリコプターで充分だ。

いいアイデアだ！　社用機を手配させればいい。ヘリコプターほど便利で快適な空の乗り物はない。強制的にリクルートしたのなら、そのくらいは配慮しても当然だ。

ヨハンソンは背もたれに体を預けて腕時計を見た。講義の時間まであと一時間ある。講義のあと実験室で同僚に会い、あるＤＮＡ鑑定の結果を一つ検討する予定だった。

パソコンに新しいフォルダを作り、ファイル名を入力した。

〈第五の日〉

偶然ひらめいたのだ。詩的すぎるが、ほかに適当な名前を思いつかなかった。聖書によると、神は第五の日に海とその住人を創った。今、海とその住人は怒りを覚えている。

彼は考えを書きはじめた。

書き進むにつれて、背筋が凍る思いがした。

五月二日

カナダ　バンクーバーおよびバンクーバー島

フォードとアナワクは、問題の連続シーンを四十八時間にわたって観察し続けていた。初めは真っ暗だ。突然、強力な音波を計測する。人間には聞こえない超低周波が三回。そして、靄(もや)のようなものが現われる。

画面中央に、膨張する宇宙のように青い燐光(りんこう)の靄が出現したのだ。決して強い光ではなく、薄ぼんやりとした青い光だが、複数のクジラのシルエットをはっきりと浮かび上がらせた。青い光は靄のように急速に広がる。かなりの大きさにちがいない。しまいには画面いっぱいに広がって、クジラたちは魔法にかけられたように靄の中にじっとしている。

数秒がすぎた。

靄の奥に動きがあった。先の尖(とが)った光の束がうねるように飛びだした。光の先端が一頭のクジラの頭の側面に触れる。それはルーシーだった。一秒にも満たない一瞬の出来事だ。次の閃光が現われ、ほかのクジラに触れる。そして水中で繰り広げられる嵐は、始まりと同じように瞬く間に終わった。

それは、まるで映像を逆向きに再生しているようだ。靄はひと塊にまとまり、消える。画面はふたたび真っ暗になった。一連のシーンをスローモーション再生する。さらに速度を落とす。映像を加工して輪郭をシャープにし、光を際立たせる。そうして何時間も観察したが、クジラに何が起きたのかは謎のままだった。

結局、フォードとアナワクは対策本部にレポートを書くことにした。フォードは科学チームの責任者として、ナナイモの生物学研究所に応援を求めた。研究所から来た発光生物の専門家は初めは当惑したが、二人と同様、青い靄と閃光は有機体のものだと結論を下した。閃光は青い靄の組織の中で起きた連鎖反応かもしれない。光のうねるような動きと、先端が尖っていることはダイオウイカを連想させた。そうだとすると、相当の大きさになる。けれども、ダイオウイカが発光するかどうかは判明していない。発光するにせよ、この靄の説明はつかないし、うねるような閃光がどこで発生したのかも見当がつかなかった。

しかし、この靄こそがクジラの異常行動の背景にあるにちがいない。

二人は調査結果のすべてを報告書に記載した。ところが報告書は、青い光が消失したあとにできたような暗闇に消えてしまった。対策本部は情報を一つ残らず呑みこむブラックホールになってしまった。当初、カナダ政府は科学調査チームと連携していた。ところが数日前、カナダ・アメリカの共同対策本部がアメリカの指揮下に入ると、情報すべてをアメリカが占有してしまったのだ。バンクーバー水族館、ナナイモ生物学研究所、バンクーバー大学さえも単なる情報提供機関に格下げされ、自分たちで調査して報告書にまとめる以外、何の情報も得られなくなってしまった。フォードにもアナワクにも、ロッド・パーム、スー・オリヴィエラ、レイ・フェンウィックにも、報告書が有効に使われたのかどうか、対策本部がどう評価したのかさえ知る術はなかった。科学研究の要である、他研究機関との情報の共有がまったくできなくなってしまった。

「ジューディス・リーが対策本部の舵取りを始めてからこのありさまだ。彼女の意図がまるでわからん。われわれはコケにされているようだ」

フォードが不平を漏らした。

アナワクに、オリヴィエラから電話がかかった。

「少しでいいから例の貝が手に入ると、ありがたいわ」

「イングルウッド社の誰とも連絡がとれないんだ。あの事故の原因は曳航作業のミスだと、リーは公式に言った。貝については、ひと言も触れていない」

アナワクは答えた。

「でも、あなたは実際に潜ったのよ。貝と、あの気味の悪い物質が必要なのに、なぜ、わたしたちは排除されるのかしら。これでは、わたしたちは力になれないわ！」

「直接、対策本部に連絡をとったらどうだ？」

「何もかもフォードを通さなければならないの。まったく理解できないわ。対策本部は何のためにあるの？」

何のためにあるのだろうか。アメリカとカナダが共同で対策本部を作り、アメリカ海軍司令官のリーが指揮を執るとなると、対策本部の目的は何か？　両国は同じ問題を解決しなければならなかった。ハイレベルな情報の交換を余儀なくされた。秘密保持を迫られた。これが共同対策本部ができた理由だ。秘密裏の活動が、調査委員会や対策本部のやり方だった。過去に、このような組織が活動したことがあっただろうか？　テロ、航空機事故や誘拐事件、クーデターや暴動にかかわる事件。確かに秘密行動は必要だ。ほかにも、原子力発電所の事故、ダムの決壊、森林火災、高波、地震や火山の噴火、食糧危機。これらの事態にも、秘密行動が必要な場合もあるのだろう。だが、何のために？

アナワクはその朝、シューメーカーに怒りを爆発させた。

シューメーカーは彼に言った。

「火山の噴火や地震の原因ははっきりしている。お前は大地を恐れても、大地に不信感を抱く必要はない。大地が汚い陰謀を企むことはないし、お前をばかにしたりもしない。そんなことをするのは人間だけだ」

アナワクの船で、デラウェアを加えて三人で朝食をとっていたときのことだ。真っ白な雲海から太陽が姿を現わし、山脈から海に向かってそよ風が吹く穏やかな朝だった。今日は気持ちのいい一日になるだろう。だが、気持ちのいい一日がどのようなものか、誰も思い出すことができなかった。デラウェアだけが嫌なことを忘れたように食欲旺盛で、スクランブルエッグを口に運んでいた。

「ねえ、ガスタンカーのニュースを聞いた？」

「日本の沿岸で爆発した船のことか？　もう昔話だ。とっくに報道されている」

シューメーカーが答えて、コーヒーをすすった。

デラウェアは首を振った。

「その話じゃないわ。昨日、また一隻沈んだのよ。バンコクの港で火災にあって」

「原因はわかったのか？」

「いいえ。でも、おかしな話ね」

「きっと技術的なミスだろう。何でも疑う必要はないさ」

アナワクが言った。

シューメーカーはカップをテーブルにたたきつけた。

「その口ぶりはジューディス・リーとそっくりだぞ。お前の言うとおり、バリア・クイーン号の報道はまったくなかった。報道されたのは、沈没したタグボートの話だけだ」

アナワクは驚かなかった。対策本部は情報を表に出すつもりはない。これはゲームだ。自分の餌は自分で探せ。それなら自分で探してやろう。実際に、水上飛行機の墜落事故の直後から、デラウェアはインターネットを使って情報を探しはじめた。たとえ自国の対策本部が何も教えてくれなくても、よそから漏れるということもある。他国では、クジラの襲撃事件はないのか？　大首長ジョージ・フランクの言うように、もともとクジラが問題ではないのかもしれない。クジラは単に問題の一部なのだろう。

フランクの言葉は明らかに的を射ているのだ。とはいえ、デラウェアの調べた結果を聞いても、アナワクはまだ釈然としなかった。彼女はインターネットで、南米、ドイツ、北欧、フランス、日本やオーストラリアの情報を漁った。今のところ同様の人的被害がはっきりしたのは、クラゲによるものだった。

「クラゲ？　クラゲが何をしたんだ？　船にジャンプでもしたのか？」

シューメーカーは言って、笑いださずにはいられなかった。

初めアナワクも何の関連も想像できなかった。クジラとクラゲに共通点があるのか？おそらく、猛毒を持つクラゲの異常発生とクジラの襲撃事件には、表面的には見えない関連がある。両者には問題がある。それは異常現象の集積だ。デラウェアはコスタリカの科学者の見解を発見した。彼らは、南米に出現し猛威を振るうクラゲはカツオノエボシではなく、よく似てはいるが、もっと強力な毒を持つ新種だろうと考えていた。

事件はそれだけではなかった。

デラウェアが説明した。

「ここでクジラの襲撃が始まった頃、南米や南アフリカでは、レジャーボートや小型漁船が相次いで消息を絶った。残骸が発見されたケースもあるけれど、大半は何の手がかりもない。一つひとつを考え合わせていくと……」

「クジラの山になる。でも、なぜカナダではそういうニュースを報道しないんだ？　カナダは世界の外にあるのか？」

シューメーカーが言った。

「今は、よその国の事件に興味を持つ余裕などないからだ。アメリカもぼくたち以上に大変な状況だ」

アナワクが断言した。

「いずれにしても、船の事故は報道以上にたくさんあるわ。衝突、爆発、沈没。もっと奇妙な事件もある。フランスで騒ぎになった感染症。ロブスターが藻類に汚染されていることがわかった。ものすごい勢いで感染が広まっていて、手がつけられない状態。きっとほかの国にも被害は拡大するわ。それにしても、多くの事件を知れば知るほど、全体像がぼやけてしまう」

アナワクは眠い目をこすりながら、自分たちがからかわれているのだと思った。アメリカ人の大好きな陰謀論に、自分たちもとりつかれているのかもしれない。アメリカ人の四分の一は、突拍子もない考えに惑わされている。ビル・クリントンがロシアのエージェントだったと言う者もいるし、多くの人々がUFOを信じている。どれもでたらめな話だ。何千もの人々が遭遇した出来事を、国がカモフラージュできるはずがない。そもそも秘密にしておくことなど、絶対に不可能なのだ。

シューメーカーも自分の疑念を口にした。

「ここはロズウェルじゃない。空からリトル・グリーン・メンもやって来ないし、空飛ぶ円盤も隠れていない。おれたちはハリソン・フォードの映画を見すぎたんだ。陰謀論は映画の中だけだ。どこかでクジラが船を襲撃したら、翌日にはニュースが世界中を駆けめぐる。だから、よそで起きたことも報道されて当然だ」

「でも、こう考えてみて。トフィーノの人口は千二百人で、町には通りが三本しかないわ。それほど小さな町なのに、個人の情報を全員が知ることは不可能でしょう？」

「だから？」

「全部を把握するには、この町でも大きすぎる。じゃあ、それが地球全体だとしたら」

「わかりきったことだ。人間の理解力など、すぐにいっぱいになるバケッと同じさ」

「政府は情報をずっとは隠し続けられないと思う。でも、情報の持つ意味を小さくすることはできるわ。それでは新聞がすかすかになると心配するかもしれないけれど、大丈夫。どのみち国内のニュースがいっぱいあって、ほかの事件は隅のほうに小さく扱われる。わたしがインターネットで見つけたことは、きっと地方紙にだって載ったし、テレビでも報道されたのよ。わたしたちが単純に見逃しただけで」

「そうかな？」

シューメーカーは目を細め、自信のない声で言った。

「たとえそうでも、もっと情報が必要だ。ぼくたちにも、リーにも情報はある。けれど彼女のほうが、ぼくたちよりずっと多くの情報を持っているのは確実だ」

アナワクは言って、スクランブルエッグをつつきまわした。

「じゃあ、訊いてみればいい」

シューメーカーが言った。

アナワクは眉を吊り上げた。

「リーに？」

「いいじゃないか。知りたいなら、尋ねてみろよ。ストレートに拒否されるか、一発頂戴するかだ。今の状況より悪くなることはない」

アナワクは答えず考えこんだ。

リーからは情報を得られないだろう。フォードがあつかましく訊いても無理だったのだ。しかし、シューメーカーのアイデアは一理ある。質問とは気づかれないように、訊きだすことは可能だ。

そろそろ自分で答えをもらいに行く頃合いかもしれない。

シューメーカーが帰ると、デラウェアが《バンクーバー・サン》紙をテーブルにおいた。

「トムが帰ったら、見せようと思って」

彼女が言った。

アナワクは見出しに目をやった。昨日の新聞だった。

「もう読んだよ」

「全部？」

「いや、主な記事だけだ」

デラウェアは笑みを浮かべた。この数日、アナワクの機嫌が悪く、冷たい態度をとっても、彼女は親切に接してくれた。あの日以来、彼の出身を尋ねようとはしない。

「じゃあ、重要でない記事を読んでみて」

彼が新聞をめくると、彼女の言う意味がすぐにわかった。それは小さな記事だが、写真が載っている。幸せそうな家族の写真だ。両親と男の子が大男を感謝のまなざしで見上げ、父親は男と握手していた。全員が笑っている。

「信じられない」

アナワクはつぶやいた。

「好きなことを言えばいいわ。でも、彼はあなたが言うほどのばかには見えない」

彼女が言った。今日は黄色のレンズの眼鏡の向こうで、瞳が輝いた。フレームには、ラインストーンでできた十字架がついていた。

〈ビル・シェクリー少年（五歳）が笑顔を取り戻した。彼は四月十一日、沈んでいくホエールウォッチング船レディ・ウェクサム号から最後に救出された。その後、ヴィクトリアの病院に経過観察のため入院していたが、今日退院することになり、両親が迎えに来た。ビル少年は救助された当時、重度の低体温症から肺炎を併発したが回復し、事故のショックも乗り越えた。両親は、救出活動の指揮を執り、息子の命を救ったバンクーバー島の環境保護運動家、ジャック・グレイウォルフ・オバノン氏に感謝の言葉を述べた。氏は、今ではトフィーノのヒーローと呼ばれている。彼はビル少年の心を虜にしただけではないようだ〉

アナワクは新聞をたたむと、テーブルに投げつけた。

「シューメーカーなら発狂したぞ」

二人は沈黙した。彼はゆっくり通りすぎていく雲を見つめて、グレイウォルフへの怒りを煮えたぎらせようとしたが、できなかった。すでに怒りの矛先は、フォードや自分の邪魔をする人々、リーや自分自身に向けられていたのだ。

正しく言えば、自分自身に怒りを覚えていた。

「あなたたちは、グレイウォルフとどういうトラブルがあるの？」

デラウェアが尋ねた。

「あいつの行動を、きみも見ていたじゃないか」

「魚を投げつけるような抗議行動のこと？　あれはやりすぎだわ。でも、彼が何かを要求しているのはわかる」

「あいつの要求は喧嘩を売ることだ」

彼は目をさすった。まだ朝だというのに、疲れきっていた。

「誤解しないで聞いて。彼は、わたしがもうだめだとあきらめたとき、海から救い上げてくれた。二日前、彼に会いにいったの。家にはいなかったわ。ユークルーリトの居酒屋でカウンターに寄りかかっていて……もうあなたに話したけど、わたしはお礼を言った」

「それで、彼は何と答えたんだ？」

アナワクは興味なさそうに尋ねた。

「お礼なんか期待していなかったそうよ」

彼は彼女を見つめた。

「かなり驚いていた。それから喜んでくれて、あなたの容体を知りたがった」

「ぼくの？」

「わたしが思うに、彼には友だちがいないから」

彼女は腕を組んでテーブルにのせた。

「その理由は、あいつは自身の胸に訊くべきだ」

「それに、あなたのことが好きなのよ」

「リシア、やめてくれ。あいつを聖人として受け入れろとでも言うのか？」

「彼のことを聞かせて」

なぜ、よりによってグレイウォルフの話をしなければならないのだ？　もっと楽しい話はいくらでもある。たとえば……

考えても思いつかなかった。

「昔は友だちだった」

彼はぽつりと言った。デラウェアが勝ち誇ったように大声を上げると思った。「やはりそうだったのね！」と。だが、彼女はうなずいただけだった。

「彼はジャック・オバノンという名前で、アメリカのワシントン州、ポート・タウンゼンドの出身だ。父親はアイルランド人で、先住民のハーフの女性と結婚した。確かスクウォーミシュ族の女性だ。いずれにせよ、ジャックはアメリカで職を転々とした。酒場の用心棒、トラック運転手、グラフィックデザイナー、ライフセーバー。最後に、海軍特殊部隊SEALでダイバーになった。そこで彼はイルカの訓練士という天職を見つけたんだ。海軍では何もかもうまくいったが、あるとき心臓に欠陥が見つかった。深刻なものではないが、SEALにはいられない。彼の家には棚いっぱいに勲章が飾られていた。けれど、海軍での生活もそこまでだった」

「なぜカナダにやって来たの？」

「あいつはカナダと聞くと弱いんだ。初めはバンクーバーの映画業界で身を立てようとした。あの体型と顔立ちだから俳優になれると考えたが、演技の才能はまるでなかった。いずれにせよ、何をしてもうまくいかなかった。すぐに頭に血が上るし、人を殴って怪我をさせたこともある」

「そんな！」

アナワクは歯をむきだした。

「すまないね、イメージを傷つけるようなことを言って」

「かまわないわ。それでどうなったの？」

彼はオレンジジュースを注いだ。

「それから刑務所に入った。刑期は短かった。誰かを騙したわけではないからね。気の短い気性が災いしたんだ。出所してからは、当然もっと状況は厳しくなった。彼は環境保護やクジラに関する本を刑務所で読んでいて、これだと思った。ユークルーリトに旅してデイヴィーと知り合い、スキッパーに雇ってくれと頼んだんだ。短気を起こさないのを条件に、デイヴィーは承諾した。ジャックは自分が気に入ったことには、魅力的でいられるんだ」

デラウェアはうなずいた。

「だけど、魅力的ではなかった」

「しばらくはよかった。急に女性客が増えたよ。すべてうまくいっていたが、あいつが人を殴るまでのことだ」

「客を殴ったのではないでしょう?」

「よくわかったね」

「なんてことを!」

「デイヴィーはジャックを首にするつもりだった。けれど、もう一度だけチャンスを与えてくれと、ぼくが口添えしたんだ。おかげで解雇されずにすんだが、あのばかが何をしたと思う?」

ふたたびグレイウォルフへの怒りが湧いてきた。

「三週間後、同じことさ。デイヴィーはあいつを首にするしかない。きみならどうした?」

「わたしなら、一度目で放りだしたでしょうね」

彼女は小さな声で言った。

「それなら、きみの将来を心配する必要はなさそうだ」

彼は嫌味を言った。

「とにかく誰かに厳しくされると、あいつは逆恨みする。好意を持つのもそれまでだ」

彼はジュースにむせて咳きこんだ。彼女は後ろにまわると、優しく背中を撫でた。

「その後、あいつは完全に頭がおかしくなった。ジャックの二つ目の問題は、現実を知らないということだ。フラストレーションを溜めこみ、マニトウの精霊のお告げでも聞いたのだろう。『お前は今日からグレイウォルフと名乗り、クジラやあらゆる生き物を守りなさい。行って、戦うのだ』当然、あいつはぼくたちに腹を立てていたから、ぼくたちと戦わなければならないと思いこんだ。さらに、それまで自分は間違った側にいて、それに気づかなかっただけだと考えたんだ」

アナワクの怒りは際限をなくしていた。

「あいつは何もかも混同していた。環境保護の知識もなければ、自分が仲間だと感じる先住民のことも何も知らなかった。先住民はそんな彼を笑った。きみはあいつの小屋を訪ねたのか？　いや、居酒屋にいるのを見つけたんだったな。あいつの小屋ときたら、何もかも先住民趣味だ。彼らはジャックを徹底的にばかにした。ところが、彼らの中でも教養のない者、不良少年、働きもしない者や酔いどれは、彼をすごいやつだと思った。それから白人の中でも、かつてのヒッピー、のらりくらり過ごす観光客を見るのが耐えられないサーファー、あたりかまわず用をたし、ゴミを放置して帰った昔のアウトドア派はジャックを尊敬した。彼のまわりには人間の屑が集まった。アナーキスト、役立たず、落伍者、国家権力に対する新活動家、グリーンピースのイメージを傷つけるとして追いだされた凶暴な環境保護フリーク、自身に流れる先住民の血を嫌う先住民、札つきのならず者。そういう追いはぎのような連中からすれば、クジラなんかどうでもよくて、暴れまわれることが重要なんだ。ジャックだけがそれを理解できずに、自分は環境保護グループを組織していると思った。あいつはごろつき連中を養ってやっている。自分はあばら家に住み、木の伐採やクマ観光のガイドをして彼らのために金を稼いでるんだ。本当にばかなやつだ！　なぜ、人から笑われて平気でいられるのだ？　なぜ、ジャックのような男が悲劇の役を背負うんだ？　誰か教えてくれ！」

アナワクは大きく息を吸った。

頭の上で、カモメが鳴いていた。

デラウェアはパンにバターを塗り、その上にマーマレードをのせて口に運んだ。

「よかった。あなたは彼のことが今も好きなのね」

ユークルーリトという町の名はヌートカ族の言葉に由来し、安全な港という意味だ。トフィーノと同じように自然の入江に守られた、小さな漁師町だった。絵のように美しい町はクジラを見に来る人々をひきつけ、今ではきれいな塗装の家々や、酒落（しゃれ）たバーやレストランが建ち並ぶ。

グレイウォルフの家は、町の美しい風景からはずれた場所にあった。メインストリートを離れ、車一台通るのがやっとの、草の生い茂る荒れた未舗装道路を数百メートル進むと、巨木に囲まれた土地に出る。その真ん中に彼の粗末な小屋がぽつんと建っていた。道を知らなければ行けない場所だ。

この小屋が快適さと縁のないことは、誰よりもその住人がよく知っていた。天気のいい日も、竜巻と大地の果てのあいだのどこかから悪天候がやって来ると彼が考えた日も、小屋の外に出て森を歩いたり、観光客をクマのところに案内したり、あらゆるアルバイトをして過ごした。この小屋で彼に会える確率は限りなくゼロに近い。夜でさえ大自然の中で眠るか、彼を正統な野性派だと信じて疑わない、冒険に飢えた女性観光客の部屋にいた。

アナワクがユークルーリトに行ったのは、午後の早い時間だった。トフィーノからナナイモに車で行き、そこからフェリーでバンクーバーに渡るつもりだ。今回はさまざまな理由から、ヘリコプターを使うのをあきらめた。シューメーカーがユークルーリトでデイヴィーと話し合うのを口実にして、途中そこに立ち寄ることにしたのだ。このところデイヴィーは、クジラ観光ツアーの中断がいつまでも続くことを考えていた。観光客を海に案内できないのなら、陸の観光に切り替えたほうがいいと彼は提案したのだ。しかしアナワクは、二人が新しい経営方針を論議する場には参加するつもりはなかった。たとえ、これから事態がどの方向に進もうと、彼はバンクーバー島での自分の生活は終わったと感じていたのだ。彼を島に引きとめるものがあるだろうか。ホエールウォッチングが中止になった今、何が残っているだろうか。島への愛情は無気力さの下に隠れ、痛む膝は不快のシンボルになってしまった。

すべてが無意味になってしまった。

この島で暮らした歳月は、彼にとって気晴らしになった。ドクターの称号を取り、功績も認められた。ところが、その歳月をすべて失ってしまったのだ。普通に生きられないというだけで問題だが、死に直面するというのは大問題だ。しかも、この数週間に二度も命を失いかけたのだ。水上飛行機が墜落してからは、何もかもが変わってしまった。彼は強迫観念を抱くようになった。とっくに忘れた過去から来た追跡者が、彼の恐怖を嗅ぎつけてふたたび追ってくる。やりきれない孤独を用意した亡霊から、自分の運命を掌握する最後のチャンスを与えられても、彼は挫折するしかない。すべきことは明白だった。

鎖を断ち切れ。心理学者の言う古典的なセリフだ。

アナワクは草の生い茂る小道を、偶然そこに来たような急ぐでもない足取りで進んだ。メインストリートを歩いていたのだが、急に思いついたように、最後の瞬間に小道に曲がったのだ。今、粗末な小屋に向かって立ち、いったい何をしているのかと自問した。やがて薄汚いベランダに通じる階段を上り、扉をノックした。

グレイウォルフはいなかった。

家の周囲を何度かまわってみた。なぜか彼は失望していた。グレイウォルフには会えないと予想はしていた。このまま帰るべきなのだろう。来てもしかたないとわかっていたのに、ここに来てしまったのだ。

だが彼は帰らなかった。歯の痛みを抱える男のイメージが頭に浮かんだのだ。歯医者を訪ねて玄関チャイムを鳴らしたが、扉がすぐに開かないので、そこを立ち去る男のイメージが。

彼は玄関に戻った。取っ手に手を伸ばして押し下げた。小さな音を立てて扉が内側に開いた。家に鍵をかけないのは、このあたりでは珍しいことではない。そういう生活が今も残る土地はほかにもある。彼はそれを思い出し、凍りついた。決心のつかないまま立ちすくんだが、やがて足を踏み入れた。

もう何年もここには来たことがなかった。今、こうして目にするものには驚かされた。記憶の中にあるグレイウォルフの住まいは、不潔きわまりなかったのだ。ところが、室内は質素だが心地よく整えられている。壁には、先住民の仮面やタペストリーが飾られていた。低い木製テーブルを、カラフルに編んだ椅子が囲んでいる。ソファーにはやはり先住民の大きな布がかけられていた。二つある棚には日用品がつめこんであるが、ヌートカ族が儀式で歌を歌うときに使うマラカスもおいてあった。テレビはどこにもない。ホットプレートのある光景は、部屋を台所のようにも見せていた。隣の部屋に通じる短い廊下があった。確か、グレイウォルフが寝室にしていた部屋だ。

そこも見てみたい気がした。だが、ここで自分は何をしているのだろう。この家に誘われて時間の隙間に迷いこんだようだ。歓迎されない過去に連れていかれたようだった。

彼の視線が壁の大きな仮面に止まった。仮面は部屋を見わたしているようだ。

仮面は彼を見つめていた。

彼は仮面に近づいた。一般に、多くの仮面は先住民の顔の特徴を際立たせてある。巨大な目、極端に弧を描く眉、くちばしのように曲がった鼻。しかし、この仮面は人間の顔立ちを忠実に再現している。仮面にあるのは、若い男の穏やかな表情だった。まっすぐな鼻、ふっくらとした唇、高くなめらかな額。もつれた髪は本物のようだ。仮面をつけたときに外が見えるように瞳の中心をくり抜いてあるのを別にすれば、白く塗られた眼球は驚くほど生々しい。その目は恍惚とした穏やかな視線を向けていた。

アナワクは仮面の前に立ちつくした。先住民の仮面はたくさん見たことがあった。ヒマラヤスギで本体を作り、樹皮と革で仕上げた仮面は一般的な観光土産で、どこでも買うことができる。しかし、これは土産物屋にあるような仮面ではない。

「パチーダートのものだ」

彼は振り返った。グレイウォルフがすぐ後ろに立っていた。

「うわべだけの先住民のわりには、うまく忍び寄ったものだ」

アナワクが言った。

「どうもありがとう」

グレイウォルフはにやりとした。招きもしない客に腹を立てている様子はない。

「おれにはお世辞のお返しはできないな。本物の先住民のわりには、あんたはだめだな。気づかれずに、おれはあんたを殺せたぞ」

「いつからぼくの後ろにいたんだ？」

「たった今、入ってきたところだ。おれが芝居などしないってことは、あんたもわかってるだろう」

グレイウォルフは言って、一歩後ろにさがった。ようやく今、頼みもしないのになぜ来たのだという目をして、じろりと眺めた。

「ところで、何の用だ？」

いい質問だと、アナワクは思った。自然に顔が壁にかかった仮面に向いた。まるで、彼に代わって答えてくれそうな顔をしている。

「パチーダートと言ったな？」

グレイウォルフはため息をついて首を振った。長い髪が波打って、きらきらと輝いた。

「知らないのか？　パチーダートは……」

「パチーダート族のことは知っている」

アナワクはいらいらとして言った。バンクーバー島南部、ヴィクトリアの北に、ヌートカ族に属するこの小さな部族の居住区がある。

「この仮面のことが知りたいんだ。古いものだが、観光客相手のガラクタではないな」

「これはレプリカだ」

グレイウォルフは彼と並んで立った。いつもの脂で光った革のジャケットではなく、ダイヤ柄がかろうじて見える洗いざらしのシャツにジーンズ姿だった。

「ある先祖の仮面だ。オリジナルはクィースト族がフウプ・カヌムに保管している。フウプ・カヌムの説明もしようか？」

アナワクはその言葉を聞いたことはあるが、意味はよく知らない。儀式に使うものかもしれない。

「その必要はない。誰かからもらったのか？」

「おれが作った」

彼は踵を返して、テーブルのほうに行った。

「何か飲むか？」

アナワクは仮面を見つめていた。

「お前が……」

「かなりの数を彫った。最近、熱中している趣味だ。クィーストは、おれがレプリカを作ることに反対しなかった。何か飲むのか、飲まないのか？」

アナワクは振り返った。

「いらない」

「何しに来たんだ？」

「礼を言いたかった」

グレイウォルフの眉が上がった。ソファーの端に腰を下ろすと、今にも襲いかかろうとする動物のように構えた。

「何の礼だ？」

「命を救ってもらった礼だ」

グレイウォルフは肩をすくめた。

「おやおや、気づいていないのかと思ってたよ。それなら歓迎する。用はそれだけか？」

アナワクは呆然と立ちつくしていた。何週間もこの瞬間を避けてきたのに、あっさり終わってしまった。このまま帰ることもできる。義務は果たしたのだから。

だが、その代わりに尋ねた。

「どんな飲み物があるんだ？」

「冷えたビールとコーラ。先週、冷蔵庫は息を引き取ったのに、また復活したんだ」

「コーラをもらおうか」

突然、グレイウォルフが自信を失くしたようにアナワクを見ると、ホットプレートの横にある冷蔵庫を指した。

「自分で出してくれ。おれにはビールを」

アナワクはうなずいた。冷蔵庫から缶を取りだすと、グレイウォルフの向かいの編んだ椅子に腰かけた。二人はしばらく黙って飲んだ。

「レオン、ここに来た別の理由は？」

「ぼくは……」

彼はコーラの缶を両手で左右にまわし、やがてテーブルにおいた。

「ジャック、聞いてくれ。ぼくはもっと早く来るべきだった。お前はぼくを海の中から引き上げてくれた。それに……そうだな、お前の抗議活動や先住民気取りの態度をぼくがどう思っているか、知ってるだろう。お前にひどく腹を立てているのは本当だ。だけど、それと礼を言うのとは別のことだ。お前がいなかったら、何人かは命を失くしていた……お前に言いたくて来たんだ。お前はトフィーノのヒーローと呼ばれている。ぼくもある意味、そうだと思う」

「本気でそう思うのか？」

「ああ」

ふたたび二人は沈黙した。

「レオン、あんたがくだらない先住民と呼ぶものを、おれは信じているんだ。なぜだか教えてやろうか？」

いつもなら、ここで会話は終わりだ。アナワクはやる気をなくして出ていく。その背中に向かって、グレイウォルフは侮蔑の言葉を投げつける。違う、それでは不公平だ。自分のほうが先に侮蔑してから、出ていくのだ。

彼はため息をついた。

「話してみろよ」

グレイウォルフはじっと彼を見つめた。

「おれには、おれの部族がある。おれの部族を探しだした」

「それはよかった。探しだしたんだ」

「そうだ」

「彼らのほうでも、お前を見つけてくれたのか？」

「さあね」

「気を悪くしないで聞いてくれ。お前は虚勢を張って、先住民気取りで走りまわっているんだ。つまらない西部劇から出てきたような恰好をして。お前の部族は何と言うだろうか。お前が親切にしてくれると、彼らは考えるだろうか？」

「誰かに親切にするのは、おれの柄じゃない」

「いや、部族に入るのなら、お前は部族に対して責任を持つことになるんだ」

「彼らはおれを受け入れている。それだけで充分だ」

アナワクは身を乗りだした。

「彼らはお前を笑いものにしているんだ！　わからないのか？　お前のまわりにはならず者が集まっている。その中には先住民もいるかもしれない。だが、やつらは自分の部族と関係を持つつもりもない連中だ。お前は純粋な先住民ではない。先住民の血は二十五パーセントで、残りは白人。中でもアイルランド人の血が流れているんだ。どうしてアイルランド人に共感しない。とにかく名前はぴったりじゃないか」

「そんなつもりはまったくない」

グレイウォルフが静かに答えた。

「なぜ、グレイウォルフなどと名乗るんだ？　先住民でそんなことをする者はいない」

「おれがしている」

時間の無駄だとアナワクは思った。礼を言いに、ここに来た。そして礼は言った。あとは余分だ。なぜ、まだ座っているのだ？　すぐに帰るべきだ。

だが、彼は帰らなかった。

「わかった。一つ教えてくれ。お前が探しだした部族に受け入れられるのが重要なら、なぜ正統な先住民になろうとしないんだ？」

「あんたみたいに？」

アナワクはぎくりとした。

「ぼくのことはどうでもいい」

「どうして？　あんたに向けられる拳（こぶし）に、おれが殴られる必要はない」

グレイウォルフが嚙みつくように言った。

「拳を突きだしたのは、ぼくだ！」

突然、怒りがこみ上げてきた。かつてないほどの強烈な怒りだ。しかし、いつものように怒りを溜めたまま家に帰り、自分の中でくすぶらせておく気はなかった。もう後戻りはできない。しかし、結局は自身の目を覗きこむことになるのだろう。その意味もわかっている。グレイウォルフを打ち負かしても、それは自分自身が敗北することなのだ。

グレイウォルフは半分伏せた瞼の下から、彼を見つめていた。

「レオン、あんたは礼を言いに来たんじゃないのか」

「そうだ」

グレイウォルフは口もとを歪めて、腕を組んだ。

「本当にそう思うのか？　まあ、本当なんだろう。けれど、あんたが来た理由はほかにある。吐いてしまえよ。言いたいことは何だ？」

「では言わせてもらおう。自分自身をグレイウォルフと何千回呼んでも、お前はお前のままだ。先住民が名前をつけるには、昔からルールがある。お前のは全然当てはまらない。きれいな仮面を飾っているが、本物じゃない。名前と同じ偽物だ。まだある。お前の環境保護運動も偽物なんだ」

言うつもりもなかった言葉が、彼の口からほとばしり出た。グレイウォルフを罵るために来たのではないが、自分を抑えられなかった。

「お前は、お前の肩につかまって安楽に生きる怠け者やごろつき連中と同類だ。気がつかないのか？　お前は何ひとつ成し遂げてはいない。お前の訴えるクジラの保護など子どもだましだ。探しあてた部族だと？　くだらない！　お前の探しあてた部族は、お前のばかげた行動を絶対に理解するものか」

「あんたがそう言うのなら」

「お前の部族がまたクジラを獲ろうとしているのを、知っているはずだ。お前はそれを阻止する。立派なことだ。だが、お前の部族の主張を聞かなかった。お前は対立する……」

「レオン、マカ族の中にも、おれと同じ意見の者は大勢いるんだ」

「それは確かだが……」

「レオン、長老たちだぞ！　すべての先住民が、儀式的な捕鯨で自分たちの文化を表現するべきだと考えているんじゃない。マカ族も、ワシントン州に住むほかの人々同様、二十一世紀社会の一部なんだ」

「そんな論拠は聞き飽きた。しかも、それはお前の論拠でも長老たちのでもない。環境保護団体の一つ、シーシェパードの受け売りだ。ジャック、お前は一度でも自身の論拠を言ったことがあるのか。お前は論拠さえも偽装している！」

「そんなことはしていない。おれは……」

アナワクはグレイウォルフをさえぎった。

「その上、よりによって〈デイヴィーズ〉を狙うとはお笑いぐさだ」

「そうか！　核心に近づいたぞ。それで、あんたがここに来たんだな」

「ジャック、お前も〈デイヴィーズ〉の一員だったんだ。何も学ばなかったのか？　ホエールウォッチングをして初めて、人々はクジラやイルカが生きているからこそ価値があると理解するんだ。かつては問題にもされなかったようなことに、光をあてたんだ。ホエールウォッチングは自然保護なんだ！　年間に一千万人もが海に出て、クジラがどんなに偉大な生物か知るんだ。日本やノルウェーでさえ、捕鯨に反対する声が大きくなっている。ぼくたちがクジラを観察する機会を提供しているからだ。わかるか？　ホエールウォッチングがなければ、一千万人はクジラをテレビで見るしかないんだ！　クジラを自然界で保護するというぼくたちの仕事は、ホエールウォッチングがなければ成立しないんだ」

「いいぞ！」

「どうして、ぼくたちなんだ？　お前を追いだしたからか？」

「追いだされたりしない。自分から出ていったんだ」

「追いだされたんだ！　首になったんだ。お前が不始末をしでかし、デイヴィーに放りだされたんだ。お前の哀れなエゴでは、それには耐えられない。髪や革の上着や名前がなかったら、ジャック・オバノンが耐えられないのと同じだ。お前のイデオロギーは誤解と偽装の上に成り立っている。お前のすべてが偽りだ。お前には何もない。お前が生みだすのは糞だけだ！　お前は自然保護を傷つけ、ヌートカ族を傷つける。お前にはわが家も故郷もない。お前はアイルランド人でも先住民でもない。これがお前の抱える問題だ。そのためにぼくたちが争わなければならないかと思うと、気分が悪くなる。ほかに心配しなければならない問題が、山ほどあるというのに！」

「レオン……」

グレイウォルフの薄い唇から声が漏れた。

「お前のそんな姿を見ると、気分が悪くなる」

「レオン、うるさい、もう充分だ」

グレイウォルフは立ち上がった。

「まだこれからだ。お前にできる意義のあることはたくさんある。筋肉は充分あるし、ばかでもない。だから……」

「レオン、黙れ！」

グレイウォルフは拳を握りしめ、大股でテーブルをまわってきた。アナワクは見上げた。

最初の一発で、夢の世界に行けるだろうか。当時、彼は観光客を殴って顎の骨を砕いた。平手打ち一発でも、歯の二、三本は確実に折れるだろう。

だが、彼は殴らなかった。アナワクの椅子の背を両手でつかんで、身を乗りだした。

「なぜおれがこんな人生を選んだのか、知りたいか？」

アナワクは彼を見つめた。

「ぜひとも」

「いや、あんたは興味なんかない。独りよがりの間抜けだからな」

「どうせ話すことがないんだろう」

「何だと……」

グレイウォルフの噛みしめた歯のあいだから声が漏れた。

「くそ！　もちろんおれはアイルランド人だ。だが、アイルランドに行けば、違う。母親はスクウォーミシュの混血だ。アメリカの白人でも、部族に認められた先住民でもない。だから、移民の親父と結婚した。親父も誰からも受け入れられなかったんだ」

「感動的だが、何度も聞いた話だ。新しいことを聞かせてくれ」

「真実だけを話してやるから、よく聞くんだ！　あんたの言うとおり、先住民のふりをして走りまわっていては、おれは先住民にはなれない。だが、ギネスを何リットル飲もうと、おれはアイルランド人にもなれない。おれの中にアメリカ人の血が流れていても、平凡な白人になれるわけがない。純血ではないからだ。おれの居場所はどこにもない。おれには、事実を変えることはできない！」

グレイウォルフの目がきらりと光った。

「あんたは故郷を出さえすればよかった。それで何かを変えられたのだろう。進む方向を変えるだけでよかったんだ。だが、おれには自分の人生の方向を変える術がなかった」

「ばかだ！」

「確かに、おれも行動を起こして、ほどほどのことを学べばよかったのかもしれない。自由な社会で生きているんだ。誰も、成功者にはどこの出身か尋ねない。けれど、おれは成功者じゃなかった。さまざまな民族がいるが、彼らは世界中から最高のものを受け継いだ。彼らにはどこにでもわが家がある。ところがおれの両親は単純で、不安定な人間だ。自分の息子に、自覚とか帰属性とかを伝えることができなかった。両親は自分たちが根無し草で、理解されないと感じていたんだ。そしておれは世界中で最悪のものを受け継いだ。何もかも失敗だった。唯一うまくいったことでさえ、とどのつまりは失敗だ」

「ああ、海軍でイルカを訓練したことだな」

グレイウォルフは腹立たしげにうなずいた。

「海軍はよかった。おれは最高の訓練士だった。だから、誰からも間抜けな質問をされなかったんだ。だが海軍を出たとたん、また同じことの始まりだ。母親は先住民の風習で、父親を困らせた。父親はいつもアイルランドのメイヨー州に帰りたがった。二人とも自分のアイデンティティを主張しようとした。だが、出身地に誇りを持っていたんじゃない。どこから来たかを言いたかっただけなんだ。おれはそんなくだらない人間じゃない！ ここがおれの故郷なんだ。おれはわが家にいるんだ！」

「それはお前の両親の問題だ。自分の問題にする必要はないだろう」

「そうかい？」

「おい、ジャック！ お前はぼくの前に棚のように立ちはだかり、自分の両親との葛藤がトラウマになって何も克服できないと言い張ってるんだろう？ お前が先住民であろうと、混血だろうと、ほかの何であろうと、いったいどんな違いがあるんだ？ 心の中の故郷に責任を持つのは自分自身だけだ。両親でも、ほかの誰でもないんだ」

グレイウォルフは驚いて口をつぐんだ。やがて、瞳の奥が満足そうに輝いた。アナワクは自分が負けたことを悟った。

「いったい誰のことを話しているのかな？」

グレイウォルフが意地の悪い笑みを浮かべた。

アナワクは答えず、横を向いた。

グレイウォルフはゆっくりと体を起こした。笑みは消えていた。突然、憔悴しきった姿に変わり、アナワクのそばを離れて仮面の前で立ち止まった。

「おれはばかなのだろう」

彼が静かに言った。

「どうでもいいさ。ぼくたちは二人ともばかなんだ」

アナワクは目をこすって言った。

「あんたのほうがばかだ。この仮面はチーフ・ジョーンズのフウプ・カヌムに由来する。何のことか知らないんだろう？　フウプ・カヌムは、仮面や髪飾り、儀式の道具をしまっておく箱だ。保管するものはほかにもある。フウプ・カヌムの中には首長たちの相続した権利を入れておくんだ。領土や歴史的なアイデンティティの証明だ。あんたは誰で、どこから来たかということだ」

彼はアナワクに向き直った。

「おれみたいなやつはフウプ・カヌムを手にすることはできない。だが、あんたはもう持っている。それを誇りに思うはずなのに、あんたは自分のアイデンティティをすべて否定する。おれが属すると感じる部族に、おれは責任を持つべきだ。あんたは部族に属しているのに、それを捨てた！　あんたは、おれが純血ではないと批判する。おれは純血にはなれないが、少しでも正統になろうと努力する。一方、あんたは純血だ。あんたは、おれが西部劇から出てきたみたいだと言う。だが、少なくともそれがおれの生き方なんだ。あんたは、誰かにマカ族かと訊かれたら、驚愕するんだ」

「どうして、そんなことを知っているんだ……？」

デラウェアだ。そうだ、彼女はグレイウォルフに会いに来たのだった。

「彼女を責めるな。同じことを二度と訊かなかったのだから」

「お前に何を言ったんだ？」

「何も言わなかった。あんたは臆病者だ。あんたは、おれに責任について話したいのか？　あんたはここにやって来て、心の故郷に責任があるのは両親ではなく自分自身だなどと、でたらめな話をあえて聞かせてくれたんだな？　よりによって、あんたの口から？　レオン、おれは人に笑われる人生を送っているが、あんたは……死んだも同然だ」

アナワクは座ったまま、最後の言葉を頭の中で反芻(はんすう)した。

「そうだな。お前の言うとおりだ」

「おれが正しい？」

アナワクは立ち上がった。

「もう一度、命を救ってもらった礼を言う。お前の言うとおりだ」

グレイウォルフはいらいらと目をしばたたいた。

「ちょっと待てよ。これから……どうするつもりだ？」

「ぼくは帰る」

「そうだな。レオン、おれは……あんたが死んだも同然と……そんなふうに……あんたを傷つけるつもりはないんだ。おれは……立ってないで、まあ座れよ！」

「なぜだ？」

「あんたの……コーラだ！　まだ残ってるじゃないか」

アナワクは肩をすくめると、言われたままに座った。コーラを手に取って飲んだ。グレイウォルフはその様子をじっと見ていたが、彼の前のソファーに腰を下ろした。

「あの少年はどうしたんだ？　お前のことを好きになったようだが」

「船から助けた少年のことか？」

「そうだ」

「あの子は怖かったんだ。おれはあの子の心配をしてやった」

「それだけ？」

「もちろん」

アナワクは笑った。

「お前はどんなことをしてでも、新聞に載りたいのかと思ってたよ」

一瞬、グレイウォルフの顔に怒りが浮かんだが、すぐににやりと笑い返した。

「もちろん新聞には載りたい。新聞に写真が載るのはいいものだ。人に親切にして、有名になるのも悪くない」

「トフィーノのヒーロー」

「それがどうした？　トフィーノのヒーローだぜ、すごいじゃないか！　全然知らない人たちがおれの肩をたたくんだ。クジラの画期的な実験をして有名になるだけじゃない。それぞれにできることをすればいい」

アナワクはコーラの残りを飲み干した。

「お前の……組織はどうなった？」

「〈海の番人〉か？」

「そうだ」

「散り散りさ。クジラの襲撃で半分が死んでから、ほかのやつはどこかに行ってしまった」

グレイウォルフは額に皺を寄せて考えこむような顔をしたが、やがて彼に視線を戻した。

「レオン、おれたちの時代の問題は何だと思う？　人間が意義を失ったということだ。人は交換可能なんだ。理想はなくなり、理想がなければ、自分をより大きくすることはできない。自分がこの世にいなければ、少しは世界が変わってしまうという証明を、誰もが疑心暗鬼で探している。おれがあの子にしてやったようなことだ。あれは意義があったのだろう。おれの存在には、少しは意義があったんだ」

アナワクはゆっくりとうなずいた。

「そのとおりだ」

バンクーバー　港湾地区

アナワクはグレイウォルフの家を出たあとバンクーバーにやって来た。夕闇の中、港の栈橋に視線を走らせた。

人影はなかった。

国際商業港が皆そうであるように、バンクーバー港もすべて自給自足の巨大な宇宙を形成している。不便なのは全体の見通しがきかないことだ。

彼の背後にあるコンテナ港には、色とりどりのコンテナがうず高く積まれていた。銀色に輝く夕空に、ガントリークレーンの黒い影がそびえ立っている。コンテナ船、貨物船、エレガントな白い冷凍船のあいだに、自動車運搬船の巨大なシューズボックス型のシルエットがいくつも見える。右手には倉庫がずらりと並んでいた。その少し先には、ゴムチューブ、金属板、水圧部品が積みあげられている。そこからは乾ドックの始まりで、さらにその先が浮きドックになる。かすかな風が塗料の臭いを運んできた。

明らかにめざす場所は近い。

港では車がなければ絶望的だ。ここに到達するまでに何人かに道を尋ねたが、目当ての場所がうまく説明できずに間違った訊き方をしてしまった。彼が尋ねると、必ず浮きドックの場所を教えられる。バンクーバー港には、世界第二の五万トン級浮きドックに至るまで、さまざまなドックがあった。そこで彼がより詳しく描写すると、ようやく乾ドックの場所を教えられた。乾ドックは人工の掘割を水門で密閉したもので、ポンプで排水することができる。彼は横長の事務棟の陰に車を停めた。重いスポーツバッグを肩にかけると、鉄柵沿いに歩きだした。やがてシャッターゲートを見つけ、少し開いた隙間に体を滑りこませた。

目の前に玉石舗装されたエリアが現われた。両側を仮設の小屋が囲んでいる。その向こうに巨大な船があった。船はまるで地面に根を下ろし直接立っているかのように見える。バリア・クイーン号だった。船があるのは長さ約二百五十メートルの掘割だ。両側にはレール式のクレーンがそびえ立っていた。強力なライトがドックの隅々まで照らしている。どこにも人影はなかった。

アナワクは注意深くあたりを見まわしながら歩いた。大急ぎで作業をする必要はないだろう。船は何週間もこの状態だ。おそらく船体に密生する貝は、中に隠れていた生物どもはぎ取られている。隙間などに何か残っていたとしても、とっくに乾燥しているだろう。そもそも船体で見た生物が残っているはずがない。二度目の捜索で何を探せばいいのか、彼にはわからなかった。曖昧な期待を抱いて幸運にかけるしかない。ナナイモの生物学研究所に役立つものが見つかれば採取する。何もなければ一夜の冒険だ。

船体にいた生物。

それは、せいぜいエイかイカほどの大きさのもので、閃光を放っていた。頭足類、クラゲ、深海魚など、発光する海の生物は多い。彼がフォードといっしょにURAの映像を見たとき、画面に映しだされた光は船体で見た光と同じだと確信した。青く光る靄は比べようもなく巨大だったが、内部から発光する様子に、バリア・クイーン号で見た光をとっさに思い出したのだ。この二つが同じ生物に由来するものならば、事態は面白くなる。なぜなら、クジラの脳に見つかったゼラチン質、船体で見た謎の生物、URAの捉えた青い靄が同一である可能性が出てくるからだ。

クジラは、われわれが目にする問題の一部でしかないと、大首長ジョージ・フランクは言っていた。

彼はさらに注意深くあたりの様子を探った。仮設小屋の前に数台のジープが停まっていた。小屋の窓から灯りが外に漏れている。彼は立ち止まった。軍用ジープだ。軍がここで何をしているのだ？　そのとき、自分が明るく照らされた真ん中に立っていることに気がついた。体を低くすると乾ドックの縁まで走った。軍用車両の存在にあまりに気を取られていたため、ドックの中を覗きこんでも、数秒間は状況を理解できなかった。ゆっくりと彼の目が見開かれた。驚愕のあまり、今度は軍用車両のことを忘れて足を踏みだした。

ドックは排水されていなかった。

バリア・クイーン号は水に浮いている。排水されていれば、盤木（ばんぎ）にのった竜骨（キール）が見えるあたりに、さざ波が立っていた。水深は八メートルから十メートルはある。

彼はしゃがんで黒い海水を見つめた。

なぜバリア・クイーン号をこの状態にしておくのか？　ラダーの修理が終わったのか？　それならドックから外に出せるはずだ。彼は考えこんだ。

突然その答えが見つかった。

彼は肩にかけたバッグを降ろした。しかし興奮のあまり、バッグを勢いよく地面にぶつけてしまい、大きな音が上がった。彼は驚愕して、人気(ひとけ)のない桟橋に目を走らせた。夕空はいつしか暗くなっていた。投光照明の青白い光の束がドックに差している。足音がしないかと耳を澄ましたが、聞こえるのは風に運ばれてきた町の騒音だけだった。

海水の入ったドックをまのあたりにすると、これからしようとすることは間違った行動ではないかと不安になった。いや、対策本部の秘密主義に腹を立てて、ここまでやって来た。自分の決心を疑ってもしかたない。だが、これから演じるランボーの役は自分には重すぎる。こんなことになるとは夢にも思わなかった。

けれども、ここまで来たのだ。それに、そもそも何か起きるはずがない。来たときと同じように、二十分後にはこっそりと立ち去ることができるだろう。

彼はバッグを開けた。装備は全部揃っている。潜水する場合もあると想定していた。船が浮きドックにあれば、港の外から潜って接近するからだ。当然、今回のほうが簡単だった。

完璧だ！

ジーパンと上着を脱ぎ、マスク、フィン、ペンライトを取りだした。サンプル回収容器を腰に結わえつける。ナイフホルダーを脚につければ装備完了だ。エアタンクは必要ないだろう。バッグは繋船柱の根元に押しこんだ。装備を腕に抱え、ドックの縁を幅の狭い階段のところまで走った。栈橋に最後の一瞥をくれる。小屋から漏れる灯りは先ほどと同じだ。人影はない。音を立てないように注意して鉄製の階段を駆け下りる。マスクとフィンをつけると、静かに水に入った。

刺すような水の冷たさが骨にしみた。ネオプレーン製のウェットスーツを着ていないからには、急がなければならないが、どのみち長く水中にいるつもりはなかった。ライトをつけ、フィンを強く蹴ってキールをめざして潜った。水の透明度は前回潜ったときよりも高く、鋼鉄製の船体がはっきりと見えた。ペンライトの光に船の塗装が赤く浮き上がる。指先で表面に触れた。一瞬そこに止まり、ふたたびフィンを蹴ってさらに潜った。

その下の船体は大量の貝に覆われていた。

夢中でフィンを蹴りさらに潜ると、キールにもやはり貝が密生している。彼は船首に向かって半分ほど進んだ。貝は以前よりも増えているようだ。すると、貝をはぎ取らなかったということになる。貝と、そこに存在するものすべてを船体に残したまま調査しているのだ。そのために、バリア・クイーン号を乾ドックに入れた。浮きドックと違い、乾ドックは密閉できる。逃してはならないものが海に漏れだす心配はない。これでバリア・クイーン号自体が研究室になった。ドックに海水を張り、船に付着する生物を生かしてあるというわけだ。

軍用車両がここにある意味もはっきりした。民間機関であるナナイモの生物学研究所が蚊帳（かや）の外におかれたなら、答えは一つだ。軍が科学調査を奪いとり、情報は何もかも非公開ということだ。

アナワクは戸惑った。自分の行動は正しいのだろうか。逃げる時間は充分にある。迷いを振り払った。すぐに終わるだろう。彼はナイフを取りだして貝をはがしにかかった。殻を傷つけないように注意する。筋肉のない足糸（そくし）の下に刃を慎重に差しこみ、いっきに引きはがした。集中してひとつひとつ貝をはがしては回収容器に入れる。これでいい。オリヴィエラは抱きついて喜んでくれるだろう。

胸が苦しい。アナワクはナイフをホルダーに戻すと、浮上して大きく息を吸った。冷たい空気が肺に流れこんできた。頭上に船側外板（せんそくがいはん）がまっすぐそそり立っている。何度も深呼吸した。次は、あの光を放つ生物と遭遇した場所に潜ってみよう。今も貝のどこかに隠れているかもしれない。今度は心の準備ができている。

もう一度潜ろうとした瞬間、かすかな足音が聞こえた。

水の中で体を回転させてドックの縁を見上げた。人影が二つこちらに来る。ちょうど二基の投光照明の中間だ。

人影はドックの中を覗きこんだ。

彼は静かに水中に体を沈めた。おそらく警備員だ。あるいは夜勤の労働者か。この時間に現われる可能性のある人間はかなりいるはずだ。ドックから上がるときには、充分に注意しなければならない。

ペンライトの光が見つかるかもしれない。

彼はライトを消した。まわりは闇に包まれた。

二人はどちらに向かうのか？　船尾の方向に歩いていたから、彼は船首のほうに泳ぎ、そこで作業を続けられるだろう。一定のテンポでフィンを蹴って潜った。しばらくして浮上し、振り返る。大きく息を吸いながら岸壁に目を走らせた。人影はなかった。

アンカーの高さまでふたたび潜った。指先で船体を慎重にさわる。そのあたりも貝に覆われていた。隙間か窪み(くぼ)がないか探ったが、以前に見つけたような隙間はどこにもなかった。回収容器がいっぱいになるまで貝を採取し、急いで帰るのが賢明だろう。大急ぎで貝をはがす。先ほどのように慎重にははがせない。両手が震えている。所詮(しょせん)は素人(しろうと)のすることだと、彼ははっきりと思い知った。恐ろしく寒かった。指先が次第に感覚を失っていった。

指先が……

そのとき、指先が見えることに気がついた。体を見下ろすと、腕も脚も見える。光っているのだ。そんなばかな。水が輝いている。深緑色の水が鮮やかに輝いていた。

なんということだ！

次の瞬間、まばゆい光に照らされた。本能的に腕をあげて目を覆う。閃光。靄（もや）。何が起きたのだ？　いったい自分は何をしでかしたのだろうか。

しかし、それは閃光ではなかった。まばゆい光はそのままだ。彼は海中を照らす投光器の光の中にいた。ドックの底の投光器が次々と点灯する。バリア・クイーン号の船体が強烈な光に浮かび上がった。密生する大量の貝が目に飛びこみ、身の毛がよだつ思いがした。

彼も照らしだされた。見つかってしまった！

一瞬、どうしていいかわからなくなった。だが、助かる道は一つしかない。船尾の方向に戻らなければならない。そこには桟橋に上がる階段があり、バッグが彼の帰りを待っている。高鳴る鼓動を聞きながら、まばゆい光の中を船尾に急いだ。耳もとで水が音を立てた。空気が足りない。しかし、階段に着くまでは浮上するつもりはなかった。

やがて、ドックの底まで続くジグザグの階段にたどり着いた。

両手で手すりをつかんで体を引き上げる。頭上に、大声と駆けてくる足音が聞こえた。

急いでフィンとマスクをはずし、ライトをベルトにはさむ。地上が覗けるところまで、身をかがめて階段を上った。

銃口が三つ、彼に向けられていた。


仮設小屋に入ると、アナワクは毛布を与えられた。見つかったとき、対策本部の科学調査チームの一員だと兵士たちに説明しようとしたが、聞いてはもらえなかった。彼らの任務はアナワクを拘束することだけなのだ。彼が抵抗もせず、逃亡もしないとわかると、ようやく小屋に連行した。その小屋には多くの兵士がおり、当直の士官が彼を尋問した。作り話をしても無駄だ。どうせ解放するつもりはないのだから。そこで彼は身分を明かし、何の目的で侵入したのか真実を話した。

士官は彼の話に聞き入った。

「身分の証明はできるか？」

アナワクは首を振った。

「身分証明書はバッグの中で、バッグは外にある。取ってきましょう」

「どこにあるか教えてくれ」

アナワクはスポーツバッグをおいた場所を兵士たちに告げた。五分後、士官は身分証明書を手にし、念入りに調べた。

「偽造でなければ、名前はレオン・アナワク。住所はバンクーバー……」

「同じことをずっと説明しましたよ」

「もっと詳しく説明してもらうことになる。コーヒーを飲むか？　凍えそうに見えるが」

「凍えているんです」

士官は席を立ってコーヒーベンダーのところに行き、ボタンを押した。自動的に現われた紙コップに、熱いコーヒーが湯気を立てて注がれた。アナワクはコーヒーを少しすすった。冷えた体に、わずかに温もりが戻ってきた。

士官は彼の周囲をゆっくりとまわった。

「さて、きみの話をどう受け取っていいものやら。対策本部の人間なら、正式に申請すればいいではないか」

「あなたの上官に尋ねてみてください。ぼくは何週間も前から、イングルウッド社に連絡をとろうとしていたのです」

士官は額に皺を寄せた。

「きみは対策本部のアドバイザーという立場なんだね？」

「そうです」

「なるほど」

アナワクは周囲を見まわした。プラスチックの椅子や安物のテーブルからすると、ここはドックの労働者の休憩所なのだろう。だが、今は軍のベースキャンプに転用されていた。彼は状況をまったく把握していなかったのだ。

「それで、これからどうなりますか?」

彼が尋ねた。

「これから?」

士官は彼の向かいに座り、両手の指を組んだ。

「きみにはしばらくここに残ってもらう。今回のケースは複雑でね。きみは軍の封鎖区域にいたわけだから」

「どこにもそんな立て札はありませんよ」

「侵入を許すという立て札もないが、ドクター・アナワク」

アナワクはうなずいた。反論できるはずがない。これはばかげた思いつきだった。いや、そうでもない。軍が関与して船体にいた生物を調べ、生きたまま保存していることがわかったのだ。しかし、オリヴィエラのために採取した貝は、研究所には絶対に届かないだろう。当局に押さえられてしまった。

士官はベルトにつけた無線機で、短い交信をした。

「きみは運がいい。きみを引き取りに、誰かが来ることになった」

「身分証を取り上げて、解放すればいいじゃないですか？」

「それほど簡単にはいかないのだ」

「ぼくは間違ったことはしていない」

アナワクは言った。しかし自分の耳にさえ、説得力があるようには聞こえなかった。

士官は笑みを浮かべた。

「対策本部の一員にも住居侵入罪は適用される。民事法でね」

士官はアナワクを残して出ていった。ほかの兵士たちは話しかけないものの、目のすみで彼を監視していた。コーヒーで温まった体が失態への怒りでさらに熱くなった。このこと自らやって来たのだ。唯一の慰めは、たとえ引き取りに来るのが誰にせよ、いくらかの情報が期待できることだろう。

半時間が過ぎた頃、ヘリコプターが接近する音が聞こえた。ドックに面した窓へ振り返ると、明るい光が室内まで差しこんでいた。強力なライトの光が水面で揺れている。ヘリコプターが頭上を飛び越して高度を下げると、ローターの音が耳をつんざくような大音響に変わった。しかし、すぐにリズミカルな回転音になり、やがて機体が着地した。

彼はため息をついた。もう一度、同じことを説明し直さなければならない。

足音が近づいてきた。挨拶を交わす声が聞こえる。兵士二名に続いて士官が入ってきた。

「お迎えだ、ドクター・アナワク」

士官は一歩脇に身を引いた。もう一人の姿がドアの陰から現われた。アナワクはすぐに誰だかわかった。彼女は一瞬止まって見わたすと、ゆっくりと歩いてアナワクのすぐ前に立った。彼は水のように透明な瞳を覗きこんだ。アジア人の顔にアクアマリンの瞳。

「こんばんは」

上品で柔らかな声がした。

司令官ジューディス・リーだった。

五月三日

ノルウェー大陸斜面　トルヴァルソン号

クリフォード・ストーンは、スコットランドのアバディーンで生まれた。三人兄妹の次男として生まれたときから、かわいいところが何ひとつなかった。小さくて弱々しく、子どもらしさのない醜い顔立ちだった。家族ですら、彼がまるで災難であるかのように距離をおいて接した。人から触れられなければ話題にもならないほどの、恥ずかしい災難のように。彼は長男のように責任を負わされもしなければ、妹のように甘やかされもしなかった。だが、虐待されていたわけではない。欲しいものは何でも手に入った。

人の温もりと、彼への関心以外は。

人より勝っていると感じたことは一度もない。

子どもの頃に友だちは一人もいなかったが、十八歳で髪が抜けると、女の子にも相手にされなくなった。高校を輝かしい成績で卒業しても、誰の興味も引かなかった。担任教師ですら、挑戦的な黒い目をした地味な少年に、卒業証書を手渡すとき初めて気がついたという顔をした。教師は素晴らしい成績のストーンににこりと笑ってみせたが、その瞬間に、彼の細い顔立ちをすっかり忘れてしまった。

大学ではエンジニアリングを学び、その才能を証明した。ついに、突如として誰からも認められる存在となる。それは彼がずっと待ち望んでいたことだった。しかし、認められたのは職業人としての存在であり、私生活はみるみるうちに色褪せてしまった。それは、彼とプライベートで付き合う者がいなかったからというより、彼自身が私生活を否定したからだ。私生活のことを考えると彼は不安になった。私生活とは、まったく注目されない世界に戻ることなのだ。ストーンが鋭い才能を持つエンジニアとしてスタットオイル社で出世の道を歩みはじめると、一人で家路に向かう不安に満ちた禿頭の男を、自身でも軽蔑するようになっていた。

会社が彼の人生、家族、自己実現の場となった。家庭では経験しなかった人に勝るという感覚を、会社が教えてくれたからだ。それは陶然とする一方で、苦しく忙しい感覚でもあった。やがて、人に勝るという欲望を抑制できるようになったが、自分の成功を、誰とどのように祝えばいいかわからないために、成功しても心から喜べなかった。ゴールに達しても、そこにとどまることはできない。何かにとりつかれたように、先へ先へと突進した。立ち止まれば、大人びた顔をした貧弱な少年に視線を向けなければならない。その少年こそが誰からも無視され続け、しまいには自分自身でも無視したストーンの姿なのだ。彼にとって、自分の挑戦的な暗い瞳を見ることが最も恐ろしかった。

スタットオイル社は数年前に、新技術のテストを専門に行なう部署を開設した。ストーンは、海底石油生産ユニットへの早期転換がかなり有望だと認識した。そこで、会社の経営陣に提案した結果、深海底に新ユニットを建設するプロジェクトの責任者に任命された。新ユニットは、ノルウェーの有名なエンジニアリング会社、FMCコングスベルグが製作したユニットの発展型だ。すでにその時期には多様な海底ユニットがあったが、コングスベルグ社のプロトタイプは最新技術を応用してコストパフォーマンスも素晴らしく、外洋での石油生産に革命的なものだった。新ユニット建設はノルウェー政府の理解と承認を得られたが、公式には行なわれなかった。彼は早急に操業を開始すべきだと考えた。特にグリーンピースは、さらなる試験運用を要求してくるかもしれない。テストは何カ月も、何年もかかるだろう。彼らの不信感は明白だった。統計から見ても、石油生産におけるヒューマンエラーや企業の道義違反の数は突出している。資源財閥が地球に張りめぐらした利益の網ほど、地球を締めつけるものはないのだ。したがって、プロジェクトは秘密裏に進められた。コングスベルグ社でさえ海底ユニットの概要をウェブサイトで紹介しただけで、スタットオイル社がすでに試験操業を始めたことは公表しなかった。そして、深海ユニットは滞りなく機能し、プロジェクト関係者の眠りを奪う懸念材料はなかった。

　それはまさにストーンの期待したことだった。延々と続いたテストのあと、彼はあらゆるリスクを排除できたと確信した。これ以上のテストが必要なのか？　しかし、国営企業という枠組みの中には、彼が軽蔑する優柔不断の声が生じるかもしれない。そして、それに応じざるをえない場合もあるかもしれない。けれども、彼がそれ以上はどうしても待てない理由があった。技術部門の先駆者として役員の一人に加わるチャンスをつかむ前に、石油をめぐる競争が消失する恐れがあったのだ。石油は国際政治の道具であり、独裁国家に武力介入する口実でもある。しかし、いずれその役目が終わるときが来る。石油を最後の一滴まで採りつくしてしまわなくても、石油生産の経済効率が悪化すればそれまでなのだ。一つの油井の採収率は単純に物理の問題だ。坑井（こうせい）を掘ると油層圧で石油が押しだされる。何十年も噴出し続ける場合もあるが、次第に油層圧は減少していく。まるで地球がそれ以上石油を出したくないかのように。そうなると、初め自噴していた油を人工的に汲み上げるしかなく、莫大な費用がかかる。採収率を上げるためにかかる経費が、石油のもたらす利益を上まわれば、たとえかなりの埋蔵量が残っているとしても、その油井からの生産は中止されるのだ。

二十世紀の終わりに、専門家が化石燃料資源は今後何十年も安泰だと評価したのは、間違っていたことになる。もちろん理論上は正しい。地球は石油に浸かっていると言っても過言ではないからだ。しかし、採収率はコストパフォーマンスの上に成り立っている。

二十一世紀の初め、このジレンマが残酷な状況を生みだした。一九八〇年代に死んだといわれたOPECが、ゾンビのように復活したのだ。それは、彼らがジレンマを解決したからではなく、単に膨大な埋蔵量を誇るからだ。OPECに石油価格の決定権を握らせたくない北海沿岸諸国にとって、生産コストを劇的に削減するか、深海に無人生産ユニットを早急に建設するかしか、生きのびる道はない。しかし、深海には水圧や水温など多くの問題があった。それでも、その問題が解決できれば、深海は第二の黄金郷（エル・ドラード）を約束してくれる。もちろん永遠に続くわけではない。だが、しばらくのあいだ世界が石油と天然ガスに依存して生きていければ、石油産業は安泰なのだ。

人に先んじることが人生目標だったストーンは、当時、海底ユニットのプロトタイプを研究して報告書をまとめ、建設をスタットオイル社に進言して受け入れられた。一夜にして彼の予算は増え、権限が広がった。先端企業と関係を結び、彼らにスタットオイルのニーズを最優先させるように図った。彼はどれだけ危ない橋を渡っているか自覚していた。

誰かが会社にクレームをつけないかぎり、役員から見れば彼は歓迎すべき征服者だ。しかし、クレームをつけられて釈明せざるをえなくなったら、彼が生き残るチャンスはない。優秀な社員は貧乏くじを引くものだ。使い捨てされる前に、急いで役員の椅子に座らなければならない。彼の名前が技術革新と利益として評されて初めて、すべての扉が開かれる。あとは、どの扉に入るかだけの問題だ。

これが彼の考えていたストーリーだった。

ところが今、いまいましいことに船の上にいる。

怒りの矛先を誰に向ければいいのだろう。自分を裏切ったスカウゲンか。それとも自分自身か。自分がルールを無視したのではないか？　では、何に対して怒っているのだ？　最悪のことが起きてしまったからだ。誰もが保身だけを考えている。スカウゲンは、大陸斜面に起きた致命的な現象がいずれ世間に知れわたると確信していた。自身に責任が及ぶリスクを考えると、誰もが長くは事実を隠しておけない。しかも、スタットオイル社がほかの企業にコンタクトをとったために、事態はもう引くにひけないところまで来てしまった。いつ起きても不思議ではない大惨事を目前にしては、誰も共謀できるはずがない。このどうにもならない状況の中で、誰がうまく切り抜けられるか、そのためには誰を血祭りに上げるかが、唯一の問題だった。

ストーンはいきり立った。スカウゲンが善人面をしたときに、反吐を吐いてやればよかったのだ。あのときのスカウゲンは最低の人間だったのだから。あいつの行為は、この私が考えつくどのような陰謀よりも卑劣だった。では、私はどんな罪を犯したというのか？ もちろん、ルールを逸脱して行動した。だが、なぜだ？ あいつがそれを許したからだ。新種のゴカイ、それがどうしたというのだ。当然、あのくだらない調査報告は忘れてやった。かつてゴカイが、船舶の航行や海洋油田を危険にさらしたことがあったか？ プランクトンのような小生物が無数に生息する海を、毎日、何千隻もの船が航行している。新種のカイアシが見つかったからといって、船が港に避難するはずがない。

それに加えてハイドレートの件だ。まったくばかげた話だ。ガス濃度は安全範囲内だった。あの鑑定書を提出したら、いったいどうなったのか？ どうせ役所仕事だ。つまらないことを延々とつつきまわし、建設を無駄に遅らせただけだろう。

このようなシステムが悪いのだ。とりわけ胸が悪くなるようなスカウゲンの偏屈さがいちばん悪い。役員たちは私の肩をたたいて口々に言った。「素晴らしい。いい仕事を続けてくれ。だが、捕まらないでくれよ。われわれは何も知らないからな」私が窮地に立たされた責任は役員にあるのだ。そして、ティナ・ルンも悪い。あの女は仕事を得るためスカウゲンにすり寄った。あいつと寝たにちがいない。だらしのない女だ！ だが、あの女には感謝するふりをしよう。スカウゲンを説得して、海底ユニット再建のチャンスをくれたのだから。しかし、これがチャンスであるはずがない。何もかも、この私を陥れる罠なのだ。

こんなことでクリフォード・ストーンはくたばらない。彼らを見返してやる。海底ユニットで何が起きていようと、問題を見つけて解決する。そうして初めて、誰と誰が同じ穴の狢(むじな)かわかるというものだ。

とことん真相を究明してやる。

自らの手で！

トルヴァルソン号では、海底ユニットの場所をソナーを使って探していた。しかし、ユニットは見つからない。ユニットがあった場所は、以前とはすっかり異なる地形になってしまったのだ。海底には数日前にはなかった穴が開いている。ストーンも乗組員や研究スタッフと同様、海底で起きた不吉な出来事を認めるしかなかった。だが、彼は恐怖を押しやった。自分が海底に行けば、謎が解けるはずだ。

クリフォード・ストーン。恐れを知らぬ行動派の男！

彼を深度九百メートルの海底に運ぶ潜水艇が後甲板に準備されていた。当然、ロボット潜水機を先に海底に送るべきかもしれない。一等航海士のジャン＝ジャック・アルバンをはじめとする誰もが、彼にそうするよう迫った。無人潜水機ヴィクターは高性能カメラやマニピュレータ、即座にデータ解析できる機器類を装備している。しかし自身で海底に行けば、より好印象を与えられる。会社の連中は、ストーンが生半可なことが嫌いだとわかるだろう。それにアルバンの意見に従うつもりもなかった。ゾンネ号で調査航海に出たとき、ゲーアハルト・ボアマンが潜水艇で深海に潜った話をしてくれた。ボアマンは伝説の潜水艇アルヴィンでオレゴン沖に潜ったのだ。彼は夢見るような目をして、こう語った。

「私は深海のビデオ映像を数知れず見た。ロボット潜水機が撮影した映像だ。どれも印象的なものだった。だが、自分が潜水艇に乗って深海に行き、自分の目で見る三次元の世界。それは想像とはまったく違っていた。まるで比較にならない世界だった」

そして、彼は付け加えた。

「マシンは、人間の感覚や本能には代われない」

ストーンは冷酷な笑みを浮かべた。

今度は自分の番だ。潜水艇は強力なコネですぐに調達できた。アメリカの民間会社ディープ・オーシャン・エンジニアリング社の、ディープ・ローヴァー１００２という新世代型の潜水艇だ。どっしりとしたスキッドの上に透明の球体キャビンがのり、屈伸自在の二本のマニピュレータを備える。二人乗りで、コントロールパネルは快適な座席の脇にある。

ストーンはディープ・ローヴァーの横に立ち、自分の選択に満足していた。潜水艇はケーブルでクレーンに連結され吊り上げられており、底部のハッチから中に入ることができる。エディという名の、ずんぐりした退役海軍パイロットの操縦士が、すでにキャビンに入って計器の点検をしていた。潜水艇が海に潜るときはいつもそうだが、乗員も技術者も科学者も様子を見ようと後甲板に集まる。ストーンはアルバンを見つけると、口笛を吹いて呼んだ。

「カメラマンはどこだ？　それにムービーは？」

彼はいらいらして尋ねた。

「さあね。カメラマンなら、さっきその辺をうろついてましたが」

アルバンが彼に近づきながら答えた。

「それなら、こっちへよこしてくれ。収録してからでないと潜れないからな」

ストーンが怒鳴った。

アルバンは顔をしかめて海を見わたした。靄がかかって見通しが悪かった。

「何か臭いますよ」

ストーンは肩をすくめた。

「メタンだ」

「もっとひどくなりますよ」

事実、海上には硫黄臭が漂っていた。海上まで臭うほどの大量のガスが、海底から漏れだしているのだろう。誰もが大陸斜面で起きている現象を見て知っていた。ゴカイも目にしたし、立ち昇る気泡も見たのだ。その結果が何をもたらすのか、誰にも想像できなかったし、あえて想像しようともしなかった。しかし、トラックいっぱいの悪臭弾を爆発させたような臭いが海上でするということは、決していい兆候であるはずがない。

「何もかも元どおりになる」

ストーンが言った。

アルバンは彼を見つめた。

「ぼくがあなただったら、やめます」

「何を？」

「潜りません」

「くだらない！　間抜けなカメラマンはどこにいる？」

ストーンは腹立たしげに言って、あたりを見まわした。

「危険すぎます」

「ばかな」

「それに気圧が下がっている。しかも底なしだ。嵐が来ますよ」

「潜水艇には嵐なんか関係ない。潜れば、嵐もおしまいだ」

「どうかしている！　なぜ、こんなことをするんです？」

「よりよい見通しを迅速に得られるからだ。ジャン、泣き言を言うんじゃない！　潜水艇の行く手を阻むものは何もない。せいぜいゴカイが数匹だ。潜水艇は深度四千メートル……」

「四千メートルも潜って外殻が持つはずがない。最高で千メートルです」

「当然だ。われわれは九百メートルまで潜るんだ。誰が四千メートルと言った？　そんなことをすればどうなると思うんだ？」

「さあね。ぼくにわかるのは、この下の海底がすっかり変わってしまい、ガスが海中に漏れ続けているということです。ソナーはユニットの場所を特定できない。この下で何が起きているのか微塵も想像できない」

「ちょっと地滑りしただけだ。それとも地割れか。最悪でも、ユニットが落ちこんだかだ」

「おそらくは」

「じゃあ、何が問題なんだ？」

「ロボット潜水機で充分だということです。なのに、あなたはどうしてもヒーローになりたい」

ストーンは二本の指で自分の目を指した。

「この目で、何が起きたか見極めることができるんだ。わかるか？　現場をまのあたりにすれば、問題を解決できる。現場に行って問題を処理するんだ」

「わかりました」

ストーンは腕時計を見た。

「では、いつ潜るかな？　あと三十分、いや二十分だ」

彼は潜水艇のエディに合図した。操縦士は手をあげると、すぐにコントロールパネルのチェックに戻った。ストーンはにやりと笑った。

「何が言いたいんだ？　操縦士は最高の腕前だ。非常時には、私も操縦できる」

アルバンは答えなかった。

「では、了解ということだな。私は潜水プランを再チェックする。用があったら、キャビンにいるから。それから、カメラクルーをスタンバイさせておけ。まさか、デッキで倒れているのではないだろうな」

ノルウェー　トロンヘイム

「アフター・シェービング・ローションは……」

切らしたのか？　それはありえない。贅沢品を集めるのが趣味のシグル・ヨハンソンともあろう者が、ワインや化粧品を切らすわけがない。キトンのオードトワレがまだ一瓶あったはずだ。

彼はバスルームに戻ると、鏡の裏の棚を探した。そろそろ家を出る時間だ。カレン・ウィーヴァーとの会合場所に運んでくれるヘリコプターが、スタットオイル中央研究所のヘリポートに待機していた。しかし、わざとくずした装いを心がける彼にとって、旅行の荷造りは普通の人とは比べようもない大仕事だ。普通の人は、上着の色をさりげなくはずすことに頭をひねる必要はないのだから。

ヘアワックスの後ろに、キトンを見つけた。

香水瓶を化粧ポーチに入れると、ウォルト・ホイットマンの詩集とポートワインの本をいっしょに旅行鞄にしまい、鍵をかけた。それは高価な鞄で、十九世紀初頭、ロンドン紳士がピクニックに持参したような鞄だった。革の持ち手は手縫いだ。その持ち手が少し擦り切れているようだと思ったとき、彼は両手を打ち合わせた。

〈第五の日〉!

そうだあのCD－Rを鞄に入れただろうか? 今起きている事態について、信じられないような理論を証明するデータをコピーしておいた。これからジャーナリストに会って、その理論について話し合えるだろう。もう一度、鞄の中を覗いてみた。

それはシャツと靴下の下に隠れていた。

軽やかな足どりでヒルケ通りの自宅を出ると、道の反対側に停めてあるジープに乗りこんだ。なぜか早朝から上機嫌で、ヒステリックなまでにエネルギーが満ち溢れていた。エンジンをかける前に、もう一度だけ自宅に視線を向けた。キイをイグニッションに差しこむ寸前、その右手が止まった。

自分が不安に駆り立てられていると悟ったのだ。

それを紛(まぎ)らわそうとしていた。考えるより行動だ。不安を忘れるように、陽気に振る舞っていたのだ。

トロンヘイムの町に霧がかかり、何もかもがぼやけていた。道の向かいにある彼の家すら、いつもより平板に見えた。まるで絵に描いた光景のようだった。

自分の愛するものに何が起きたのだろうか。

いつか、ファン・ゴッホの絵画の前に何時間も佇(たたず)んでいたことがあった。そのとき、この画家は完璧に幸福な人間だったのだと思い、安らかな気持ちになった。なぜだったのだろう？

何ものも、印象を壊すことはできないからだ。

もちろん絵を破壊することはできる。しかし絵が存在するかぎり、決定的な一瞬が油彩に捉えられている。ひまわりは決して枯れない。アルルの跳ね橋に決して爆弾は落ちない。たとえ絵の具を塗り重ねても、描かれたモチーフから真実は奪えない。その下に本物があるからだ。恐ろしいものはその恐ろしさを、美しいものはその美しさを決して失わない。耳に包帯を巻き、厳しい顔をして、深く窪んだ目で見つめる画家の自画像でさえ、どこか心地よい信頼感を持っている。なぜなら、絵の中の画家はそれ以上不幸になることはないからだ。彼は決して年をとらない。彼は永遠の一瞬を生きている。彼は自分を苦しめ無視した人々に勝利した。筆と彼の才能で、あっさり人々を出し抜いたのだ。

ヨハンソンは自分の家を見つめた。

なぜ、そうして残ることはできないのか。この家が絵であればいいのだが。その絵の中に自分がいるのであれば。

しかし、彼は一枚の絵の中に生きているのではない。人生の一瞬を、歩いて眺められるギャラリーにいるのでもない。湖の別荘は素晴らしい一枚になるだろう。その横には別れた妻のポートレート。付き合った女性たち、友人たちの肖像もある。もちろん一枚はティナ・ルンだ。コーレ・スヴェルドルップと楽しそうに腕を組んでいる。絵の中のティナは永遠に平穏だ。彼女には平穏と安らぎを与えてやれるだろう。

突如、彼は喪失への鈍い不安に襲われた。

世界は変わってしまう。世界はわれわれを締めだした。そして秘密の場所で何かが決定を下された。そこに、われわれはいなかった。人類は加わっていなかったのだ。

なんと美しい家だろう。何と静かなことだろう。

彼は車のエンジンをかけて出発した。

ドイツ　キール

エアヴィーン・ズースはイヴォンヌ・ミアバッハを伴い、ボアマンのオフィスに入った。

「至急、ヨハンソンに電話をしてほしい」

彼が言った。

ボアマンは顔を上げた。海洋地球科学研究所ゲオマールの所長ズースとは長い付き合いだ。顔を見れば、尋常ではない事態が起きたとわかる。ズースが狼狽(ろうばい)するほどの出来事が。

「どういうことだ？」

わかっていても、彼は尋ねた。

ミアバッハが椅子を引きだして座った。

「コンピュータであらゆるシナリオを想定してみました。ハイドレート層の崩壊は、わたしたちが考えていたよりも早いことがわかったわ」

ボアマンは額に皺を寄せた。

「このあいだは、そもそも崩壊が起きるかどうか定かではなかったのに」

「いや、私は崩壊すると考えていた」

ズースが言った。

「バクテリアのコンソーシアムか？」

「そうだ」

ボアマンは椅子の背に寄りかかった。額に冷たい汗が吹きだすのがわかる。不可能だ。バクテリアだ、微小な生物なのだ。突然、子どもが抱くような疑問が頭に浮かんだ。微小生物が厚さ百メートルを超える氷の層を崩壊させられるのか？　無理だ。一個体の微小生物が、何千平方キロメートルもの広さの海底で何をしでかせるというのか？　何もできない。想像もできない。現実離れしている。何も起こらない。コンソーシアムについては多くが知られていないが、深海では多様な微小生物が共生関係を作ることは確かだ。硫黄細菌は、原始地球環境で誕生した最も古い生物に属する始原菌と共生する。共生はきわめて効果的だ。メタン氷にコンソーシアムが初めて発見されたのは、わずか数年前のことだった。硫黄細菌は始原菌から受け取った水素や二酸化炭素、さまざまな炭化水素を、酸素を介して利用する。これらの物質は始原菌の好物が分解されると生まれる。

好物とはメタンだ。

ある意味で硫黄細菌もメタンを糧に生きていると言えるが、メタン氷の中には侵入できない。たいていメタンは酸素の含まれない層に存在し、硫黄細菌は酸素がなければ生きていけないからだ。ところが始原菌は生存できる。始原菌は酸素がなくても、地表から何千メートルも下にあるメタンをかじることができるのだ。こうして、始原菌は年間三億トンの、海に眠るメタンを分解するとされる。そのためメタンガスが大気中に漏れだすことはなく、地球温暖化の抑制に貢献することになる。始原菌が環境の見張り人と言われるゆえんだ。

少なくとも、海底いっぱいに広がらないかぎり。

そして始原菌はゴカイとも共生関係にあった。巨大な顎を持つ新種のゴカイには、硫黄細菌と始原菌のコンソーシアムがぴたりと貼りついていた。それはゴカイの外側にも内部にも生存する。ゴカイがメタン氷を掘り進めば、コンソーシアムを氷の奥深くに運び、始原菌はメタン氷を内側から崩壊させる。まるでガン細胞のようだ。ゴカイや硫黄細菌は酸素がなくなれば死滅するが、始原菌は平気でメタンを食べ続ける。氷の内部をあらゆる方向に進み、ついにはガス溜まりにまで達する。始原菌は固く安定した氷を穴だらけのもろい塊に変え、そのためガスがしみ出す。

ゴカイはメタン氷を不安定にすることはできないと、ボアマンは心の中でつぶやいた。そのとおりだ。それはゴカイの仕事ではないからだ。ゴカイは始原菌を氷の奥深くに運ぶだけだ。乗り合いバスのように。行き先はメタンハイドレート、深さ五メートル。ご乗車ください、出発です。

なぜ、われわれはそうだと思いつかなかったのだろうか？　海水温の変動、水圧の低下、地震。これらすべては、メタン研究者を不安にさせる要素だ。始原菌の機能は知られていたにもかかわらず、誰も真面目に考えなかった。こうして始原菌が氷に侵入するとは、夢にも思わなかったのだ。ましてや、始原菌をメタン氷の奥に運び、自らは死んでしまうゴカイの存在など考えもしなかった。大陸斜面すべてをゴカイが覆いつくしているとは、まったく理解できない！　恐ろしいまでの食欲に駆り立てられた始原菌の軍隊！

　ボアマンに疑問が尽きることはなかった。これらの生物はなぜここにいるのか？　どのようにしてやって来たのか？　何がここに連れてきたのか？

　あるいは、誰が？

　ミアバッハの声が聞こえてきた。

「問題は、最初のシミュレーションが一次方程式に基づいていたことです。ところが、実際は一次方程式ではなかった。指数方程式、さらには無秩序に展開するものだったのです。氷が割れ、その下にあるガスが地層圧で噴出する。氷の層はすべて崩壊し、海底が地滑りを起こす。この崩壊はものすごく速く……」

　ボアマンが片手をあげた。

「わかった。あとどのくらいだ？」

「何週間か、何日か、何……」

　ミアバッハは先を言うのを躊躇した。やがて肩をすくめて続けた。

「予測不能です。いまだに、本当に崩壊が起きるかどうかわからないのです。全データは崩壊を予測していますが、シナリオがあまりに異常で、わたしたちには証明できない」

「ストレートに言ってくれ。きみの個人的な意見は？」

「わかりません」

彼女はひと息おいてボアマンを見つめた。

「三匹の兵隊アリが猛獣に出会ったら、踏みつぶされてしまう。でも、その猛獣が数千匹の兵隊アリに囲まれたら、骨以外は嚙み切られてしまう。ゴカイと微生物の連合軍を、わたしは想像しました」

「ヨハンソンに連絡を。われわれはストゥレッガ海底地滑りを想定していると伝えてくれ」

ズースがもう一度言った。

ボアマンはゆっくりと息を吐きだすと、無言でうなずいた。

ノルウェー　トロンヘイム

二人はフィヨルドを見わたすヘリポートに立っていた。対岸は霧でほとんど見えなかった。目の前に鉛色の海面が広がり、次第に暗さを増す空がのしかかっていた。

「あなたってスノッブね」

ルンが待機するヘリコプターに目をやって言った。

「もちろんだ。きみたちに無理やりリクルートされたら、多少は紳士気取りするのもしかたないだろう?」

「その話はやめましょう」

「きみもスノッブだ。どうぞ素敵なジープをお使いください」

彼女はほほ笑んだ。

「それならキイをいただこうかしら」

ヨハンソンはコートのポケットを探した。ジープのキイを取りだすと、彼女の手のひらにおいた。

「運転には気をつけてくれ」

「心配しないで」

「それから、中でコーレといちゃいちゃするな」

「車の中なんかで、いちゃいちゃしないわ」

「どこでもいちゃいちゃするんだろう。だけど、きみは私の意見に従って、かわいそうなストーンを弁護してくれたんだね。これで、彼もユニットを海底から釣り上げにいける」

「がっかりさせるけれど、あなたの意見は役に立たなかった。ストーンの恩赦はスカウゲン自身の決定なの」

「では、許してもらえたのか？」

「すべて元どおりうまくいったら、会社に残れるかもしれない」

彼女は腕時計に目をやった。

「今頃、潜水艇で潜っているはずよ。成功を祈りましょう」

「どうしてロボット潜水機じゃないんだ？」

「頭がどうかしているのよ」

「まったくだ」

「自分のやり方で、この危機を乗り越えられることを証明したい。クリフォード・ストーンでなければだめだというところを見せたいのね」

「で、きみたちはそれを許したのか？」

彼女は肩をすくめた。

「いけないの？　彼は今でもプロジェクトの責任者だわ。それに、彼にも一理ある。彼が潜れば、状況がより詳しく判断できる」

にび色の海に浮かぶトルヴァルソン号と、潜水艇に乗り、闇に包まれて海底の謎に向かうストーンの姿がヨハンソンの目に浮かんだ。

「いずれにせよ、たいした勇気だ」

「そうね。彼はくそったれだけど、勇気だけは認めなければ」

ルンは言ってうなずいた。

彼は鞄を持ち上げた。

「それから、私の車を壊さないでくれ」

「ご心配なく」

二人はゆっくりとヘリコプターまで歩いた。スカウゲンは本当に社用機を手配してくれた。ベル430。極力騒音を抑え快適な居住性を誇る、最高級のヘリコプターだ。

「カレン・ウィーヴァーって、どんな人かしら?」

彼女は扉のところに立って尋ねた。

ヨハンソンはウインクした。

「若くて美しい」

「あのねえ!」

「どうして私にわかるんだ?」

ルンはちょっと戸惑ったが、彼の腕に手をまわした。

「気をつけてね」

ヨハンソンは彼女の背中を撫でた。

「大丈夫。私に何が起きるというのだい？」

「何も」

つかの間、彼女は沈黙した。

「ところで、あなたのアドバイスはやはり効果があったわ。おかげで決定的なことが起きたの」

「コーレに会えと言ったことか？」

「ものごとを多角的に見ること。それから、コーレに会うこと」

彼は笑った。そして、彼女の両頰にキスをした。

「着いたらすぐに電話するよ」

「わかったわ」

彼はヘリコプターに乗りこむと、鞄をパイロットの後ろの席においた。十人乗りだが、乗客は彼一人だ。それでも三時間はかかるだろう。

「シグル！」

彼はルンを振り返った。

「あなたは……わたしのいちばんの友だちよ」

彼女は力なげに両腕をあげ、また下ろした。やがて笑顔を見せた。

「わたしが言いたいのは……」

「わかるよ。きみはこういうことには向いてないんだろう」

彼はにやりとした。

「そうね」

彼は身を乗りだした。

「私もそうだ。誰かを好きになればなるほど、それを口に出して失敗してしまう。けれど、きみにはいちばんの失態を見せてしまった」

「それはお世辞？」

「最高の」

彼は扉を閉めた。パイロットがローターを始動させ、ベルはゆっくりと浮き上がった。手を振るルンの姿が小さくなっていく。やがてヘリコプターはノーズを下げ、フィヨルドに向かって飛びだした。中央研究所は玩具のようだった。ヨハンソンはリラックスして外を眺めたが視界は悪かった。トロンヘイムの町は霧の中に消え、海と山は色彩を失って鉛色の空に呑みこまれてしまいそうだった。

重苦しい気持ちがふたたびこみ上げてきた。

恐れ。

何を恐れているのだ？

ヘリコプターに乗ってシェトランド諸島に行くだけだ。何が起きるというのだ。誰でもこういう気持ちになるものだ。メタンやゴカイのことを考えすぎたのだ。それにこの天気。もしかすると、朝食をたっぷり食べるべきだったのかもしれない。

鞄から詩集を取りだして読みはじめた。

頭上では、ローターのまわるくぐもった音がした。コートはポケットに携帯電話を入れたまま、後ろの座席に丸めておいてある。彼は詩集に没頭し、携帯電話の呼び出し音は耳に届かなかった。

ノルウェー大陸斜面　トルヴァルソン号

ストーンは潜る前にスピーチをしようと決めていた。カメラクルーに写真やムービーを撮らせるのだ。この仕事のすべてを収めた正確なドキュメンタリーにするのがいいだろう。クリフォード・ストーンがいかにプロフェッショナルで、責任をどう果たすか、スタットオイルの連中に思い出させてやる。

「もう一歩、右に」

カメラマンが言った。

ストーンは指示に従うとともに、二人の技術者をレンズのフレームから追いだした。しかし考えを変えて、二人を呼び戻す。

「私の斜め後ろにいなさい」

技術者も入るほうが見栄えするだろう。これで、誰も山師の冒険だとは思わない。

カメラマンが三脚のねじをまわしてレンズの位置を上げた。

「もういいか？」

ストーンが声をかけた。

「ちょっと待って。何か変だ。操縦士が陰に隠れています」

ストーンはさらに脇にずれた。

「これでは？」

「よくなりました」

「写真を忘れないでくれ」

ストーンは言って、もう一人のクルーを指さした。彼はカメラを持って進みでると、まるでストーンを安心させるためだけのように、シャッターを切った。

「よし。フィルム、スタート」

カメラマンが言った。

ストーンはじっとレンズを見つめた。

「われわれはこれから海底に潜り、われわれの試作機がどうなったか調べにいく。現在のところ、海底ユニットは本来の……その……かつてあった場所に……くそ」

「大丈夫です。もう一度」

二度目はうまくいった。彼は海底ユニットまで潜る数時間のプロセスを、専門用語を使って説明した。これまでに判明した概要を述べ、海底地形の変化に言及し、ユニットは堆積層が部分的に不安定になり、地層とともに崩れたのだろうと自分の意見を語った。奥の深い説明だったが、少し専門的すぎた。彼は決してエンターティナーではない。普通、大きなミッションの前後には、気の利いたことが語られるものだ。素晴らしい響きを持つ言葉。「私にとって小さな一歩だが、人類にとっては大きな前進だ」これは最高だった。ニール・アームストロングは、自ら思いついた言葉のように語れと説得されたのだから当然だ。まあ、どうでもいいが。ジュリアス・シーザーの「来た、見た、勝った（ヴェニ・ヴィディ・ヴィチ）」も悪くない。コロンブスは何か言ったか？　マリアナ海溝に潜ったジャック・ピカールは？

ストーンは考えた。しかし何も浮かばなかった。

必ずしも自分で思いついた言葉でなくてもいい。ボアマンが潜水体験を語った瞑想的な言葉も悪くない。ストーンはつぶやいてみた。やがて決心して口を開いた。

「もちろんロボット潜水機を海底に送ることも可能だ。だが、自らが潜るのとでは違うのだ。カメラロボの映像を何回と見た。心躍る映像だった」

ボアマンはほかに何と言っていたか？

「しかし、自身が潜水艇に乗り、自身が海底に行って三次元の世界を見る。これは想像のできないことだ。比べものにならない。そして……よりよい見通し……いや、よりよい洞察……何が起きたか見るために……えっと、われわれに可能なことだ」

「アーメン」

アルバンが背後でつぶやいた。

ストーンは踵を返すと潜水艇の下に潜りこんだ。小さなハッチから体を滑りこませる。操縦士が手を差しのべたが、彼は無視した。体を持ち上げて座席についた。ヘリコプターに乗っている感じだ。あるいはディズニーランドのアトラクションか。内部にいるのに、外にいるような不思議な感覚だった。ただ、デッキの騒音は耳に届かない。キャビンはぶ厚いアクリル製の外殻で密閉されており、何も侵入できないのだ。

「不明な点はありますか？」

エディが愛想のいい声で尋ねた。

「ない」

すでにエディはひと通りの説明を終えていた。彼らしい丁寧な説明だった。ストーンは目の前にある小型コンソールを見た。右手は座席の脇のコントロールパネルにおいた。外ではカメラクルーが熱心に写真を撮り、ムービーカメラをまわしていた。

「それでは楽しみにいきますか」

衝撃が潜水艇に走った。宙吊りになったまま、デッキから海上に移動する。すぐ下に見える海は、かなり波が高かった。潜水艇は一瞬止まり、二人はトルヴァルソン号の船尾に視線を向けた。アルバンが親指を立てた手をあげた。ストーンは小さくうなずき返した。これからの通信手段は水中電話のみになる。潜水艇と母船とはファイバーケーブルで結ばれていないため音波を使う。クレーンから切り離されれば、あとは自律する。

ストーンの胃がちくちく痛みはじめた。

また潜水艇に衝撃が走る。ケーブルがはずれて、頭上のクランクが響いた。潜水艇は沈んだが、すぐ波に持ち上げられる。エディがバルブを開くと、タンクに海水が流れこんだ。波が透明キャビンを呑みこんだ。ディープ・ローヴァーは一分間に三十メートルの速度で、石のように沈んでいった。ストーンはアクリル板の向こうを凝視した。タンクについた二つのポジション・インジケータ以外の灯りは消してある。電力はあとで必要になるから、今は節約しなければならない。

魚の姿はなかった。水深百メートルを超え、深い青色だった海が漆黒の闇に変わった。花火のように何かが輝いた。初め一つ、二つだった光は、やがてあたり一面にきらめいた。

「光クラゲですよ。かわいいですね」

エディが言った。

ストーンはうっとりとした。潜水艇には何度か乗ったが、ディープ・ローヴァーは初めてだ。このキャビンにいると、自分と海を隔てるものがまったくない。コンソールの小さな赤い光でさえ、潜水艇の外の小さな生物が発する蛍光色の仲間入りをしたかのようだ。彼は、この未知の世界に海底ユニットを作るのはばかげたことに思え、笑いだしそうになった。

自分はこのプロジェクトの発案者だ。机で作業ばかりしていて、本物の世界を想像できなくなっていたのだろうか。

彼は空間が許すかぎり足を伸ばした。潜降するあいだ、二人はほとんど言葉を交わさなかった。深く潜るにつれてキャビン内の温度は下がるが、寒すぎるほどではない。アメリカの潜水艇アルヴィンやロシアの潜水艇ミール、六千メートルまで潜る日本の潜水艇しんかいとは違い、ディープ・ローヴァーは室温を調整する豪華な機能を備える。彼は念のためぶ厚い靴下をはき、暖かなウールのセーターを着こんできた。潜水艇では靴は禁止されている。誤って計器を踏み、壊してしまう恐れがあるからだ。室温は低いが、彼には快適だった。隣のエディは緊張し集中していた。トルヴァルソン号の技術者の声がスピーカーから響いていた。内容は聞きとれるものの、かなり歪んでいる。音波は海中の無数の音と混ざってしまうからだ。

深度が増していく。

二十五分後、エディがソナーを作動させた。球体キャビンの中でホイッスルのような音とクリック音、さらに柔らかな電子音が混ざり合った。

海底が近づいていた。

「ポップコーンとコーラを準備して。さあ映画の始まりです」

エディは言って、水中ライトを点灯した。

ノルウェー大陸棚　ガルファクスC

ラーシュ・ヨーレンセンは、ヘリデッキから居住棟に通じる鋼鉄製の階段室型シャフトの最上階に立っていた。腕を組んで手すりにのせ、坑井タワーを見上げた。白い髭の先端が風に揺れていた。晴れた日には、タワーは手が届くほど近くに見える。しかし、今日はみるみるうちに視界から消えていった。嵐を目前にして霧が濃くなると、タワーは完全に消滅して現実味を失い、記憶の中だけの存在になった。

ルンがこの前に来たときから、ヨーレンセンは憂鬱な気分をつのらせていた。スタットオイルは大陸斜面に何を建設するのだろうか。間違いなく無人生産ユニットだ。ドリルシップにつなぐのかもしれない。彼女ははぐらかしたつもりだろうが、おれはそれほどばかではない。会社が何を優先させるかぐらい見当がつく。人間の代わりに機械を導入し、人件費を削減するつもりだ。確かに筋は通っている。機械はおれのようにプラットフォームの料理長の腕に期待しない。機械は眠らず過酷な条件下でも働き、割り増し賃金を要求しないし不平も言わない。時が経てば、ゴミとして捨てることもできるし、老後の心配もない。だが、果たしてロボットは目や耳の代わりになるのだろうか。自ら決定が下せるのだろうか。人間がいなければ、ヒューマンエラーはありえない。だが、人間が近くにいないときに、機械が故障すればどうなるのか。それはまるで、海の荒れた夜によく観た、カタストロフィの映画そのものだ。人間はコントロールを失ってしまうだろう。ロボットは周囲の環境や生物を大切に思うことはない。機械を作った人間の利益などまったく考慮しない。機械に人間性や憐れみは存在しない。

少しずつ光が消えていった。空はますます暗さを増し、みぞれが降りだした。

なんと嫌な一日だろう。

それだけではない。少し前から、化学物質を流したような不快な臭いが海上に充満していた。天気は、まるで彼と憂鬱さを競い合っているかのようだ。

おれたちは廃墟で働いている。海に浮かぶ亡霊都市で働いているのだ。海のゾンビは一つ、また一つと悪魔祓いをされたかのように追い払われる。資源が底をつけば、鋼鉄の骸骨は使われないまま放置される。労働者は切り捨てられ、プラットフォームは処分される。将来のおれたちは、必要があっても足を踏み入れられない海の中をモニター画面で見るだけだ。

ヨーレンセンはため息をついた。

おれたちの先行きを考えてくれたのか？　複雑すぎるのだろうか。視野が狭く、一方的で独りよがりなのだろうか。かつて自動車の出現は御者の終焉を意味した。当時、馬は殺されて安い馬肉となって出まわり、馬車の存在は抹殺された。もう馬車に乗る者はいない。一方が正当化され、もう一方の側にいるおれは、年金暮らしを嫌う老人というだけだ。

その昔、魔法の瞬間があった。石油を浴びて真っ黒になった男たちが手を取り合っている。背後には、計り知れない富を約束してくれる砂地の井戸から、空高く石油が噴き上がっていた。本当にそんなことがあったのだろうか？　映画『ジャイアンツ』でジェームズ・ディーンが演じたワンシーンだ。ヨーレンセンは映画が好きだった。ブルース・ウィリス主演の『アルマゲドン』は本物のプラットフォームで撮影されたが、彼はアメリカ西部が舞台の『ジャイアンツ』をずっと気に入っていた。笑顔で走りまわる油まみれのジェームズ・ディーンを見ていると、祖父の膝で聞いた昔話を思い出す。祖父の若い頃、一切がずっとうまくいっていた話に、おれは半信半疑で耳を傾けていた。

おじいちゃん！　そうだ、このおれがもう老人なのだ。

あと数カ月。そうしたら引退し、何もかもが終わる。どのみちおれのほうが今の若者よりましだ。おれはお払い箱にされるのではなく、自ら辞めるのだ。それに年金もある。プラットフォームの終焉を待たずにここを去るのは後ろめたい気もする。だが、それはおれの問題ではない。おれにはおれの問題がある。

そのとき、海岸からこちらに向かってくる騒音が聞こえた。ヘリコプターのローターが立てる規則的な回転音だ。ヨーレンセンは見上げた。このあたりを飛ぶヘリの機種は全部知っている。悪天候で、しかも距離はあるが、ベル430がガルファクスをかすめて霧の中に消えていくのが見えた。ローターの音は次第に小さくなり、やがて聞こえなくなった。

細かい雨粒が手すりの上で光っていた。そろそろ中に入ろうか。めったにないことだが、今は休憩時間が一時間あった。テレビを見るか、本を読むか、誰かとチェスをするか。しかし、中に戻る気にはなれなかった。特に今日は、居住棟がまるで鋼鉄の棺のように思えたからだ。棺に入って埋葬されるには早すぎる。鉛色の海には、いつもと同じ険しい波頭が立っていた。

プラットフォームの反対側では、フレアスタックの先端に青白いガスの炎が揺れている。亡者のかがり火。いい響きだ！　映画のタイトルのようだ。何年もヘリコプターや船を見張り続けた老いぼれには、悪くない。

引退したら本を書こう。何十年か経ったら忘れ去られてしまう時代のことを書くのだ。巨大プラットフォームの時代を。

タイトルは『亡者のかがり火』。

おじいちゃん、お話を聞かせて！

ヨーレンセンの気分はいくらかよくなった。本を書くのは悪い考えではない。今日だって、そんな悪い日でもないのだろう。

ドイツ　キール

ゲーアハルト・ボアマンは流砂に沈んでいく気分だった。何度もズースとミアバッハのもとを往復した。彼らは絶え間なくコンピュータで新しいシナリオをシミュレーションしているが、結果は悪くなる一方だ。シグル・ヨハンソンにはずっと連絡しているのに捕まらない。大学の秘書に電話をすると、「先生は出張中で講義は休講です。厳密に言うと、当分こちらにはまいりません。大学を離れて政府の仕事をしております」という答えが返ってきた。ボアマンには仕事のおおよその見当がついた。すぐにヨハンソンの自宅や携帯電話にかけてみたが、いまだに連絡がつかなかった。

そこでズースに相談した。

「ヨハンソンの周囲には、ほかに決断を下せる者がいるはずだ」

ズースが言った。

ボアマンは首を振った。

「全員、スタットオイルの人間だ。これはわれわれだけの極秘事項だ。だが、これがストゥレッガ海底地滑りの規模だったら、黙っていたわれわれは非難される」

「では、どうすればいいのだ？」

「いずれにせよスタットオイルはだめだ」

ズースは目をこすった。

「わかった。科学技術省や環境省に連絡しよう」

「オスロの？」

「加えて、ベルリン、コペンハーゲン、アムステルダム、それにロンドンだ。忘れているところはないか？」

「レイキャビク。すぐに始めよう」

ボアマンはため息をついて言った。

ズースは窓の外に目をやった。窓からはキール・フィヨルドが見わたせる。巨大なガントリークレーン、倉庫やサイロが見えた。海軍の駆逐艦が灰色の雲と波のあいだに消えていった。

「シミュレーションではキールはどうなる？」

ボアマンが尋ねた。不思議なことに、今までそのようなことを考えもしなかった。ここは海に近い。

「キールは大丈夫だろう」

「せめてもの慰めだな」

「それでもヨハンソンに連絡をしてくれ」

ボアマンはうなずくと、オフィスを出ていった。

ノルウェー大陸斜面　ディープ・ローヴァー

エディが潜水艇の六基の水中ライトを点灯しても、闇の広さは計り知れなかった。百五十ワットのクオーツハロゲンランプ四個と、四百ワットのHMIライト二個に照らされて、半径二十五メートルの範囲がきらきらと浮かび上がった。形のある物体は捉えられない。ディープ・ローヴァーは輝く真珠玉のカーテンの中を潜降していた。ストーンはすっかり暗闇に慣れた目をしばたたいた。

彼は身を乗りだした。

「これは何だ？　海底はどこだ？」

やがて彼らを取り巻くものが何か気がついた。気泡だ。スピンしながら海面に向かって昇っていく。紐のように連なる小さな気泡もあれば、のろのろと立ち昇る大きな気泡もある。

特徴的なソナーの音は今も聞こえていた。エディは眉を寄せてコンソールのＬＥＤ画面を調べている。バッテリーの状態、水温、室温、酸素の残量、キャビンの内圧……そして、外部センサーのデータを読みあげた。

「おめでとう。これはメタンだ」

彼はうなって言った。

真珠のカーテンは厚さを増していった。エディはタンクの両側についた鋼鉄製の錘を切り離すと、潜水艇を安定させるためタンクに空気を補充した。それで潜水艇は静止するはずだ。ところが、いつまでも沈み続ける。

「どうしてだ、浮かないぞ！」

海底がフットライトを浴びてすぐ下に現われた。急速に迫ってくる。一瞬、海底の亀裂と穴がストーンの目に飛びこんできた。しかし、すぐに泡に覆われてしまった。エディは罵りながら、タンクから水を抜いた。

「どうしたんだ？　浮力に問題があるのか？」

ストーンは訊いた。

「ガスですよ。ブローアウトのど真ん中にいるんだ」

「なんてことだ」

「落ち着きましょう」

エディはプロペラをまわした。潜水艇は泡のカーテンの中を前方に動きだした。ストーンには、止まりかけのエレベータに乗っているように感じられた。彼の視線が深度計を探す。ディープ・ローヴァーはまだ沈み続けている。少し速度が落ちたものの、かなりのスピードで海底が迫っていた。激突するまで、そう長くはないだろう。

彼は唇を嚙みしめた。あとはエディに任せよう。この状況で自分がよけいなことをすれば、操縦士の邪魔になるだけだ。気泡は急速に増え、カーテンは急速に厚くなっていく。ブローアウトの中に見えていた海底らしい部分は、ゆっくりと姿を消した。右のタンクが強烈な渦に呑みこまれて潜水艇が傾いた。

彼は息を呑んだ。

やがて潜水艇は渦を抜けだした。

激しく立ち昇っていた気泡がなくなり、静かな海底が目の前に広がった。瞬間、潜水艇が上昇を始めた。エディは落ち着いてバルブを操作し、ディープ・ローヴァーがバランスを取り戻すまでタンクに海水を入れた。潜水艇は大陸斜面のすぐ上に浮かんでいた。

「もう大丈夫です」

彼は言った。

潜水艇は最高速度の二ノット、時速三・七キロメートルで進んだ。ジョギングするより遅い速度だが、遠くまで移動する必要はない。彼らは、ストーンが海底ユニットを設置したほぼ正確な場所にいる。遠くであるはずがないのだ。

エディがにやりとした。

「こういうことは充分に予測できましたね」

「ここまで激しいものだとは」

「冗談でしょう？　海が下水のような悪臭を放っていたんですよ。どこかでガスが漏れているにちがいない。なのに、あなたはそう考えたくなかった。どうしても潜りたかった」

ストーンは答えなかった。緊張した面持ちでメタンハイドレートを探した。だが、たまにゴカイがいるだけで、メタン氷はどこにもない。ヒラメに似た平らな魚が海底にいた。潜水艇が近づくと、魚はぐずぐずと体をもたげ、海底の泥を巻き上げながら闇に消えた。

こうして座っているのが、とても現実に思えなかった。アクリル外殻には一平方センチメートルに百気圧もの水圧がかかっているのだ。この状況のすべてが人工的だった。ディープ・ローヴァーがゆっくり動けば、ライトに照らされた大陸斜面が影を伴って移動する。拡散する光の先の闇。機械的に調節された内圧。呼吸可能な空気が常にボンベから流れだし、吐きだした二酸化炭素は化学反応によって処理される。

人間は招かれざる客だった。

ストーンは唾を飲んだ。舌は上顎に貼りついている。潜水艇に乗りこむ何時間も前から、水分を取っていないことを思い出した。キャビンには万一に備えて尿瓶の用意があるが、潜水艇の乗員には膀胱を空にしておくことが要求される。早朝から彼とエディが口にしたものは、ピーナッツバターサンド、固いチョコレートとシリアルバーだけだった。潜水前の食事は栄養価が高くて満腹感の得られる、サハラ砂漠のように乾燥した食べ物なのだ。

彼は努めてリラックスしようとした。エディはトルヴァルソン号に短い報告をした。見えるのは貝やヒトデばかりだ。そのときエディが外を指さした。

「驚きじゃないですか？　九百メートルも潜ると、まわりは真っ暗闇だ。なのに、このあたりを低照ゾーンというんです」

「水の透明度が高く、水深千メートルでも光が差しこむところがあると？」

「そうです。けれど、人間の目にその光は見えない。深さ百メートルか百五十メートルを超えれば、人間の目には真っ暗闇だ。あなたは千メートル以上、潜ったことがありますすんなことをしたいとは思わない。科学の偉業でしょうが、そこには目に見えるものは何もないんですよ」

「なぜ？　野心がないのか？」

「何度か。ここと同じ真っ暗闇ですよ。私は光のあるところのほうがいい」

エディは肩をすくめた。

「私はないが、きみは？」

か？」

「何のために？　ジャック・ピカールは深度一万七百四十メートルまで潜ったが、私はそ

「どうしてわかるんだ？」

「さあね。何かがたくさんあるとは想像できませんよ。深海底は面白いとは思えないな」

「ピカールは確か深度一万千三百四十メートルまで潜ったのではなかったか？」

エディは笑った。

「それですよ。学校の教科書には間違って書かれている。深度計の問題ですね。スイスで、淡水に使う計器だった。淡水と海水では密度が違うんですよね。だから、いちばん深いところを測り間違え……」

「あそこだ！」

目の前のライトの光芒が影に消えている。接近すると、そこから海底が急角度で落ちこんでいるのが見てとれた。光は深淵に吸いこまれていった。

「止めてくれ」

エディの手がキイやスイッチの上をせわしなく動いた。ディープ・ローヴァーは逆噴射して静止し、ゆっくりと向きを変えた。

「かなり流れが速いな」

エディが言った。潜水艇はさらに回転を続け、ライトが深淵の縁を捉えた。二人の目は、大きく口を開けた海底の穴に釘づけになった。

「何かが墜落した跡のようだ。しかもまだ新しい」

エディが言った。

ストーンが不安そうに周囲を見まわした。

「ソナーは？」

「このあたりは、四十メートルは落ちこんでいる。しかも、右にも左にも何もありません」

「ということは、海底は……」

「どこにもない。崩れ落ちた」

ストーンは下唇を嚙んだ。海底ユニットはこの辺にあるはずだ。しかし、一年前にはこんな斜面の落ちこみはなかった。おそらく数日前ですら、存在しなかっただろう。

「潜ってみよう。この下がどうなっているか確かめるのだ」

ストーンが言った。

ディープ・ローヴァーは穴の縁から壁に沿って下降を始めた。二分も経たないうちに、ライトがふたたび海底を捉えた。そこはまるで爆撃の跡のようだ。

「少し浮上したほうがいい。海底が切り立っているから、どこかにぶつかりそうだ」

エディが言った。

「そうだ、すぐに……くそ！　あれを見てくれ」

太いパイプが裂けているのが視界に入った。巨大な岩塊に絡みつくようにねじ曲がっており、その先は光の外に消えている。裂け目から石油が漏れ、黒い糸のように海面に向かってまっすぐに立ち昇っている。

「あれはパイプラインだ！」

ストーンが興奮して叫んだ。

「パイプラインだった」

エディが言い直した。

「その先を見てみよう」

ストーンはぞっとした。このパイプラインがどこにつながっているか、あるいはどこから来たのか、それは明白だった。海底ユニットの敷地内にあったものだ。

しかし、敷地などどこにも見えない。

突然、目の前に急峻な壁が現われた。エディは壁にぶつかる寸前に、潜水艇を浮上させた。壁はどこまでも続くようだった。やっとのことで壁の上端を越えた。そのときになってようやく、それが壁ではなく、海底の一部分が垂直に盛り上がったものだとわかった。そのさらに先はふたたび垂直に落ちこんでいる。ライトの光芒の中を細かい堆積物が舞い、視界を妨げた。そのとき、強烈な勢いで立ち昇る泡をライトが捉えた。垂直に落ちこんだ穴から激しく噴きだしている。

「なんということだ。いったい何が起きたのだ」

ストーンがつぶやいた。

エディは答えなかった。潜水艇はカーブを描き、噴出する泡を避けた。視界はますます悪くなり、パイプラインは見えなくなったが、すぐまたライトの光芒に捉えられた。パイプは下に向かっている。

「いまいましい流れだ。ブローアウトの中に引きずりこもうとしている」

エディが言った。

ディープ・ローヴァーがスピンしはじめた。

「パイプラインに沿って進むんだ」

ストーンが命じた。

「どうかしている。浮上すべきです」

「ユニットはここにある。すぐに目の前に現われる」

「もう何もない。すべて壊れてしまったんです」

ストーンは沈黙した。パイプラインは巨人の拳でねじ曲げられたように上向きに曲がり、引き裂かれて終わっていた。引き裂かれた鋼鉄は、まるで異様な形の彫刻だ。

「まだ見たいですか？」

ストーンはうなずいた。エディはパイプのすぐ近くに潜水艇を寄せた。一瞬、裂けて巨大な口を開けた先端の真上に止まった。やがて、潜水艇はパイプラインを通りすぎた。

「ここから先は海底がありません」

周囲はふたたび真珠のような気泡が立ち昇っていた。

ストーンは拳を握りしめた。結局はアルバンが正しかったのだろう。ロボット潜水機を海底に送るべきだったのだ。しかしここであきらめれば、ますます意味がなくなる。詳細な報告を持たずに、スカウゲンの前には出られない。今度こそ、真っ向から彼と戦うのだ。

「もっと先だ、エディ」

「どうかしている」

切断されたパイプの向こうで、廃墟と化した海底が垂直に落ちこんでいた。巻き上がる堆積物の量が増している。今度はエディのほうに緊張が走った。次々と目の前に障害が現われるからだ。

そのとき海底ユニットが視界に入った。

厳密に言えば、それは斜めになった梁だけだ。ストーンは、コングスベルグのプロトタイプがどこにも存在しないと悟った。ユニットは崩れた海底の下に埋もれてしまった。それは、本来あるべき位置から五十メートルも落ちこんでいた。

彼は目を凝らした。金属の梁から何かがこちらに向かってくる。

泡だ。

ただの泡ではない。ゾンネ号のモニター画面に映った巨大なガスの渦を思い出した。採泥器のグラブがメタン氷を突き抜けたあとに起きた、あのブローアウトだ。

彼はパニックに襲われて叫んだ。

「逃げろ！」

エディが残った錘を全部切り離した。潜水艇は一気に上昇する。しかし、下から追ってきた巨大な泡に呑みこまれてしまった。まわりの海水が沸き立っている。

「くそ!」

エディが怒鳴った。

トルヴァルソン号の技術者が金切り声で叫んでいる。

「海底はどうなっているんだ? エディ? 応答してくれ! こっちでは異常なことが起きている。かなりの量のガスとハイドレートが浮き上がっている」

エディは送信ボタンを押した。

「これから外殻を切り離す! すぐに浮上する」

「何があったんだ? そっちは……」

技術者の声は轟音にかき消された。エディはバッテリーポッドと、球体キャビンの一部をおおう外殻を切り離した。一瞬で潜水艇の重量を軽くする最終手段だ。ディープ・ローヴァーは回転し、ふたたび浮上を始めた。そのとき、何かが潜水艇にぶつかった。巨大な岩塊がガスで吹き飛ばされて、すぐ脇を上昇していくのが見えた。球体キャビンはひっくり返り、頭が下になった。もう一度、キャビンに衝撃が走ると、エディが悲鳴を上げた。今度は右から衝撃を受け、潜水艇はブローアウトから弾き飛ばされた。一瞬にして浮力を取り戻して急上昇する。ストーンは座席の背にしがみついた。もはや座っているというより、横倒しになった状態だ。目を閉じたままのエディが覆いかぶさってきた。顔に血が流れている。ストーンは驚愕した。ここからは自分一人で切り抜けなければならない。どうすれば潜水艇のバランスが取り戻せるのか必死で思い出す。まず自分の側に操縦を切り替えるのだ。どのようにして？

エディから説明は聞いていた。このボタンだ。

彼はエディの体を押しのけるようにして、ボタンを押した。外殻が切り離されても、プロペラは動くのだろうか。深度計の数字がめまぐるしく変わり、潜水艇が急浮上していることを示していた。どちらに向かおうとどうでもよかった。とにかく浮上する。減圧症は心配しなくてもいい。キャビンの内圧は海上の気圧に調節されている。

警告ランプが点灯した。

右側タンクのライトが消えた。ほかのライトも消え、ストーンは闇に包まれた。

彼は震えはじめた。

落ち着くのだ。エディから非常用電源のことは聞いている。コントロールパネルの最上段に並ぶボタンのどれかだ。自動的にスイッチが入るのか、自分でスイッチを入れるのだったか。指でコントロールパネルを探った。闇に目を凝らす。

あれは何だ？

潜水艇のライトが消えれば、あたりは真っ暗闇のはずだ。それなのに光が見える。すでに海面近くまで浮上したのだろうか？　ライトが消える前に見た深度計は、まだ七百メートル以上を示していた。潜水艇は大陸斜面に沿って浮上している。まだ、太陽の光が届かないずっと深いところにいるのだ。

錯覚だろうか？

彼は目を細めた。

かすかな青い光。見えるというより感じると言ったほうがいい。光は海底から上に向かって伸びている。漏斗のような形で、下端は深海の闇に消えていた。ストーンは息を呑んだ。光に近づけば、より強く輝くような気がした。光が膨大な海水に吸収されているからだ。それが確かなら、かなり離れているということだ。

すると、かなりの大きさもある。

漏斗が動いた。

漏斗の形がよじれ、長くなっていく。彼は凍りついた。非常用電源のスイッチを探す指は動きを止め、彼は呆然として目を凝らした。膨大な量の海水とガス、さまざまな粒子の向こうに見えるものは間違いなく発光生物だ。しかし、計り知れないほど巨大な発光生物がいるだろうか？　巨大なダイオウイカなのか？　普通のダイオウイカより遥かに大きい。おとぎ話のダイオウイカより遥かに巨大なのだ。

それとも幻覚なのか？　急に真っ暗になったために、網膜に映る残像なのか？　消えたライトの残像なのだろうか。

凝視するうちに光は次第に弱まり、漏斗はゆっくりと海底に消えていった。

やがて光は消えてしまった。

彼はふたたび非常用電源スイッチを探しはじめた。潜水艇は安定して上昇している。まもなく海面に到達して悪夢から解放されると思うと、かすかな安心感が生まれた。外殻は切り離されたが、ビデオカメラは残っている。あの光を撮影できただろうか。あれほど微弱な光でもカメラは感知できるのだろうか。

光は確かに存在した。錯覚ではない。そのとき、ロボット潜水艇ヴィクターの撮影した奇妙な映像を思い出した。ライトの光芒から瞬く間に消え去った物体だ。なんということだ。いったい何に遭遇してしまったのだろう。

あった！　このスイッチだ。

非常用電源が低い音を立てて作動し、コンソールに灯りがついた。続いてフットライトが次々と点灯し、ディープ・ローヴァーはふたたび光の繭に変わった。

エディは隣でぐったりとしている。

その向こうのライトの光芒の中に、赤い雲のような平面が現われた。ストーンは身を乗りだした。それは潜水艇にのしかかってくる。彼の手がコントロールパネルの上を激しく動いた。このままでは大陸斜面に衝突してしまう。

そのとき気がついた。

斜面がこちらに向かって来る。

その瞬間、球体キャビンのぶ厚い透明アクリル製外殻が粉々（こなごな）に砕け散った。

ノルウェー海　ベル430

トロンヘイム上空ではヘリコプターの旅は快適だったが、そのうちに詩集を読んではいられないほど機体の揺れが激しくなった。この三十分間で空の色は劇的に変化し、真っ黒な空がヘリコプターにのしかかり、機体は海に落ちてしまいそうだ。突風がベル430を激しく揺らした。

パイロットがヨハンソンへ振り返った。

「気分は大丈夫ですか？」

「最高だよ」

彼は詩集を閉じて外を眺めた。海面は洗濯機の水のようだ。海洋プラットフォームや船がおぼろげに見える。波が急に高くなった気がした。嵐はすぐそこまで来ている。

「心配するほどではありませんよ。このヘリは大丈夫です」

パイロットが言った。

「心配はしていないが、天気予報は何と？」

「風が出てくるという予報です。どうやら小型のハリケーンのようだ」

パイロットは気圧計を見て言った。

「乗る前に教えてもらわなくてよかった」

パイロットは肩をすくめた。

「私にもわからなかったんですよ。天気予報はたいていはずれますからね。飛ぶのが怖いですか？」

「いや、飛ぶのは最高だ」

ヨハンソンは強調した。

「ただ一つ怖いとしたら、落ちることだけ」

「これは落ちませんよ。この近辺を飛ぶのは子どものお使いのようなものだ。今日は、何度か揺れるくらいで、たいしたことはありません」

「あとどのくらい？」

「もう半分来ました」

「そうか」

彼はふたたび詩集を開いた。

エンジン音に混じって、さまざまな音が聞こえる。ぽきぽき、がたがた、ひゅーひゅー。電話の呼び出し音のような音さえ聞こえる。それは一定の間隔をおいて後方から聞こえてきた。きっと風のしわざだ！　彼が後ろの座席へ振り返ると、音は消えていた。

彼はまたウォルト・ホイットマンの世界に入っていった。

ストゥレッガ海底地滑り

一万八千年前、最終氷河期が全盛を迎えた頃、世界中の海面は現在より約百二十メートル低かった。地球上では、かなりの量の水は氷河として存在していた。したがって大陸棚にかかる水圧は低く、現在の海のいくつかはまだ生まれていなかった。水が凍結すると海はますます浅くなり、ついには水が枯れて湿地帯に変わる場所もあった。

水圧の下がった海では、メタンハイドレート層が急激に不安定になった。特にメタン氷に覆われた大陸斜面から、短期間で膨大な量のメタンガスが放出された。ガスを圧縮し閉じこめていた氷が解けだしたのだ。長いことモルタルのように大陸斜面に貼りついていた氷は、一気に爆薬に変わった。解き放たれたメタンガスは百六十四倍に膨張し、堆積層の穴や隙間を押し広げて海中に拡散した。堆積層は自身の重量に耐えきれず崩れ落ちた。その結果、大陸斜面全体が引き裂かれ、大陸棚が崩壊する。想像を絶する量の岩石が、何百キロメートルにもわたって深海に崩れ落ちていった。さらに、大気中に漏れでたメタンガスが気候変動をもたらした。この海底地滑りは海の生物だけでなく、大陸の海岸や島々に生息する生物にも大きな影響を与えたのだ。

二十世紀後半、このような海底地滑りの痕跡がノルウェー中部沿岸で発見された。厳密には、四万年のあいだに起きた複数の地滑りの跡だ。そこには、さまざまな要因が考えられる。気温の上昇期、大陸斜面付近の海流の水温が上がったこと。一万八千年前の氷河期も海水温は低かったものの、水圧が減少したこと。地球の歴史からすると、メタンハイドレートの安定期というものは例外的な期間だ。

その例外的な一時期に、現代の人類が生きている。そして、見せかけの安定を恒久的なものと誤解しているのだ。

その当時起きた複数回の巨大地滑りの結果、合計五千五百立方キロメートル以上のノルウェー大陸斜面が深海に崩れ落ちた。スコットランド、アイスランド、ノルウェーのあいだの海底に、長さ八百キロメートルに及ぶ崩れた岩石の堆積面が発見されている。心配されるのは、地滑りはわずか一万年前に起きたということだ。科学者はこれをストゥレッガ海底地滑りと名づけ、ふたたびそのような現象が起きないことを祈っている。

当然それは叶わぬ希望だ。しかし、あと数千年は安定期が続くかもしれない。次の氷河期か気温が上昇するまで地滑りは起きないかもしれない。だがそれは、バクテリアを満載したゴカイが一夜にして出現し、大陸斜面を今のような状態に変えなかった場合だ。

潜水艇との連絡が途絶え、トルヴァルソン号のジャン＝ジャック・アルバンは、潜水艇は戻っては来ないような予感がしていた。しかし、船の真下の海底がとんでもない事態になっているとは想像もしなかった。ハイドレートの崩壊は明らかに致命的な段階まで達していた。この十五分間で、卵の腐敗したような悪臭は耐えられないほどひどくなり、海面にはますます大きな白いメタン氷が泡立ちながら浮上し、近づく嵐の荒波にもまれていた。彼もまた、このまま船が大陸斜面にとどまれば集団自殺に等しいことがわかっていた。ガスが増加して海水の表面張力が下がれば、船は沈没してしまうだろう。深海で何が起きていようと、想定外の事態だ。ディープ・ローヴァーを乗員もろとも見捨てるのは嫌だった。しかし、ストーンと操縦士は絶望的だという声が心の中に響いていた。

科学者や乗組員は単純に興奮していた。誰もが、泡立つ海面や悪臭の意味することを理解しているのではないのだ。むしろ嵐を心配していた。嵐は怒り狂った神のように天から急降下し、ノルウェー海に次から次へと強烈な波を巻き起こした。波はトルヴァルソン号の船体に砕け、無数の輝く滴となって飛び散った。立ってはいられないほどの荒れた海になるのは時間の問題だろう。

アルバンはこの状況下で、一度に多くのことを比較検討しなければならなかった。トルヴァルソン号の安全は船会社の立場からも軽視できないし、科学研究の重要性を尺度に判断するわけにもいかない。何よりも人命が優先される。もちろん潜水艇の二人の命も含まれるが、二人の運命については理性より感情がものを言っていた。とどまるのも避難するのも、間違いでもあり正しい判断でもある。

彼は目を細めて黒い空を見つめ、顔にかかる雨を拭った。そのとき、荒れ狂った海がほんの一瞬、静かになった。それは嵐が弱まったのではない。迫り来る嵐の前の静けさだった。

アルバンは残ることに決めた。

海底では大惨事が進行していた。

メタンハイドレートは次々と崩壊していった。かつて安定していた氷の平原と、堆積層にあったメタン鉱脈は、今やゴカイとバクテリアに食いつくされて瓦礫と化した。水分子とメタンの結合は、全長百五十キロメートルにわたり断ち切られ、ガスに変わった。アルバンが残るとようやく決めた頃、ガスは噴出して急峻な大陸斜面を吹き飛ばし、岩塊を粉砕した。大陸棚は揺らぎ、海底は深海へと崩れ落ちていく。何立方キロメートルもの岩棚が、わずか数秒で崩れ落ちた。深海では次々と地層が崩壊し、大陸縁辺部の浅い海底が揺らぐ。この強烈な連鎖反応の中で、崩れ落ちる膨大な岩塊は固いプレートに激突し粉々に砕けて泥に変わった。

スコットランドと、パイプラインやプラットフォームが点在するノルウェー沿岸とのあいだの大陸棚に、最初の亀裂が生まれた。

嵐の中、アルバンは誰かに大声で呼びかけられた。周囲を見まわすと、調査チームの副主任が両腕を激しく振りまわしている。その声は嵐にかき消された。

「大陸斜面」

彼の耳に届いたのはそれだけだ。

嵐の前の一瞬の静けさが去ると、海は本格的に荒れはじめた。巨大な波がトルヴァルソン号に迫る。彼は、ディープ・ローヴァーを海中に降ろしたクレーンに絶望的な視線を投げた。波は泡立ち、メタン臭は強烈だ。彼は船の中央に向かって走りだした。その腕を男がつかんだ。

「アルバン！　こっちだ。自分の目で見てくれ」

船は振動していた。海中深くで轟く音がアルバンの耳に響いた。二人は激しく揺れる階段を、よろけながらブリッジまで上った。

「これを！」

アルバンの目が、海底の探知を続けるソナーの表示に釘づけになった。自分の目が信じられなかった。

もはや海底はどこにも存在しない。

大渦巻きの中を覗きこんでいるようだ。

「大陸斜面が崩れ落ちた」

彼はつぶやいた。

その瞬間、狂人のストーンとエディにしてやれることは何もないと確信した。彼の予感は恐ろしいことに的中したのだ。

「すぐに逃げるんだ」

彼は言った。

操舵手が振り返った。

「どっちへ？」

アルバンは必死で考えた。この下の海底で起きたことは明白だった。次に襲いかかってくるものが何かも明らかだ。港に逃げこむわけにはいかない。トルヴァルソン号に残されたチャンスは、全速で外洋に向かうことだ。

「無線だ！　ノルウェー、スコットランド、アイスランド、すべての隣国に知らせるんだ。すぐに海岸から避難せよと。呼びかけ続けろ！　相手が誰でもかまわない」

「どうなった、ストーンと……」

副船長が口ごもった。アルバンは彼を見つめて言った。

「二人は死んだ」

海底地滑りがどれだけ巨大なものか、アルバンはあえて想像しなかった。ソナーの表示を見ただけで恐怖に駆り立てられた。彼らは危険の真っ只中にいる。大陸棚の縁から数キロメートル沖の海上にいては、船は沈没してしまうだろう。ずっと外側にいれば、なんとか逃げ切れるかもしれない。すると嵐に立ち向かうことになるが、嵐のほうが遥かにましだ。

彼は大陸斜面の地形図を思い浮かべた。いくつかの大きなテラスは北西方向に下っている。運がよければ、浅い海底の地滑りは免れるかもしれない。だが、ストゥレッガ海底地滑りと同規模だったら、もうどうしようもない。数百キロメートルにわたる大陸斜面の全部が、深さ三千五百メートルの深海に崩れ落ちるのだ。アイスランドの東にある深海底にまで、崩れた岩塊は押し寄せるかもしれない。そして北海とノルウェー海は、千年に一度の海底地震に見舞われる。

どこに向かえばいいのか？

アルバンの視線が計器パネルに走った。

「コースをアイスランドに」

彼は言った。

想像を絶する岩屑と泥が深海に向かって落ちていった。

最初の地滑りがフェロー＝シェトランド海峡に押し寄せたときには、スコットランドとノルウェー海溝のあいだの大陸棚が消えていた。崩壊した岩塊は、猛烈な勢いで崩れ落ちていきながら粉々（こなごな）に砕かれた。崩れた一部はフェロー諸島の西側に広がり、アイスランド海盆の縁にまで達した。別の一部は、アイスランドとフェロー諸島のあいだに横たわる海底山脈に向かった。

しかし、大部分の岩塊はフェロー＝シェトランド海峡に崩れ落ちた。崩壊を止めるものは何もない。大昔にストゥレッガ海底地滑りの土砂が流れこんだ同じ海盆に、猛烈な吸引力を伴って崩れ落ちていった。

こうして、大陸棚の縁が崩壊した。

長さ五十キロメートルが瞬く間に崩れ落ちた。そして、これがすべての始まりだった。

ノルウェー　スヴェッゲスンヌ

ヨハンソンを見送ってすぐに、ティナ・ルンは荷物を彼のジープに積んで出発した。

彼女はスピードを上げた。降りだした雨に路面が濡れていた。ヨハンソンならゆっくり走るだろうが、彼女は車の性能を存分に味わうタイプだ。それに悪天候ではどのみち景色は楽しめない。

スヴェッゲスンヌに近づくほど、彼女の心は軽くなっていった。解決の糸口はほころんでいた。ストーンの件が一段落したあと、すぐにコーレ・スヴェルドルップに電話をかけた。二、三日、いっしょに海で過ごさないかと誘うと彼は喜んだが、少し驚いたようでもあった。その反応からすると、ヨハンソンが正しかったのだろう。この何週間かで曲がってしまったレールをまっすぐに敷き直さないと、コーレを失ってしまう。彼にそう言われたのだ。彼女は失敗することへの恐れを一瞬だけ押さえこみ、二人の関係を案じる気持ちをコーレに伝えることができたのだった。

ヨハンソンはかつて家庭を打ち壊した。それもいいだろう。また新しい家庭を築くときが来るかもしれない。

スヴェッゲスンヌの町に入り、海岸に通じるメインストリートをジープで疾走していると、彼女は胸の高鳴りを感じた。車をレストラン〈フィスケフーセ〉の手前、少し高台にある公共の駐車場に停めた。そこから浜辺まで車道と小道が通じている。浜は砂浜ではなく、小さな岩や平たい石の浜を苔やシダが覆っていた。スヴェッゲスンヌは平坦な海岸だが、野性的で、どこかロマンチックな景色が広がっている。レストランのテラスはすぐ海に面しており、たとえ今日のように雨で視界が悪くても、美しい風景を間近に眺めることができた。

ルンはぶらぶらと歩いてレストランに入った。コーレはいなかった。開店前で、手伝いの女性が野菜の入った箱を中に運んでいるところだった。彼女によると、コーレは銀行だか美容院だかの用事で町に出かけ、いつ戻るかはわからないという。

自分が悪いのだ。

二人はレストランで会う約束だった。だが、彼女がヨハンソンのジープをとばしてきたため、一時間も早く着いてしまった。なぜ、それに気づかなかったのだろう。レストランで一人で待たなければならない。コーレが戻ってきて、「ねえ、ここにいるのを誰だと思うの！」と言うのもばかげている。最悪なのは、「コーレ、いったいどこに行ってたの！ずっと待っていたのに！」という展開だ。

彼女はテラスに出た。雨が顔を打った。誰でもすぐ中に戻るだろうが、彼女は悪天候を気にする性格ではない。子どもの頃を田舎で過ごし、天気のいい日も好きだが、雨の日や嵐も嫌いではなかった。レストランに到着する三十分前から、時折ジープは突風に揺れたが、その風は強烈な嵐の風に変わっていた。霧が晴れた代わりに、雲が低く垂れこめている。見わたすかぎりの海には、白く泡立つ波がうねっていた。

どこか奇妙な光景だった。

ここには何度も訪れ、この土地のことはよく知っている。いつもより浜が広くなったように感じた。波が激しく打ち寄せているにもかかわらず、小石や岩の波打ち際が遠ざかっている。出し抜けに起きた干潮のようだった。

気のせいだろう。

少し考えて携帯電話を取りだすと、コーレの番号を押した。自分が到着したことを伝えよう。彼を驚かせて失敗するよりはいいだろう。取り越し苦労かもしれないが、知らせておくほうがいいような気がした。今日は落胆したくない。わずかでも喜びが欠けることに耐えられそうになかった。

呼び出し音が四回鳴ったところで、留守番電話サービスにつながった。

運命は別のシナリオを用意していたのだ。

では、待つということだ。

額にかかった濡れた髪を払うと、レストランの中に戻った。コーヒーメーカーくらいは準備ができているだろう。

津波

海は荒れ狂っていた。

人類の歴史においては、海は神話と恐怖の舞台だった。オデュッセウスの部下は六頭十二足の怪物スキュラの餌食になった。ポセイドンはカシオペイアの自慢に腹を立て、クジラの怪物ケートスを創りだした。そして、アポロンの神官ラオコーンに復讐するため、巨大なウミヘビを送った。セイレーンたちの歌声は、耳に蠟（ろう）をつめなければ漁師には致命的だ。人魚や海の恐竜、巨大タコ（クラーケン）は恐怖のイメージとなった。深海に住むコウモリダコは人間の価値観の中では最も悪いものとなった。聖書に登場する角のある生き物でさえ海から現われた。科学ですらもその本質を見誤っていた。伝説や、息を呑むほど恐ろしい言い伝えの真相を解いたのは、生きたシーラカンスを発見し、ダイオウイカの存在を確認してからだ。人間は何千年ものあいだ深海の住人たちに恐れを抱き、やっとその謎の解明に乗りだした。解き明かされた謎は神聖なものでも、恐怖でもなかった。海の魔物は人間のお気に入りの遊び仲間になった。科学研究のぬいぐるみとでも言おうか。

ただ一つを除いて。

それは最強の魔物だ。それは明晰（めいせき）な理性をもパニックに陥れる。海から鎌首をもたげ、陸に襲いかかれば、必ず死と破壊をもたらした。魔物に名前をつけたのは日本の漁師だ。沖にいた漁師は、漁村が荒野と化し、家族が死んでいようとは夢にも思わなかった。彼らはその恐ろしい現象を津波と呼んだ。津は港を意味する。港を襲う波。

津波。

アルバンがトルヴァルソン号のコースを外洋に向けたのは、津波の恐ろしさと特性を熟知していたからだ。安全だと思い港に向かえば、致命的な間違いとなっただろう。彼の選択は唯一の正解だった。

船が荒波と戦っているあいだも、大陸斜面と大陸棚の縁は深海へと崩れ落ちていった。その際に生じた吸引力が、広範囲に海面を引き下げた。崩壊地点のまわりに発生した波は、同心円状に急速なスピードで広がっていく。何千平方キロメートルにもおよぶ斜面の崩壊地点のあたりでは、波はまだ平坦だ。吹き荒れる嵐の中で、その波に気づくことはない。波の振幅は一メートルたらずだった。

やがて波は大陸棚の浅い海に到達した。

アルバンは、津波は普通の波とはまったく異なる波だと教わった。普通の波は大気の動きで発生する。太陽光線で大気が暖められると、熱は地球の表面に均一に伝わるのではない。温度差をなくすために風が起こる。その風で海水面に摩擦が生じて波が発生する。ハリケーンでさえ、起こせる波の高さはせいぜい十五メートルだ。いわゆる気まぐれ波（フリークウェーブ）として恐れられる巨大波浪は例外なのだ。普通の嵐では、波の先端の速度は時速九十キロメートル。風が影響を及ぼせるのは海面に近い部分に限られ、水深二百メートル以上の海中は静かなものだ。

一方、津波は海面ではなく海底で発生する。風で生じるのではなく、海底の揺れの大きさに影響される。特に津波のエネルギーは海底から海面まで伝わり、深さにかかわらず海水すべてが震動する。

津波を考えるのにコンピュータ・シミュレーションは必要ない。洗面器に水を張り、下からたたくだけでいい。水面にいくつもの波が同心円状にできるはずだ。洗面器の底の振動が水中を伝わり、波となって表面に現われるのだ。

この現象を単純に海に置き換えればいい。

海底地滑りによって発生した津波は、初めは時速七百キロメートルで、極端に長い波長を持って全方向に伝播（でんぱ）する。最初に生じた波だけで百万トンの海水と、それに相当するエネルギーを運ぶ。波はわずか数分で大陸棚の崩れた縁に到達する。そこから海が浅くなって波にブレーキがかかる。波の進む速度は落ちるが、運ぶエネルギー量は変わらない。膨大な海水が押しだされ、スピードが落ちるために波は高くそびえ立つことになる。海が浅くなるにつれて津波の高さは増していく。同時に波の間隔も縮まる。さらに嵐の起こした波が加わる。津波が大陸棚に浮かぶ海洋プラットフォームに到達したときには、速度は時速四百キロメートルに落ちており、そのため波の高さは十五メートルにも達していた。

通常の嵐なら、高さ十五メートルの波がプラットフォームに危険を及ぼすことはない。ところが、海底から海面までの海水に、高さ十五メートルの波を加えた水の塊が時速四百キロメートルで突進してくれば、それはジャンボジェット機が衝突した衝撃に等しい。

ノルウェー大陸棚　ガルファクスC

残り数カ月をガルファクスで過ごすには年をとりすぎた。ヘリコプターと船舶の監視責任者、ラーシュ・ヨーレンセンは一瞬そう考えた。全身が震えている。いったい何ごとだろう。握っている手すりまで震えているようだ。まったく理由がわからない。気持ちは落ちこんでいるが、気分は悪くない。心臓発作の前兆だろうか。

やがて、震えているのは手すりのほうだと気がついた。自分ではないのだ。

ガルファクスCが震えている。

それを知った衝撃が全身に走った。

坑井タワーを凝視し、ふたたび海を見わたす。確かに嵐が荒れ狂っている。もっとひどい嵐も経験したが、プラットフォームを揺るがすほどではなかった。こういう震動については話に聞いただけだ。掘削を誤ってブローアウトを引き起こし、石油とガスが猛烈に噴き上げた場合、プラットフォーム全体が激しく揺れる。しかし、今のガルファクスでは起こりえないことだ。すでに半分を掘削し油層圧の下がった油井から汲みだして、海底のタンクに溜めているからだ。しかも坑井はプラットフォームから同心円状に離れた地点にある。

海洋油田にはいわゆる十大リスクがある。たとえば、プラットフォームを支える鋼鉄製の杭の破損。風と海流が影響して海面がそそり立ってできるフリークウェーブ。同様に恐れられるのが、浮き桟橋に操船不能となったタンカーが衝突すること。最も危険なものがガス漏れだ。漏れたガスはほとんど検知できない。引火して初めて気づき、そのときは手遅れなのだ。この場合、プラットフォームは爆発炎上してしまう。北海のイギリス側にあるパイパーアルファ油田で起きた事故は、百六十名以上が犠牲となる海洋油田史上で最悪の事故となった。

しかし、海底地震は悪夢そのものだ。

ヨーレンセンが感じた震動は、まさに地震の揺れだった。

もう何が起きても不思議ではない。海底が揺れれば、人間は何もコントロールできない。

構造物の金属が歪んで裂ける。ガスが漏れて引火する。地震でプラットフォームが揺れれば、あとは祈るしかない。これ以上ひどくなりませんように。海底が裂けたり崩れたりしませんように。海底にあるプラットフォームの土台が持ちこたえられますように。ところが、地震に伴う問題はまだ一つある。しかも、それには絶対に太刀打ちできない。

それがまっすぐプラットフォームに向かってくる。

ヨーレンセンはそれが接近するのを目撃し、助かるチャンスはまずないと悟った。踵を返すと、鋼鉄製の階段を駆け下りて室内に逃れようとした。

突然のことだった。

彼は足もとのバランスを失い転倒した。両手がとっさにグレーチング仕様の床の格子をつかんだ。プラットフォームが二つに引き裂かれるような轟音だった。悲鳴が聞こえた。地獄の轟音が響いた。次の瞬間、耳をつんざく大音響が空気を引き裂くと、彼は手すりにたたきつけられた。全身に激痛が走る。格子をつかんだまま、海がそそり立つのを凝視した。頭上で音を立てて金属が裂ける。プラットフォームが傾いていくのを呆然と眺め、彼は理性を失った。パニックに駆られ、襲ってくる水から逃れようと死に物狂いで上に登る。今まで床だった斜面を這い上がろうとするが、あまりに急斜面で登れない。彼は悲鳴を上げた。

腕の力が抜けて、右手の指が鉄格子を滑り落ちた。左腕に強烈な衝撃が走った。左手だけで格子につかまり、悲鳴を上げながら振り仰いだ。坑井タワーが傾いている。先端にガスの炎が輝くフレアスタックは、もはや海上に張りだしているのではない。真っ黒な空にまっすぐそそり立っていた。

一瞬、その孤独な炎が燃え上がった。まるで天上の神々に挨拶するかのようだ。

そして、すべてが黄色の炎に包まれて吹き飛んだ。彼は海面にたたきつけられた。主人をなくした左手は格子をつかんだままだ。炎がヨーレンセンを包む前に、沈んでいくプラットフォームを津波が襲った。ガルファクスCは粉々に砕かれて、崩れ落ちる大陸棚の縁とともに深海に消えていった。

おじいちゃん、お話を聞かせて……

ノルウェー　オスロ

女性が額に皺を寄せて聞き入っていた。

「どういう意味ですか？　連鎖反応のようなものですか？」

彼女は訊いた。

彼女はノルウェー環境省に常設の自然災害対策本部の職員で、桁はずれの惨事の想定には慣れている。ゲオマールは権威ある研究機関で、荒唐無稽な話をでっち上げるはずがない。だから、ドイツ人研究者が電話の向こうで説明する話を、とにかく早く理解しようと努めていた。

ボアマンは答えた。

「連鎖反応というより、同時進行すると考えてください。大陸斜面に沿って地滑りが発生し、各所で同時に進行する」

女性は固唾を呑んだ。

「それで……どの地域に被害がおよぶと？」

「地滑りの発生場所と規模次第です。ノルウェーの海岸線はほとんどでしょう。津波は何千キロにも伝播するから。われわれはアイスランド、イギリス、ドイツなど近隣諸国に情報を伝えています」

彼女は役所の窓の外に目をやった。トロンヘイムまでの北海に何百と点在する海洋プラットフォームを思い浮かべた。

「沿岸の町はどうなるでしょうか？」

彼女は抑揚のない声で尋ねた。

「すぐに避難したほうがいい」

「海洋油田は?」

「実際にどうなるかは予測がつかないのです。小規模な地滑りがいくつか起きるだけかもしれない。その場合は、少し揺れる程度でしょう。ですが、最悪の場合は……」

そのとき部屋の扉が開き、青ざめた顔をした男が飛びこんできた。彼女にメモを突きだすと、電話を切るように合図した。彼女はメモを受け取って目を走らせた。船舶からの無線通信のコピーだった。

トルヴァルソン号。

読み進むうち、彼女は足もとが揺れるような感覚に襲われた。

ボアマンの声が聞こえてきた。

「津波には前触れがある。海岸にいる人はそれに注意しなければならない。津波が来る前には、海面が上がったり下がったりを繰り返す。海を見慣れた人にはわかるはずだ。十分か二十分すると潮が急に引き、岩や岩礁が海から現われる。ふだんなら見られないはずの海底が見える。これが最終警告だ。すぐに高台に避難しなければならない」

女性は答えなかった。電話の声はそれ以上耳に入らない。数分前までは、この話が真実ならば何が起きるのか考えようとしていた。しかし今は、この瞬間に起きていることを想像しようとしている。

ノルウェー　スヴェッゲスンヌ

ルンは死ぬほど退屈だった。

誰もいないレストランに一人で座りコーヒーを飲むのは、なんと愚かなことか。何もしないで過ごす時間は拷問にも思われた。調理場の女性は親切で、わざわざコーヒーメーカーのスイッチを入れてくれた。コーヒーはおいしかった。悪天候にもかかわらず、大きな窓から眺める海も印象的だった。それでも、待つのは死ぬほど嫌だった。

カップに浮かんだミルクの泡をかき混ぜていると、誰かが入ってきた。突風が店内に吹きこんだ。

「やあ、ティナ」

彼女は顔を上げた。男はコーレの友人だった。オークという名で、苗字は知らない。クリスチャンスンで貸しボート屋を経営し、夏場にはかなりの収入がある。

天気について言葉を交わしたあと、オークが尋ねた。

「ここで何をしているの？　コーレを訪ねてきたのか？」

「そのつもりだったんだけど」

彼女は口もとを歪めて答えた。

オークは目を丸くして彼女を見つめた。

「じゃあ、なぜ一人で座っているんだ？　あのばか、きみ一人にして何やってるんだ？」

「わたしのせいなの。早く着いてしまって」

「電話してみたか？」

「ええ、留守電だった」

オークは額をたたいた。

「そうだった！　あそこは電波が入らないんだ」

ルンは訊き直した。

「どこにいるか知っているの？」

「ああ、たった今まで〈ハウフェン〉でいっしょだったから」

「蒸留所の？」

「そうだ。あいつはシュナップスを買ってる。いろいろ試飲したんだ。知ってのとおり、コーレは断食中の修道僧のように酒を飲まない。だから利き酒は一手におれが引き受けた」

「まだそこにいるかしら?」

「おれが帰るときには、地下のセラーに集まって皆で話をしていたはずだ。そっちに行ってみたらどうだい? 場所はわかるだろう?」

その蒸留所なら知っていた。国内向けに質の高いアクアヴィットを作る小さな蒸留所だ。徒歩で十分ほど南に行ったところにある。車なら内陸に向かう道を二分ほど走れば着けるが、散歩がてら歩きたい気分だった。ドライブはもうたくさんだ。

「歩いて行ってみるわ」

オークは顔をしかめた。

「こんな天気でも? 水かきが生えるぞ」

「ここに根を張っているよりましだわ」

彼女は立ち上がって礼を言った。

「じゃあまた。すぐに彼を連れて戻るから」

彼女はレストランを出た。上着の襟を立て、海岸まで下りて歩きはじめた。天気のいい日なら蒸留所はよく見える。だが今は、斜めに降る雨の中にぼんやりと影が見えるだけだ。

彼は喜んでくれるだろうか？

信じられない！　まるでティーンエージャーだ。きっと彼は喜んでくれる。

レストランが遠ざかると、海に視線を向けた。先ほど、岩の海岸がいつもより広がって見えたのは錯覚だったのだ。今はいつもと同じだ。いや、いつもより狭く感じる。

一瞬、彼女は凍りついた。

そんな錯覚をするだろうか？

おそらく嵐のせいにちがいない。波が高くなったり低くなったりしているだけだ。嵐は激しさを増したようだ。彼女は肩をすくめると、また歩きだした。

ずぶ濡れになって蒸留所に着いた。狭い玄関ホールには誰もいなかった。奥の壁にある木の扉が開け放しになっており、地下のセラーの灯りが漏れていた。ためらわずに階段を下りると、男が二人、樽にもたれて話をしていた。二人ともグラスを手にしている。彼らは蒸留所を切り盛りする兄弟で、よく日焼けした気さくな老人たちだ。コーレの姿はどこにもなかった。

「すまないね。コーレは二分前に帰ったよ。行き違いになったね」

一人が言った。

「彼、歩いて来ましたか？」

彼女は尋ねた。もしかすると追いつけるかもしれない。

もう一人が首を振った。

「いや、車だ。何本か買っていったから。歩いて持って帰るには重すぎる」

「これからレストランに戻ると？」

「そうだよ」

「わかりました。ありがとう」

「ちょっと待ちなって！」

年長の男が樽から身を起こして彼女に近づいてきた。

「せっかく来たんだ。一杯飲んでいきなさい。蒸留所に来て、素面(しらふ)で帰るものじゃない！」

「ご親切はありがたいけど……」

「兄さんの言うとおりだ。一杯どうぞ」

「でも……」

「外じゃ世界が沈みそうな嵐だ。体を温めないで、どうやって帰るんだい？」

兄弟は人のよさそうな目で彼女を見つめた。一杯付き合ってもらいたいのだ。

「じゃあ一杯だけ」

二人はにやりと笑ってうなずき合った。まるでコンスタンチノープルを陥落させたようだ。

イギリス　シェトランド諸島

ヘリコプターは着陸態勢に入った。

ヨハンソンは外を眺めていた。岩礁を越え、海岸線に沿って飛び、機体は小さなヘリポートに向かっていた。そこにカレン・ウィーヴァーが迎えに来る約束だ。岩場は東に向かってなだらかに下り、湾の中に消えていた。島は平らだった。砂浜がどこまでも続き、その向こうにシェトランド諸島の特徴である、苔の生える荒涼とした土地が始まっていた。なだらかな丘陵地には、爪で引っかいてできたような道が見える。

ヘリポートは海洋観測所のものだが、何の表示もなく、まわりを灰色がかった緑に囲まれ、砂利を敷いた円形の場所だった。観測所とはいえ、傾斜屋根の小屋がいくつか集まっただけの施設で、六名の研究員が泊まりこみで海洋観測をしている。細い道が丘を越えて桟橋まで続いているが、船はなかった。小屋の脇にジープが二台と、錆びたフォルクスワーゲンのバスが一台停めてある。ウィーヴァーはアシカについての記事を執筆中で、それでこの場所を指定したのだ。彼女は定期的にここを訪れ、ヒュッテに寝泊まりして研究者と情報交換をしている。

機体は最後にもう一度突風に揺れた。スキッドが地面に触れ、ふわりと着陸した。

「やっと着きましたね」

パイロットが言った。

ヨハンソンはヘリポートの端に佇む小さな女性を見た。髪が風になびいている。あれがカレン・ウィーヴァーだろう。人里離れた寂しい場所で待つ様子を、彼は気に入った。すぐ近くにオートバイが停めてある。すべてが彼の好みに合っていた。古代の島に孤独な人影。彼は四肢を伸ばしてから、ホイットマンの詩集を鞄にしまった。コートをつかむと言った。

「私のために、あと二、三周してもらいたいところだが、女性を待たせるのは嫌なのでね」

パイロットは彼のほうへ振り返り、額に皺を寄せた。

「クールに決めているつもりですか？　それとも、本当にこのフライトが全然平気だったのですか？」

ヨハンソンはコートに腕を通した。

「きみは役員を何度も乗せているんだろう？　それならわかるはずだ」

「確かに」

「私はクールだと思うか？」

「さあ、どうかな。きっと強がっておられるのでしょう。たいていの役員だったら、今日は怖くて泣き言を言ってますよ」

「スカウゲンも？」

「スカウゲン？」

パイロットはローターの回転数を下げながら、一瞬考えこんだ。

「いいえ、あの人は何ごとにも動じませんね」

そうだろうなと、ヨハンソンは思った。

「明日の昼に迎えに来てもらいたいが、十二時でどうだい？」

「わかりました」

扉が開くのを待って小さな梯子（はしご）を下りた。自分はクールだろうか？　内心では、ふたたび大地を踏みしめてほっとしていた。パイロットはまた飛び立たなければならないが、悪天候には慣れているようだ。少し休んだらシェトランドの州都ラーウィックに飛び、そこで給油することになっていた。ヨハンソンは鞄を肩に担ぎ、彼を待つウィーヴァーに向かって歩きだした。コートが風にはためき脚に絡まった。だが、少なくとも雨は降っていない。

カレン・ウィーヴァーがゆっくりと近づいてきた。

不思議なことに、二人の距離が近くなればなるほど、彼女の姿が小さくなった。目の前に立ち止まった彼女は、身長百六十五センチメートルほどだろう。魅力がコンパクトに凝縮した体型だ。ジーンズの下の太ももの筋肉は張りつめ、革のジャケットを着た肩幅は広かった。化粧はまったくしていない。褐色の肌は陽光と潮風を浴びて獲得したものだ。そばかすが、広い頬と額にたくさんできている。ウェーブのかかった栗色の髪が風になびいていた。彼女はしげしげと彼を眺めた。

「ドクター・シグル・ヨハンソンですね。フライトはいかがでしたか?」

「ひどかった。ありがたいことに、ウォルト・ホイットマンが慰めてくれたがね。だが、パイロットが言うには、私はクールだそうだ」

彼はヘリコプターへ振り返って言った。

彼女は笑みを浮かべた。

「食事はいかが?」

挨拶をしたばかりで、こういうことを言う人は珍しい。しかし、彼は実際に空腹であることに気がついた。

「喜んでいただこう。どこで？」

彼女はオートバイを振り返った。

「あれで町まで行きましょう。フライトが大丈夫だったなら、ハーレーだって平気でしょう。でも、コーンビーフとえんどう豆のスープがお好きなら、観測所ですぐに食べられますけど」

ヨハンソンは彼女を見つめた。瞳が強烈に青いことに気がついた。深海の藍色だった。

「そうしよう。ところで、研究員は海に出ているの？」

「いいえ、海が荒れているから。町に買い物に出かけています。わたしはここで何でも好きなことができるんです。缶詰だって開けてもいいんですよ。さあ、こちらにどうぞ」

ヨハンソンは彼女の後ろを、砂利を踏んで観測所に向かった。地上で見ると、観測所の屋根は空から見るほどの傾斜はなかった。

「では、船はどこに？」

彼女は波打ち際の小屋を指さした。

「外に出しておきたくないんです。この入江は防波堤になるようなものがないから。戻ってきたら、船は海にいちばん近いあの小屋に引きこむのです」

海……

海はいったいどこだ？

彼は不思議に思って足を止めた。たった今まで波が砕けていた岩浜には、白い泡が広がっているだけで、ところどころ平らな岩が顔をのぞかせている。潮が引いたのだろうが、わずか一分間の出来事だ。どこまでも海底が見わたせる。

このように急速に潮が引くことはありえない。海は何百メートルも後退していた。

ウィーヴァーが少し先で立ち止まると、彼を振り返った。

「どうかしました？　お腹が空いてないんですか？」

彼は首を振った。何かの物音が聞こえた。次第に大きくなる。初めは、島に向かって海面すれすれを飛ぶ航空機のエンジン音かと思った。しかし、それは飛行機の音というより、近づいてくる雷鳴のようだ。一定の間隔で雷鳴が轟き、休みなく……

その瞬間、彼は音の正体を知った。

ウィーヴァーは彼の視線を追った。

「なんてことなの！」

彼が答えようとした瞬間、水平線が暗くなるのが見えた。彼女もそれを見た。

「ヘリコプターに！」

彼は叫んだ。

彼女は一瞬立ちすくんだが、すぐに走りだした。いっしょにヘリコプターに向かって駆ける。コックピットに、計器のチェックをするパイロットの姿が見えた。駆け寄る二人の姿が彼の視界に入るまであと一秒。彼が気がつくと、ヨハンソンは梯子を降ろすように合図を送った。パイロットには海から何が迫っているのかわからない。機体は陸を向いている。

パイロットは怪訝（けげん）な顔をしてうなずいた。空気の漏れる音がして扉が開き、梯子が降りた。

雷鳴は迫ってきた。島の向こうにある世界がすべて動いているようなすさまじい音だった。

まさにそのとおりの事態が起きている。

起きてはならない場所で、起きてはならないときに。

ヨハンソンは驚愕し、その一方で魅了されて梯子の下に立ちつくした。消えてしまった海が戻ってくるようだ。泥の平原を波が洗っている。現実とは思えなかった。今この文明の時代に起きることとはとうてい思えない。教科書の中の出来事だ。隕石や地震、噴火や洪水が数百万年にわたって地表の形を変えてきた。だが、このテクノロジーの時代の始まりとともに、それらは永遠に終わったと思われたのだ。

「ヨハンソン！」

誰かに突かれて彼は我に返った。梯子を急いで登る。後ろにウィーヴァーが続いた。機体は振動しはじめていた。パイロットの狼狽(ろうばい)した目を見つめ、大声で言った。

「すぐに離陸しろ！」

「この音は何だ？　何が起きたのだ？」

「早く機体を上げろ！」

「おれは魔法は使えない。いったいどうしたんだ？　どこに向かえと？」

「どこでもいい、とにかく高く上がるんだ」

ばたばたと音を立ててローターがまわりはじめた。機体は揺れながら地面を離れ、二メートル上昇した。パイロットは恐怖より興味が先に立ち、ノーズを百八十度回転させた。海が視界に入ると、彼は呆けた顔になった。

「何だこれは」

「見て！　あそこに！」

ウィーヴァーが小屋を指さした。

ヨハンソンは振り向いた。小屋から誰かが飛びだして彼らに向かって走ってくる。ジーンズにTシャツ姿の男だ。口を大きく開き、両腕を振りまわし、懸命に駆けてくる。

ヨハンソンは驚いて彼女を見た。

「誰もいないと……」

彼女は近づいてくる男をじっと見つめた。

「わたしもそう思ってた。お願い、機体を下げて。スティーヴンが残ってるなんて知らなかった。本当よ。皆……」

彼は激しく首を振った。

「間に合わない」

「彼を見殺しにはできないわ」

「外をもう一度よく見るんだ。彼は間に合わない。われわれも無理だ」

彼女はヨハンソンを押しのけ扉に突進したが、次の瞬間バランスを失った。パイロットが機体を傾けて男のほうに向かおうとしたのだ。方向転換を始めたヘリコプターを次々と突風が襲い、機体が揺れる。パイロットは罵り声を上げた。一瞬、男の姿が視界から消えたが、次の瞬間すぐ近くにふたたび現われた。

「間に合うわ。機体を下げて！」

「無理だ」

ヨハンソンはつぶやいた。

その声は彼女の耳には届かなかった。ローターの騒音すら、近づいてくる海の立てる轟音にかき消された。彼には、男を救うことはできないとわかっていた。自分たちは貴重な時間を失ってしまった。自分たちでさえ逃げ切れるかどうかわからなかった。駆けてくる男から視線をはずし、前方を見つめた。

波は巨大だった。高さ三十メートルはあるだろう。垂直に切り立った灰色の水の壁が猛烈な勢いで迫ってくる。岸まで百メートルだが、その速度は急行列車ほどもある。すると、衝突まであと数秒だ。男を機内に引き上げて、迫り来る水の壁から逃げるには時間が足りない。それでもパイロットは、機体を男にもう一度接近させようと懸命だ。願わくは、男が開いた扉にジャンプして機内に飛びこむか、スキッドの一つにでもしがみついてほしい。映画なら、ブルース・ウィリスやピアース・ブロスナンがいつでも成功するように。

男がつまずいて倒れた。

それまでだった。

前方は真っ暗だ。空はどこにもない。コックピットから見えるものは波だけだ。波は視界の全部を埋めつくし、恐ろしい勢いで迫ってくる。逃げるチャンスはとっくに逸していた。垂直に上昇しても、半分ほどのところで波にぶつかってしまうだろう。地上すれすれを内陸に向かったとしても、上昇する時間は節約できるが、すぐに追いつかれてしまう。しかも、ヘリコプターは津波に背を向けなければならない。波のスピードは速く、方向転換する時間は残っていなかった。

彼は考えこんだ。理性を失わず、垂直の水の壁に立ち向かえるだろうか。そのとき、パイロットが唯一の退路となる機体の後退と上昇を一度に行ない、ヨハンソンは我に返った。ヘリコプターのノーズが下を向き、一瞬コックピットの真下に地面が見えた。しかし墜落するのではなく、テールを上げたまま後退し、地面からも迫り来る波からも離れていった。エンジンが爆発するほどの轟音が機体に響いた。ヘリコプターがこのように動くとは思いもしなかった。パイロットでさえ信じていなかったかもしれない。だが、とにかく機能した。

波頭が崩れ、まるで飢えた野獣のよだれのように頭上から降りかかってきた。浜を疾走してきた波は崩壊を始めた。山のようにそびえ立つ泡が、必死で逃げる彼らを追ってくる。津波は咆哮し、軋(きし)めいた。次の瞬間、ヘリコプターは強烈な衝撃を受けた。機体が揺れて、ヨハンソンは開いた扉のすぐ脇の壁にたたきつけられた。海水が顔を打つ。頭が壁にぶつかり、目に火花が散った。手で金属製の支柱をつかむと、しっかり握りしめた。刺すような痛みが全身に走る。この身の毛のよだつような轟音は波が立てているのだろうか。それとも自分の頭が鳴っているのだろうか。機体が上昇しているのか、落ちていくのかもわからない。ついに津波が勝ったのだ。彼は波に打ち砕かれる、その瞬間を待った。

突然、視界が開けた。キャビンに水しぶきが降りかかった。頭上を、きれぎれになった灰色の雲が飛び去っていく。

逃げ切れた。

津波に呑みこまれる寸前、かろうじて波頭の上に抜けだした。

機体は上昇を続けながら弧を描いた。眼下に見えるはずの海岸は消えていた。津波は衰えを知らない猛烈な勢いで陸を呑みこんでいく。観測所も車も、あの研究員の姿も、もうどこにもなかった。右手に見える断崖は津波が激突し、まるで泡立つ泉のように、しぶきが上がって輝いていた。そのしぶきはヘリコプターの高度よりも高く、あたかも雲と一つになってしまうかのようだ。

ウィーヴァーが体を起こした。機体に海水が降りかかった衝撃で、座席に倒れていたのだ。窓の外に目をやり、繰り返しつぶやいた。

「どうしよう!」

パイロットは無言だった。蒼白の顔をして歯を食いしばっている。

　だが、彼は成し遂げた。

　ヘリコプターは波を追った。しかし、追いつけないほどの速さで、膨大な量の海水が大地を遡上している。目前に迫る丘をあっさり乗り越え、泡立つ波は丘の向こうの大地に溢れだす。その勢いを止めるものは何もない。このように平坦な土地では、津波は何キロメートルも内陸まで遡上するだろう。平地に白い斑点がいくつも見える。凶暴な波に追われて逃げまどう羊だ。その羊の姿も水に消えてしまった。

　海岸の町は消滅してしまうだろう。

　いや違う。必ず消滅するのだ。しかも、一つや二つの町ではない。北の海に面した町は大渦巻きの中に沈んでしまう。津波がどこで発生したにせよ、波は瞬時に同心円状に伝播する。その破壊力はノルウェー、オランダ、ドイツ、スコットランド、アイスランドにまで及ぶだろう。彼は凄惨なカタストロフィを覚悟し、下腹部に灼熱する鉄を打ちこまれたかのように身をよじった。

　スヴェッゲスンヌにはルンがいた。

ノルウェー　スヴェッゲスンヌ

ルンは、蒸留所の老いた兄弟を話し上手だと認めるしかなかった。二人はあの手この手で彼女を引きとめた。しまいには、自分たちはコーレ・スヴェルドルップよりも二枚目だと主張し、二人で脇腹を突いてはウインクし合った。彼女は解放されるまでに、もう一杯アクアヴィットを飲む羽目になった。

腕時計を見た。今ここを出れば、約束の時間にレストラン〈フィスケフーセ〉に着けるだろう。ぴったり時間どおりだ。しかし、それほど時間に正確になる必要があるだろうか。数分遅れたほうが、優位に立てるかもしれない。

なんとばかな女だろう。

とにかく急いでレストランに戻る必要もない。

別れ際、老兄弟は一人ずつ彼女を抱擁した。

「あんたはコーレにふさわしい女性だ。いい女は、上質のアクアヴィットに顔をそむけたりしないもんだ」

二人は口々に言った。ルンはお世辞や冗談や人生のアドバイスをしばらく聞き、ようやく一人にエスコートされて一階に通じる階段を上った。老人が玄関の扉を開けると、雨が降りこんできた。彼は傘も持たずに外には出られないと言い張った。彼女は職業柄どんな悪天候でも、傘をささずに外を歩きまわれると言って説得を試みたが無駄だった。老人は傘を取ってきて、もう一度別れの抱擁が繰り返された。ようやく蒸留所の兄弟から解放され、彼女はレストランに向かって歩きはじめた。傘はささずに右手に持ったままだ。

困ったことになりそうだ。

空はますます暗くなり、風も激しく吹きつけていた。彼女は足を速めた。ゆっくり時間をかけて戻るつもりではなかったのか？　ヨハンソンの言うとおり、わたしにはのんびりすることなどできない。わたしは全速力で生きている。

そんなことはどうでもいい。ついに今わたしは、愛すると決めた男のもとに行く。どこかから小さな電子音が聞こえてきた。上着のファスナーをあわてて下ろし、電話を探した。だ！　いつから鳴っていたのだろう。彼女は立ち止まった。携帯電話だ！　彼からきっと何度もかけてくれたにちがいない。地下にいたから、電波が入らなかったのだ。

携帯電話を引っ張りだすと、コーレの声を期待しボタンを押した。

「ティナ？」

彼女は当惑した。

「シグル。あら……電話をありがとう。わたし……」

「今どこにいたんだ？　くそ！　ずっと電話をかけていたのに」

「ごめんなさい、わたし……」

「今どこだ？」

「スヴェッゲスンヌ」

彼女は躊躇（ちゅうちょ）した。彼の声は歪んで聞こえる。明らかに、雷鳴のような轟音に負けじと声を張り上げている。けれど雷鳴ではない。聞いたこともない轟音だ。彼女は不安になった。

「海岸を歩いているんだけど、ひどい天気でね。でも知ってるでしょう、わたしが……」

「逃げろ！」

「え？」

「そこを離れるんだ！」

「シグル！　どうかしたの？」

「今すぐだ！」

彼は事情を一気に話した。雨あられのように彼の言葉が彼女の耳に届くが、声は電話の向こうの轟音に途切れがちで、初めは聞き間違いかと彼女は耳を疑った。しかし、ようやく理解すると、脚がゴムに変わっていくのを感じた。

彼の叫ぶ声が聞こえてきた。

「どこが波源域かはわからない。津波はきみのところにはまだ達してないようだが、どこでも同じだ。時間はない。逃げるんだ。お願いだ、すぐにそこを離れろ！」

彼女は海に目を凝らした。

暴風が波頭を砕き、綿毛のような泡が舞っていた。

「ティナ？」

ヨハンソンが大声で呼んだ。

「わたし……」

彼女は大きく息を吸った。

「わかった、わかったわ！」

傘を投げだすと駆けだした。

雨の向こうに、レストランの黄色い灯りが招くように見えた。コーレ、いっしょに車に乗らなくては。あなたの車か、わたしの車に。ジープはレストランから五百メートル内陸に停めてある。レストランの脇には、彼がいつも車を停める駐車場があった。走りながら、そこに車があるか確かめようとした。目に流れこむ雨粒を拭う。そうだった、駐車場は建物の反対側でこちらからは見えない。彼女はさらに足を速めた。

風のうなりと波の砕ける音の中に、聞き慣れない騒音が混じっていた。何かを引きずるような轟音だ。

走りながら顔を海に向けた。

信じられない光景だった。思わず足を取られ、その場で立ち止まるしかなかった。目を凝らすと、海が消えている。まるで、どこかにある栓を誰かが抜いてしまったようだ。見わたすかぎり、切り立った岩の海底が黒々と現われている。

海はどこまでも後退してしまった。

そのとき雷鳴が聞こえた。

瞬(まばた)きをすると、目の隅から雨粒が落ちた。嵐にかすむ水平線に巨大な影が現われた。真っ黒な雲の前線かと思われたが、すさまじい勢いで近づいてくる。しかも前面が垂直に切り立っていた。

ルンは思わず後ずさった。

次の瞬間、また走りだした。

車がなければ確実におしまいだ。町を抜けて本土に向かう道を進めば高台になる。パニックを起こさないように、深く息を吸い呼吸を整えて走った。アドレナリンが全身に放出されるのを感じた。永遠に走れるだけの力がみなぎったが、役には立たないかもしれない。どのみち波のほうが速いのだ。

前方の道が二手に分かれていた。左はレストランに、右の道は海岸から離れ、ヨハンソンのジープを停めた駐車場に通じている。このまま右に走れば、車まで行きつけるだろう。そこから道は上り坂で、思い切りエンジンをふかせばもっと高台に着ける。だが、コーレはどうなるのだ？　彼は助からないだろう。だめだ。彼を残して一人で逃げることなど考えられない。彼がいっしょでなければ逃げるつもりはない。蒸留所の兄弟の話だと、彼はまっすぐレストランに戻った。きっとわたしを待ってくれている。彼を一人にはさせられない。わたしも一人で生きて何の意味があるのか。誰も一人では生きられないのだ。

懸命に分かれ道を駆け抜け、灯りのついた建物をめざした。レストランまではもうすぐだ。彼の車がそこにあるのを祈りながら走り続ける。雷鳴はすぐそこで轟いているが、恐怖にくじけまいと必死で駆けた。わたしは足が速い。いまいましい波よりも先に着けるだろう。二人のために間に合うだろう。

テラスの扉が開いて人影が走りでた。海を見て立ちつくしている。

コーレだ。

彼女は彼の名を大声で呼んだ。その声は、風のうなりと迫り来る波の轟音にかき消されてしまった。コーレは海をじっと見つめ、こちらを見ようとはしない。彼女はやりきれない思いで、もう一度彼の名を呼んだ。

そのとき、彼が走りだした。

彼の姿がレストランの向こうに消えた。彼女はうめきながら駆け続けた。次の瞬間、エンジンのかかる音が嵐の音に混じってかすかに聞こえてきた。数秒後、コーレの車が建物の後ろから現われると、猛スピードで坂道を登り、高台に向かって走り去った。

彼女は心臓が止まりそうだった。

そんなばかな。わたしを残して行ってしまうはずがない。きっとわたしを見たはずだ！

彼は見なかったのだ。

コーレは助かるだろう。きっと助かる。

脱力感に襲われた。それでも彼女は走り続けた。もはやレストランの方角ではなく、駐車場に向かって石ころだらけの藪を駆け上がった。分かれ道を通りすぎたからには、この岩場を行くしかない。速くは走れないが、唯一残された道だった。最後の望みはジープだ。すぐ先で、高さ二メートルの鉄条網に行く手を拒まれたが、網目をつかんで乗り越え反対側に飛び降りた。波に、接近する時間をまた与えてしまった。しかし、雨の中に佇むジープの黒いシルエットが目に飛びこんできた。思ったよりも近くだ。手が届くほど近い。

彼女は懸命に駆けた。岩場が終わって草地になる。ついに足は駐車場のアスファルトを蹴っていた。そこに車がある。あと百メートル、いや五十メートル。

四十メートル。

走れ、ティナ、走れ！

アスファルトの地面が揺れた。耳の中に血管の脈動する音が響いた。

走れ！

手を上着のポケットに入れて車のキイを握った。リズミカルにアスファルトを蹴っていたブーツが、最後の瞬間に滑った。それでもかまわない。たどりついたのだ。体が車にたたきつけられた。ドアを開けて、早く！

鍵が手から滑り落ちていく。

そんなばかな。

パニックに駆られてあたりを手で探った。鍵はどこに？　どこかにあるはずだ！

頭上に影が差した。

彼女はゆっくりと顔を上げた。波が見えた。

一瞬で、焦る気持ちが消え去った。もう間に合わない。わたしは駆け足で生きてきた。だから、死も早く訪れるのかもしれない。せめて、その瞬間もあっという間に過ぎてほしい。たまに考えたことがある。死とはどのようなものだろう。死が間近に迫り、もう逃げられないとわかったら、頭の中を何がよぎるのだろうか。死神はこう言うかもしれない。

「やあ、こんにちは。あと五秒あげるから、好きなことを考えなさい。今日はすごく寛大なんだ。お前が望むなら、人生を振り返る時間をあげてもいい」本当にそうだろうか？転がる車の中で、墜落する飛行機の中で、人は自分の人生を走馬灯のように見るのだろうか？　子ども時代、初恋……名場面集さながらに。誰もがそう言うなら、きっとそうにちがいない。

だが、ルンの頭を唯一よぎったものは恐怖だった。死の苦しみを味わうのだろうか。同時に、こうして惨めに人生を終わる自分が、人生を台無しにした自分が恥ずかしかった。それだけだった。人生が心の中に蘇(よみがえ)ることもない。荘厳な締めくくりではなかった。

津波がコーレ・スヴェルドルップのレストランを襲った。建物は一瞬で瓦礫(がれき)と化し、波に呑みこまれて消えた。

波の壁が駐車場に達した。

次の瞬間、波は高台めがけて駆け上っていった。

大陸棚

津波が陸に達する頃、大陸棚には想像を絶する破壊の爪痕が残されていた。

大陸縁辺部にあった海洋プラットフォームや掘削装置は、崩壊した大陸棚とともに深海に消えた。わずか数分で何千人もの命が犠牲になったが、それは津波が大陸棚に残した傷痕の前触れでしかなかった。津波が大陸棚に衝突すると、膨大な量の海水がそそり立ち、海が浅くなるにつれて、垂直の水の壁は高さを増していった。津波の衝突を受けて、固定式プラットフォームは支柱がマッチ棒のように折れ曲がった。自重を支えきれなくなり、十五分も経たないうちに、八十基を超えるプラットフォームが海に沈んだ。そのときはまだ津波の高さは比較的低かった。北海のプラットフォームは、百年に一度の大波といわれる高さ四十メートルの波にも耐えられるように設計されている。したがって、いくつかの要因が重なって、プラットフォームは破壊されたのだ。

普通の砕け波の場合、最高で一平方メートルあたり十二トンの水圧を観測したことがある。それは、防波堤を破壊して町に流れこみ、小型船舶なら宙に舞わせ、大型貨物船やタンカーなら真っ二つに折るほどの威力だ。風が生みだした普通の波でもそれほどの力がある。だが、津波のエネルギーは比較できないほど大きい。あえて同じ高さの津波と比べたら、砕け波は子羊程度のものだ。

海底地滑りが引き起こした津波は、大陸棚を半分ほど陸に接近した地点で、高さ二十メートルだった。その高さなら、プラットフォームのデッキを上まわることはない。

生産施設などのモジュールを満載するプラットフォームに衝突した津波は、致命的な破壊力を持っていたのだ。

海洋プラットフォームは長期にわたり海にさらされる船舶などと同様に、耐久性を求められる。百年に一度の高さ四十メートルの波を前提とするなら、その波を克服できるプラットフォームを設計しなければならない。すると乱暴な計算だが、プラットフォームは百年間の耐久性が必要となる。計算上では、百年にわたって波や風による負担を耐えられるわけだが、当然ながら、百年のあいだ絶え間なく強烈な風にさらされても大丈夫だという意味ではない。また、たった一つの大波に耐えられない場合もある。日々の波や海流によりプラットフォーム自体が消耗するからだ。こうして構造物にはかなり早い段階で弱い部分が生じ、たいていの場合、それがどこなのか知ることができない。建設から十年でそのような欠陥が生じれば、耐用年数は五十年も減ったと同然で、普通の波でさえプラットフォームを損傷させる恐れがある。

このジレンマを数字で解決することはできない。海に構造物を建設する際に引用される統計的な平均値は、理想的な条件下での数字であり、実際とは違う。平均的な耐久性は机上や設計者の頭の中では通用するかもしれない。しかし、自然の中に平均は存在せず、自然は統計に頼らない。自然とは、計算不能な一瞬と限界とが引き起こす相互作用の結果だ。

高さ十メートル平均の波を観測する水域で、統計的には存在しないとされる高さ三十メートルの波に遭遇したら、平均値など役には立たず、人間は死んでしまう。

津波が鋼鉄製のプラットフォームに達すると、一瞬にしてその耐久性を奪い取った。支柱は折れ、ジョイントは裂け、デッキは転覆した。特に、鋼鉄製のタワーが林立するイギリス側では、ほとんどのプラットフォームが粉々に破壊されるか、かなりの損傷を被った。

一方ノルウェー側では、何年も前から鉄筋コンクリート製の支柱への転換が進められてきた。そのため波が激突したことによる被害は少なかったが、それでも惨事にちがいはなかった。波に煽られた船が、プラットフォームに激突したのだ。

一般に、船舶は高さ二十メートルの波には耐えられないとされる。最大で高さ十六・五メートルの波を想定して、船体の設計が行なわれるからだ。ところが事実は少し異なる。一九九〇年代の中頃、三千トン級タンカーのミモザ号がスコットランドの北を航行中に巨大波に遭遇し、船体に家ほどの大きさの穴が開いたが、沈没は免れた。二〇〇一年、客船MSブレーメン号が南アフリカ沖を航行中、高さ三十五メートルの砕け波に襲われた。沈没するかと思われたが、持ちこたえた。同じ年、全長九十メートルのエンデヴァー号がフォークランド諸島付近で、特異な現象の被害者となった。科学者が〝三姉妹〟と名づけた、高さ三十メートルの波が三連続で襲いかかる現象だ。けれどエンデヴァー号は甚大な損傷を受けたものの、自力で港まで帰ることができたのだった。

とはいえ、フリークウェーブに遭遇した大半の船は戻って来なかった。巨大波の真の恐ろしさは、いわゆる海の穴と呼ばれるものだ。波の前面にすり鉢状の奈落が現われ、船首か船尾から引きずりこまれた船は沈んでしまう。波と波の間隔が長ければ、船はまた上昇して次の波頭に上ることができる。しかし間隔が短い場合、それは無理だ。奈落に落ちた船に、次に来る波の壁が立ちはだかり、船に襲いかかって呑みこんでしまう。たとえ、かろうじて奈落を抜けだして上昇できたとしても、次の波が急峻すぎるか、高すぎるというリスクがある。そして、大半の場合がそのどちらかなのだ。垂直の壁を登ろうとしても、波が船の長さより高ければ、小型船の場合は波の餌食になってしまう。外洋を航海する大型船でさえ、奈落から抜けて波頭を乗り越えられないことがある。転覆し、逆さまに波に引きずりこまれてしまうからだ。

風と海流の関係から生じたフリークウェーブも、スピードは時速五十キロメートルほどで、それ以上になるのは稀だ。それでも充分に大惨事を引き起こすことができる。だが、今この瞬間に大陸棚を疾走する、高さ二十メートルの津波に比べれば、よちよち歩きのアヒル程度でしかない。

不幸にも北海を航行中のタグボートやタンカーやフェリーは、玩具の船のように転覆した。真っ二つに折れる船もあれば、コンクリートの支柱や、係留されているブイにたたきつけられる船もある。その衝撃に耐えきれず、多くのプラットフォームが崩壊を始めた。かろうじて持ちこたえたとしても、崩壊は避けられなかった。衝突した船には石油を満載したタンカーもあり、爆発炎上すると、炎がプラットフォームに襲いかかったのだ。林立する坑井タワーは次々と空中爆発を起こし、炎に包まれた残骸が何百メートルも飛び散った。津波は、海底に固定されたプラットフォームの脚を破壊し、転覆させた。海底地滑りの中心に津波が生まれ、まわりの陸地をめがけて同心円状に広がりはじめてから、わずか数分の出来事だった。

一つの惨事だけで船舶や海洋油田にとっては悪夢そのものだ。しかし、この日の午後に北海で起きたことは、悪夢が現実となった以上の大惨事だった。

まさに、この世の終わりだった。

海岸

大陸棚の崩壊から八分後、津波はフェロー諸島の岩礁に激突した。津波発生の四分後には、すでにシェトランド諸島に達しており、その二分後に、スコットランドとノルウェー南西岸に到達した。

ノルウェー全土が水に浸かるとすれば、人類を滅亡させてしまう彗星が海に墜落する以外ありえない。国土は一本の山脈に沿って広がり、まわりを急峻な海岸線が囲んでいる。したがって、高い崖の上まで海水が溢れることはない。

しかし、ノルウェーはまさに海に生きる海洋の国だ。主要都市の大部分は険しい山脈の麓（ふもと）の、海抜ゼロメートルに点在する。外海と都市を隔てるものが小さな島々だったり、都市そのものが平坦な島の上に発達していた。南部のエーゲルスン、ハウゲスンやサンネスなどの町は、さらに北部のオーレスンやクリスチャンスンや、その周辺の小さな町と同様、津波の犠牲になった。

最悪だったのはスタヴァンゲルだ。

津波の威力は到達する海岸の形態によっても大きく左右される。岩礁や河口、海底山脈、砂堆（さたい）、海岸沿いに浮かぶ島、浜の角度などの要因により、津波は衰弱するか増強するか決まる。スタヴァンゲルはノルウェーの海洋油田産業の中心地であり、貿易および海上交通の要衝だ。ノルウェーで最も歴史ある豊かで美しい都市の一つだった。町と外海を隔てるものはほとんどない。港の北側に、橋で結ばれた平坦な島が点在するだけだ。津波が到達する直前、政府から市役所に警報が届いた。すぐさまラジオやテレビ、インターネットを通じて警報は市民に知らされたが、全住民を避難させる時間はまったく残っていなかった。警報が出ると町は一様に混乱した。何が町に迫っているのか、正確に理解できる市民は一人もいなかったのだ。津波とともに生きる太平洋沿岸諸国と違い、大西洋やヨーロッパ、地中海に津波警戒システムはない。ハワイに本部をおく太平洋津波警戒システムには、アラスカから日本、オーストラリア、ペルーやチリに至るまで二十以上の沿岸諸国と地域が参加している。一方、ノルウェーのような国では、津波の知識がある者はほとんどいないのが実情だ。そのためスタヴァンゲルでは、救いようのない驚愕のうちに最後の瞬間が過ぎていった。

誰も気づかないうちに、波は町に侵入してきた。島々にかかる橋の橋脚を真っ二つに折りながらも成長を続け、町を目前にして高さ三十メートルにまでそそり立った。津波は極端に波長が長く、すぐには砕けない。垂直に切り立った水の壁のまま防波堤に激突し、埠頭や港の建物を粉砕すると、そのまま市内を遡上した。歴史の中心である旧市街は、十七世紀後半から十八世紀初頭にかけて建てられた木造建築が、根こそぎ波にさらわれた。一方、古い港であるヴォーゲンに入りこんだ波は力を溜め、そこから市内に襲いかかった。スタヴァンゲル最古の建造物、アングロ＝ノルマン様式の大聖堂の窓ガラスをたたき割ると、壁を粉々に砕いた。津波は瓦礫を押してさらに突き進んだ。行く手に何があろうと、波はミサイルの勢いですべてを一掃してしまう。町を破壊したのは水の壁だけではなかった。岩石や土砂、車や船までもが波に巻きこまれ、砲弾のように町を襲ったのだ。

やがて垂直の海水の壁は、激しく沸き立つ水の山に姿を変える。突進する速度は落ちたが破壊力は増した。泡の内部に閉じこめられた空気は十五気圧にまで圧縮され、金属の壁を簡単にへこませた。木はマッチ棒のように折れて、幹が銃弾のように飛び散った。津波が初めに防波堤に衝突して一分も経たないうちに、港湾施設はすべて崩壊し、港に続く地区が破壊された。まだ大量の海水が通りを遡上するあいだに、最初の爆発が町を揺るがした。

スタヴァンゲルの人々には、生きのびる一縷の望みもなかった。突然そそり立った水の壁から遠ざかろうと、走っても逃げても無駄だ。犠牲者の大半は、コンクリートのように固い水の壁に激突されて即死した。奇跡的に助かった者も建物にたたきつけられるか、瓦礫に押し潰されるかのどちらかだ。矛盾するが、地下室に閉じこめられた者を除き、溺れ死んだ者はほとんどいない。地下室にいた者でさえ、流入した水の勢いで圧死するか、泥に埋もれて窒息死したほどだ。溺れたとしても、溺死するのは悲惨だが、少なくとも死はすぐに訪れる。自分の身に何が起きたのかわからないまま死んでいける。体は酸素の供給を絶たれ、暗く冷たい水中を漂う。心拍が乱れて血流が滞り、新陳代謝が極端に鈍って心肺停止に陥る。脳はしばらく生き続け、十分か二十分後、ようやく最後の電気信号が消えて最終的な死に至る。

津波が町を襲った二分後、泡立つ波はスタヴァンゲルの郊外に到達した。海水はより広い範囲に溢れ返った。遡上する速度は落ちたものの、通りでは濁流が人々を呑みこんだ。その代わりに建物は水の圧力を持ちこたえた。しかし、それで安心するのは早すぎる。津波の怖さは押し寄せる波だけではない。

引き波のほうがもっと恐ろしいのだ。

ヨハンソンの同僚クヌート・オルセンは、家族とともに引き波を生きのびた。トロンヘイムに津波が到達したのは、スタヴァンゲルを襲ったわずか数分後のことだった。

スタヴァンゲルの町が、まるで名刺盆にのせられ外海に突きでたような地形であるのに対し、トロンヘイムはフィヨルドに守られていた。大きな島々と岬がフィヨルドの入口を側防しており、内陸に約四十キロメートル入ったところにある幅の広い入江の東岸に、トロンヘイムの町は広がる。ノルウェーの多くの町や村は内海に面した海岸か、フィヨルドの最奥部の海抜ゼロメートルに位置していた。地図を見るかぎり、トロンヘイムが高さ三十メートルの津波から致命的なダメージを受けるとは思えなかった。

しかし、まさにそのフィヨルドが死の罠だったのだ。

津波が海峡や三角錐形の湾に到達すると、膨大な量の海水は底辺から押し上げられるだけではなく、両岸からも急激な圧力を受ける。狭い海峡に押し入った、何千トンという海水の威力は壊滅的だ。ベルゲンの北に位置するソグネフィヨルドは幅が狭く、両岸は切り立った岩肌だ。そのため波の高さは二倍に達した。このフィヨルドに面する村の大半は崖の上の台地にあるため、水しぶきはかかったものの、大きな被害は受けなかった。ところが、フィヨルドの奥には小さな町や村が密集する平らな半島がある。津波は半島の町や村を削り取ると、背後にそびえる岩山で行き止まった。その際、海水は高さ二百メートルまで湧き立ち、岩山に生える植物を根こそぎ奪い取った。そして砕け散った波はフィヨルドの、さらに支流へと流れこんでいった。

トロンヘイムフィヨルドは、ソグネフィヨルドよりも幅が広く、両岸の高さは低い。奥に入るにつれて幅が広がるため、波は緩やかに広がった。それでもトロンヘイムを襲った波の山は充分に大きく、港を一掃して旧市街の一部を破壊してしまった。ニドゥ川が決壊し、バックランデやモレンベルグ地区に水が溢れだした。湧き立つ波に古い家屋は粉砕されてしまった。ヒルケ通りは、ほとんどの家が濁流の犠牲となった。シグル・ヨハンソンの住居も美しい正面の壁が押し潰され、木の装飾が砕け散った。屋根は壁とともに崩壊し、瓦礫は波に押し流されていった。泡立つ波の先端が高台にあるノルウェー工科大学の土台に達すると、ようやく波はエネルギーを失い、渦を巻いて止まった。そして、引き波が始まった。

オルセン一家は、ヒルケ通りの一筋奥の通りに住んでいた。ヨハンソンの家と同じ木造建築だが、津波の襲来にかろうじて持ちこたえた。家は激しく揺れ、家具が転倒して食器が割れた。通りに面した部屋が傾くと、子どもたちがパニックに駆られた。彼は、子どもたちを連れて家の奥に避難するよう、妻に大声で指示した。何が最善かまったくわからなかったが、波が家の正面を襲えば、奥にいるほうが安全だと思ったのだ。家族が奥に逃げこむと、彼は息を呑んで窓から外を眺めた。足もとの床がさらに傾いて轟音が響いたが、裂けはしなかった。彼は窓枠にしがみつき、さらに波が家に襲いかかるようなら、すぐに奥に駆けこもうと覚悟した。呆然と窓の外の破壊された町を見つめる。木も車も人間も濁流に呑まれていく。悲鳴や、壁の裂ける音が聞こえる。そのとき、数回の爆発音がして大気が揺れた。港から赤黒い煙が立ち昇った。

彼がこれまで体験した最も壮絶な光景だった。それでも、家族を守らなければならない一心で、ショックを抑えつけた。これから何が起きようとも、子どもたちと妻は生きのびなければならない。

できることなら自分自身も。

そのとき、濁流の勢いが止まったかのように見えた。オルセンはしばらく外を眺めてから、慎重に家の奥に戻った。口々に質問を浴びせかけられた。子どもたちの恐怖に満ちた目を見ると、自身の恐怖を拭い去れないものの、安心させるように手をあげて言った。

「たぶん何もかも終わった。もう大丈夫だ」

当然、大丈夫であるはずはない。彼らはなんとか家から脱出しなければならなかった。そこで、海水が届かない、屋根裏部屋から出ようと思いついた。

「あなたはヒッチコックの映画を見すぎなのよ。四人の子どもを抱えて、どうやって逃げるの。このまま家にいるほうがましだわ」

妻は反対した。彼はそれに代わるアイデアも浮かばず、妻の意見に従った。そしてふたたび窓辺に近づいた。

外を眺めると、引き波に変わったことに気がついた。濁流は速度を増してフィヨルドに戻っていく。

彼は、これで助かったと思った。

さらに身を乗りだしたその瞬間、家に衝撃が走った。彼は窓枠を握りしめた。床が裂けている。後ろへ飛びのこうとしたが無理だった。居間の床に巨大な穴が口を開けていたのだ。雨が降りこみ、彼はバランスを崩して前のめりになった。初めは、窓枠から落ちかけたのかと思った。ところが、家の正面の壁全体が、まるで接着の悪い紙のように剝がれ、濁流に向かって倒れようとしていたのだ。

彼は力のかぎり悲鳴を上げた。

何世代にもわたって凄惨な津波を体験してきたハワイの人々は、引き波の怖さを十二分に知っていた。膨大な量の海水が逆流するときには強い吸引力が生じ、押し波に持ちこたえたものもすべて海に引きずりこまれてしまう。津波の第一ステージを生きのびた人間も、引き波に殺されてしまうのだ。しかもその死に様は、押し寄せる波のときよりも悲惨だった。濁流に呑まれて必死でもがき、容赦ない引きに逆らって泳いで力尽きる。筋肉は麻痺し、周囲を流れるものにぶつかって骨が折れる。死に物狂いで何かにしがみつくが、引きはがされ、土砂と瓦礫の中をふたたび流されていく。

陸を食いつくしに海からやって来た怪物は、獲物をさらって海に帰っていくのだ。

オルセンは引き波の怖さを知らなかった。しかし家の壁面が濁流に向かって倒れていくと、突然に恐怖を思い知り、力のかぎり悲鳴を上げた。きっと自分は死ぬのだろう。体の傾斜が増し、港からは爆音が轟く。船や石油タンクが吹き飛んだようだ。町中が停電しており、あちこちでショートした火花が飛んでいた。濁流には高電圧がかかり、感電するかもしれない。

家族のことを考えた。子どもや妻の顔を思い浮かべた。

一瞬、シグル・ヨハンソンと彼の奇妙な理論が頭をよぎり、怒りがこみ上げてきた。ヨハンソンのせいだ。あいつは何かを隠していた。それを聞いていたら、自分たちは助かったにちがいない。あのげす野郎は、絶対に何かを知っていた！

彼はそれきり何も考えなかった。頭にあるのは、自分が死ぬということだけだった。

家の壁が奇跡的に残った巨木にぶつかり、大音響を轟かせた。彼は頭を下にして窓枠から投げ飛ばされた。空（くう）を切った両手が何かに触れた。木の葉と樹皮だった。すぐ下は、泥の混じった激流だ。枝をつかむと空中で大きく揺れながらも、必死でぶら下がる。頭上から崩れた梁（はり）や板やモルタルが降ってきて、危うくぶつかるところだった。濁流が正面の壁の大部分をもぎ取ったのだ。かつて壁だった部分は歪み、音を立てて弾け飛んだ。彼は恐怖におののき、近くの幹に取りすがろうとした。すぐ下の幹から太い枝が出ている。その枝に足をのせられるかもしれない。そのとき、巨木が軋みながら揺れた。彼はぶら下がったまま幹のほうに腕を進めた。

轟音とともに、壁の最後の残骸が木の葉や小枝を引きちぎりながら濁流に落ちた。彼のつかまる枝に衝撃が走った。手が滑り、かろうじて片手一本で枝にぶら下がっている。足のあいだから下を見ると、力が萎(な)えていくのがわかった。ここで落ちたら命運は尽きる。懸命に首をまわして家を見ようとした。厳密に言えば、まだ残っている部分を。

家族が生きていますように。

家は残っていた。

そして妻の姿が見えた。

彼女は両手と両膝をついて縁まで這い進み、彼を見上げていた。夫を救おうと、今にも濁流に身を投げそうな決意が顔に窺(うかが)えた。もちろん夫を助けることはできないが、妻はそこにいて彼の名を大声で呼んでいる。非常にしっかりした声だ。枝にぶら下がるのはやめて、なぜ早く家族の待つ家に帰らないのかと、怒っているようにも聞こえた。

オルセンはつかの間、妻の顔を見つめた。

筋肉に力をためる。空いた手を上に伸ばして枝をつかむと、また幹に向かって腕を進めた。両足が太い枝の真上に来た。ゆっくりと足を下ろす。バランスを取りながら両足で立った。肩に震えが走った。枝をつかんでいた指の力を抜き、幹にしがみつく。濁流に持ちこたえてくれた木のありがたさを痛感した。幹に顔を押しつけて、ふたたび妻を見た。

永遠の時間が過ぎた。木も家も持ちこたえた。

やがて波が犠牲者を押し流して海に去っていくと、ついに彼は震える足を瓦礫と泥の中に下ろした。彼らは家を離れる準備を始めた。必要最低限の品々、クレジットカード、現金、証明書や思い出の品々をかき集め、リュックサック二つにつめこんだ。車は濁流に消えていた。歩くしかないが、ここに残るよりはましだった。

沈黙したまま廃墟をあとにした。川を渡り、トロンヘイムから離れていった。

破綻

津波は伝播していった。

イギリスの東海岸とデンマークの西海岸が波に沈んだ。エジンバラとコペンハーゲンのあいだの大陸棚は極端に浅い。ドッガーバンクと呼ばれる浅瀬があるが、それは北海がまだ乾燥した陸地だった頃の名残だ。ドッガーバンクは大昔から多くの生き物が生息する島だった。ところが、高さを増して次々と押し寄せる波に呑まれ、生き物はついには溺死してしまった。現在、ドッガーバンクは水深十三メートルの海の底だが、その水深は増し続けている。

ドッガーバンクの南には、海洋プラットフォームが林立していた。特にイギリスの南東岸や、ベルギー北部やオランダ沿岸には多くの油田がある。津波は北海の北部水域よりも、南部のほうで猛威を振るった。しかし、大陸棚が砂堆や尾根や谷のある複雑な構造のために、波は減速した。北海南部に浮かぶフリース諸島を完全に呑み、津波のエネルギーは減少したものの、オランダ、ベルギー、北ドイツに到達した。海水の壁は時速百キロメートルたらずの速度でハーグやアムステルダムに達し、海岸線の大部分を破壊した。ハンブルクやブレーメンは脅威的な高潮に見舞われた。これらのハンザ都市はかなり内陸に位置するが、エルベ川やヴェーザー川の河口はまるで防護にならなかった。津波は川を遡り、流域に大洪水をもたらした。ロンドンでさえ、短期間だがテムズ川の水かさが増し、堤防が決壊したり、船が橋脚に激突したりした。

津波はドーバー海峡に流れこみ、ノルマンディーやブルターニュの海岸線でも観測された。コペンハーゲンやキールの面するバルト海だけが被害を免れた。津波は、デンマークとスウェーデンのあいだにある、スカゲラク海峡とカテガット海峡に流れこみ、渦を巻いて崩壊したのだ。一方、北に向かった津波はアイスランドの海岸線を破壊し、さらにグリーンランドやスピッツベルゲン島にまで到達した。

オルセン一家は、大惨事の直後に高台を見つけて避難した。そのような行動をとった理由を、クヌート・オルセンは語ることができない。彼のアイデアで避難したが、映画で観たかレポートで読んだか、津波に関するおぼろげな記憶があったのだろう。あるいは、単なる直感だったのかもしれない。とにかく、避難したおかげで家族の命を救うこととなった。

押し波も引き波も生き抜いたとしても、まだ死者が出ることがある。人々は最初の津波が去ったあと、家や町の様子を見に戻ってしまうからだ。だが、津波には第二波、第三波がある。極端に波長の長い津波の場合、惨事を無事切り抜けたと安心した頃に、次の海水の壁が襲来する。

今回もそうだった。

十五分後、津波の第二波が襲ってきた。最初の波と同等の威力を持ち、第一波に持ちこたえたものをすべて破壊していった。二十分後、高さが半分になった第三波が襲ってきた。その後、第四波が到達してすべての惨劇は終わった。

ドイツ、ベルギー、オランダでは充分な時間があったにもかかわらず、退避作業は行きづまってしまった。ほとんどの者が車を所有しており、車で逃げるのが有効だと誰もが考えた。結果、最悪の事態となる。退避命令が発令されて十分たらずで、道路はすべて渋滞してしまった。そこを津波が遡上し、渋滞の車は一掃されたのだった。

大陸斜面が崩壊してから一時間で、北ヨーロッパの石油産業は崩壊した。北海に臨むほぼすべての町が被害を受け、全滅した都市もあった。十万人が命を失ったが、もともと人口の少ないアイスランドやスピッツベルゲン島では幸い死者は出なかった。

トルヴァルソン号とゾンネ号の共同調査航海により、北はトロムソまでの北部水域で、ゴカイによるメタンハイドレート層の崩壊が明らかになっている。大陸棚は南部水域で崩れ落ちた。津波が起き、北部も崩壊の恐れがあるかどうか、誰も考えるどころではなくなった。ゲーアハルト・ボアマンならその答えを見つけだせたかもしれない。だが彼ですら、正確にどこで海底地滑りが起きたのかわからなかった。ジャン＝ジャック・アルバンはトルヴァルソン号を外洋に避難させ、沈没の危機を回避した。その彼にも、深海で本当は何が起きたのか想像すらできなかった。

爆発の轟音が、海上や廃墟と化した沿岸都市に響きわたっていた。生き残った者たちの悲鳴や泣き声に、ヘリコプターの飛びから騒音、サイレンの咆哮、拡声器の声が混じり合った。ぞっとするような音の調べだ。しかし、騒々しさの中心には重苦しい静寂がつきまとっていた。死のような静寂。

三時間が経ち、最後の津波が海に帰っていった。

そして、北部の大陸斜面が崩壊した。

第二部　シャトー・ディザスター

環境保護組織の年次報告書から

一九九四年、核廃棄物の海洋投棄が禁止されたが、いまだに投棄はあとを絶たない。フランスの核燃料再処理施設ラ・アーグの配水管から、自然界における千七百万倍の放射能が放出されているのをグリーンピースのダイバーが立証した。ノルウェー沿岸では、放射性物質テクネチウムによる海草やカニへの汚染が進んでいる。専門家によると、汚染源は老朽化が著しいイギリスの核燃料再処理施設セラフィールドと特定される。一方、アメリカの地質学者は核廃棄物を深海に沈めることを提唱。核廃棄物の入った容器を、長さ一キロメートルのパイプを使って海底の穴に落とし、上から堆積物で覆うのだ。

一九五九年以降、ソヴィエト連邦は解体した原子炉を含めて、大量の核廃棄物を北極海に廃棄し続けている。百万トンを超える化学兵器が、水深五百メートルから四千五百メートルの海底で腐食している。最も危険だとされるのが、一九四七年、モスクワ政府が海洋投棄した毒ガス容器の腐食だ。スペイン沿岸には医療、研究、産業に使われた低レベル核廃棄物をつめた容器十万個が沈められている。南洋で行なわれた核実験に使用されたプルトニウムが、中部大西洋の水深四千メートル以上の深海に廃棄されている。

イギリス水路局は深海に沈む船、五万七千四百三十五隻をリストアップした。その中には、アメリカやロシアの原子力潜水艦も含まれる。

海洋生物は、環境毒物であるDDTの危険により多くさらされている。環境毒物は海流によって世界中に拡散し、海洋生物の食物連鎖に蓄積する。コンピュータやテレビの難燃剤として使用されるポリ臭化ジフェニルエーテル（PBDE）が、マッコウクジラの脂肪から検出された。捕獲されたメカジキの九十パーセントは水銀に、二十五パーセントがPCBに汚染されていた。イボニシという巻貝には雌の雄化現象が見られる。原因として、船体の塗料に含まれるトリブチルスズが考えられる。

海洋プラットフォームは周囲二十平方キロメートルにわたり海底を汚染し、その三分の一の海底ではほとんど生物の生息が見られない。

深海ケーブルにより生じる電磁場が、サケやウナギの帰巣本能を阻害する。さらに電磁波は稚魚の成長に悪影響を及ぼす。

世界的に藻類が異常繁殖し、魚の数が減少。海洋汚染防止条約に調印していないイスラエルでは、一九九九年までに化学薬品会社ハイファケミカルが年間六万トンの有害廃棄物を海洋投棄した。鉛、水銀、カドミウム、砒素、クロムが海流によりシリアやキプロスまで運ばれた。チュニジアのガベス湾では肥料生産から生じた燐酸石膏が、毎日一万二千八百トン廃棄されている。

国連食糧農業機関(FAO)によると、主要な魚類二百種のうち七十種が危機に瀕しているとされる。同時に漁業従事者数は増大し、一九七〇年に千三百万人だった漁民は、一九九七年には三千万人になった。タラ、イカナゴ、アラスカサーモンの漁に使われる底引き網が漁場の荒廃につながっている。全生態系は一掃され、海棲哺乳動物や肉食の魚類、海鳥の餌が奪われた。

一般に船舶エンジンに用いるC重油は、使用する前に灰分や重金属などの不純物を洗浄して取り除く。粘度の高い不純物を規則どおりに処理せず、不法に海洋投棄する船長もいる。

ペルー沖の水深四千メートルの海底で、ハンブルクの研究者がマンガン団塊の商業規模採鉱のシミュレーションを行なった。調査船はドレッジと呼ばれる装置を曳航し、十一平方キロメートルにおよぶ海底から堆積物を採取した。結果、多くの生物が犠牲となり、一年後でも海底は荒廃したままだ。

フロリダキーズでは建築廃土を珊瑚礁(リーフ)に投棄したため、サンゴ虫が窒息死した。

化石燃料による大気中の二酸化炭素濃度の増加は、珊瑚礁の形成能力を低下させることを海洋学者が発見した。二酸化炭素が溶けこむと、水の酸性度が上がる。エネルギー会社はそれを無視して、大気中に大量の二酸化炭素を放出する代わりに、直接深海に排出しようとしている。

五月十日

カナダ　〈シャトー・ウィスラー〉

メッセージは秒速三十万キロメートルの速さでキールを飛びだした。

キールにあるゲオマール研究所で、エアヴィーン・ズースがノートパソコンに入力した文章はデジタル化されてネットに入った。半導体ダイオードにより光信号に変換されると、波長一・五ミクロンの赤外線は透明のグラスファイバーケーブルの中を、無数の電話回線やパケット通信とともに疾走した。光ファイバーは髪の毛二本分ほどのガラス繊維でできており、中心のコアと外側との二層構造。光はコア内に閉じこめられ境界面で全反射して伝播し、皮膜に覆われた地上ケーブル内を、五十キロメートルごとに増強されて海岸まで進む。

海中ケーブルは男性の腕ほどの太さで、船の錨(いかり)や魚網による損傷を避けるため、大陸棚の海底に埋設されている。ヨーロッパとアメリカをつなぐケーブル網はTAT14と呼ばれるシステムで、最も高性能な通信ケーブル網の一つだ。北大西洋だけで一ダースのケーブル網が敷設されていた。十万キロメートルにおよぶ光ファイバーケーブルが情報化時代を支えているのだ。全容量の四分の三がワールド・ワイド・ウェブに使用される。プロジェクト・オキシジェンというどこでも(ユビキタス)使えるコンピューティングをめざすプロジェクトでは、百七十五カ国がスーパーインターネット上で結ばれている。また、八本の光ケーブルを束ね、電話なら四千八百万回線に相当する、三・二テラビット毎秒の伝達能力を誇るシステムもあった。海底光ケーブルは衛星通信技術を遥かにしのぐ。地球には光ケーブル網が張りめぐらされており、そこをIT社会のビットとバイトがリアルタイムで飛びまわっている。電話、ビデオ、音楽、Eメール……地球を一つに結ぶのは衛星ではなく、光ケーブルなのだ。

エアヴィーン・ズースのEメールは、スカンジナビア半島とイギリスのあいだの海底を北に向かった。スコットランドの北で、TAT14システムは左に方向を変える。ヘブリディーズ諸島の大陸棚から先は、ケーブルは埋設されておらず、海底に横たわるだけだ。

ところが、そこにはもう大陸縁辺部も、海底も存在しない。

キールを飛びだしたEメールは海底光ケーブルを通り、百二十分の一秒たらずでフェロー諸島の南に達した。ケーブルはそこで寸断され、膨大な土砂に埋まっていた。ぶ厚い皮膜で保護されたケーブルが真っ二つに切断されて、砕けたガラス繊維から光信号が泥の中に拡散した。何百キロメートルも離れた地点に端を発した海底地滑りが、ケーブルを襲ったのだ。TAT14はアイスランド海盆でふたたび姿を現わすと、ニューファンドランド島の南の大陸棚に到達し、そのままボストンに上陸する。そこで地上ケーブルに変わり、ロッキー山脈を越えてカナダの西端に達する。バンクーバーの北、ブラッコム山麓に立つ高級リゾートホテル〈シャトー・ウィスラー〉の変電所に到着すると、グラスファイバーは従来の銅線に移行し、光信号はデジタル信号に戻る。

キールを出たEメールは通常ならこのルートで、カナダにいるゲーアハルト・ボアマンのノートパソコンに届くはずだった。しかし、今は数百万以上の人々と同様、ボアマンの接続も寸断されたままなのだ。北ヨーロッパで起きた未曾有の大惨事から一週間が経つが、大西洋間のインターネットとEメールの接続は麻痺したままだった。使用可能なのは衛星経由の電話回線だけだ。

ボアマンはホテルの広いロビーに座り、パソコンの画面を見つめていた。ズースの資料が届くのを待っている。それは、ゴカイの生息数の増加を示すグラフと、ゴカイの異常発生がほかの地域で起きる可能性を計算したデータだった。大惨事のショックから立ち直ると、二人はキールでとりつかれたように試算に没頭したのだった。

彼は悪態をついた。これまで小さかった世界が、はなはだ大きな世界に戻ってしまった。今朝の説明では、Eメールは衛星回線を通じて今日中には受け取れるようになるはずだが、機能する気配はまったくなかった。キールから出たEメールは衛星回線にはつながらず、どうやら切断された光ケーブルのほうに捕まってしまうようだった。参謀本部が懸命に独立ネットワーク網を構築しようとしていたが、いまだにインターネットは崩壊したままなのだ。それは技術ではなく、容量の問題だった。軍事衛星は完璧に機能していたが、大西洋間の光ケーブル網をすべて衛星が代行しなければならないとは、想像すらしなかったのだ。

彼は参謀本部から支給された携帯電話を取りだして、衛星経由でキールを呼びだした。しばらく待って、ゲオマール研究所にいるズースにつながった。

「だめだ、何も届かない」

「もう一度やってみよう」

ズースの声ははっきり聞こえたが、タイムラグに苛立ちを覚えた。こちらの声は三万六千キロメートル上空の衛星に送信され、受信者のところまで同じ距離を戻るため、間が空いたり、相手の声とオーバーラップしたりする。

「こちらは何も機能していない。悪くなる一方だ。ノルウェーとは電話が通じないし、スコットランドは沈黙したままだ。デンマークはもう地図上でしか存在しないんだ。何の対策も取られていないのと同じだ」

「でも、こうして電話が通じるじゃないか」

ボアマンが答えた。

「アメリカがそうさせているからだ。きみはスーパーパワーの軍事特権を利用しているわけだ。ヨーロッパには希望はないよ。皆が電話をしたがる。親類や友人の安否を知りたいからね。情報は滞ったままだ。数少ない回線は対策本部や政府に独占されている」

「では、どうすればいいのだろう?」

ボアマンが途方に暮れて尋ねた。

「さあね。クイーン・エリザベス号が運航しているだろうから、資料は六週間かそこらで手に入るさ。港に早馬を走らせればね」

ボアマンは苦笑した。

「間に合わないよ」

「じゃあ、きみが書き取るしかないな」

「しかたない」

ボアマンはため息をついた。

ズースが伝えることを書き留めていると、制服の一団がロビーを横切ってエレベータに向かった。先頭は、エチオピア人のような顔つきをした長身の男だ。記章はアメリカ軍の少佐のもので、ピークと書かれたネームバッジをつけていた。


制服の一団はエレベータに乗りこみ、大半の者が二階か三階で降りた。ほかは四階でエレベータをあとにした。

最後に残ったサロモン・ピーク少佐は九階まで昇った。そこはゴールド・エグゼクティヴ・スイート用のフロアで、五百五十室を有するホテルの最高級フロアだった。彼自身の部屋は一階下にあるジュニアスイートだ。彼ならごく普通のシングルルームで充分だった。彼は豪華さにこだわらないが、ホテル側が幕僚はより快適な部屋にと主張したのだ。廊下を進む彼の足音は厚い絨毯に吸いこまれた。午後の予定の進行順を、もう一度頭の中で整理しながら歩いていると、軍人と民間人の男女とすれちがった。正面の扉は開いたままで、執務室として機能するスイートルームの中が見えた。数秒後、ピークは奥にある大きな扉の前に立った。敬礼する兵士二名に合図すると、一名が扉をノックした。返事が聞こえ、さっと扉を開けてピークを通した。

「どんな具合？」

ジューディス・リーが尋ねた。

このスイートには、ヘルスセンターからルームランナーが運びこませてあった。彼女はベッドにいるよりもルームランナーの上を走っている時間のほうが長いことを、ピークは知っている。走りながらテレビを眺め、郵便物に目を通し、メモを口述筆記させ、ノートパソコンの音声認識システムを使って報告やスピーチを行ない、テレビ会議に出席し、多くの報告に耳を傾け熟考するのだ。今も彼女は走っていた。ストレートの輝く黒髪をヘアバンドで留め、薄いトレーニングジャケットと体にフィットしたショートパンツ姿だ。速いテンポで走っているのに、呼吸はまったく乱れていない。その様子を見るたびに、ピークは彼女が四十八歳であることを記憶から呼び覚まさずにはいられなかった。司令官ジューディス・リーは、鍛え抜いた三十代後半の女性にしか見えない。

「順調です」

ピークは答えた。

彼はあたりを見まわした。スイートルームは豪華なマンションほどの広さがあり、相応のインテリアで整えられていた。木をふんだんに使い、大きな暖炉や田舎風の快適さを兼ね備えた伝統的なカナダの調度に、フランス風エレガンスがうまく調和している。窓辺にはグランドピアノがおかれていた。このピアノもどこかの大ホールにあったもので、ルームランナーと同じように、リーが運びこませたものだ。左手には弧を描く廊下があり、寝室に通じている。バスルームは目にしたことがないが、聞くところによると、ジャグジーとサウナがあるらしい。

ピークから見れば、不恰好な黒いルームランナーは心地のよいしつらえのスイートには場違いであれ、唯一意義のあるものだ。豪華さやデザイン性は軍事とは調和しない。彼は貧しい家庭の出身だった。軍人になったのは、審美眼を持っていなかったからではない。軍人にならなければ、だいたいが刑務所に通じる人生の道を歩くしかなかったからだ。辛抱強さと無類の勤勉さから大学を卒業し、士官としてのキャリアの道が開けたのだった。彼の経歴は多くの者の手本となったが、出自を変えることはできない。今でも、テントか安モーテルに泊まるほうが心地よかった。

「海洋大気庁(NOAA)衛星の最新データを受け取りました」

彼は言って、リーの脇を通り、巨大な窓から谷を見下ろした。陽光がヒマラヤスギや樅(もみ)の森に降り注いでいる。絶景だったが、美しさに惑わされはしない。彼の関心はこれからの数時間にあった。

「それで？」

「われわれの考えていたとおりでした」

「類似点があったと？」

「ええ、ＵＲＡが録音した音と、一九九七年の未確認音声スペクトログラムとのあいだに」

「それはよかった」

リリーは満足した顔で言った。

「いいかどうかはわかりませんよ。手がかりではあるが、説明はつかない」

「何を期待しているの？　海が何か教えてくれると思うの？　それを見つけるために、大騒ぎしているのでしょう？　メンバーは揃ったの？」

彼女は言って、ルームランナーの停止ボタンを押し飛び降りた。

「揃いました。最後の一人が到着したところです」

「誰？」

「例のゴカイを発見したノルウェーの生物学者で、名前は……」

「シグル・ヨハンソン」

彼女はバスルームに行き、ハンドタオルを肩にかけて戻ってきた。

「名前を覚えなさい。ホテルに三百名を集め、うち七十五名が科学者です。そのくらい簡単に暗記できるでしょう」

「三百名の名前を覚えているんですか?」

「必要なら三千人の名前も覚えられる。あなたも努力しなさい」

「ご冗談でしょう」

「試してみる?」

「では。ヨハンソンの同伴者は、極地の現状に詳しいイギリス人ジャーナリストです。彼女の名前は?」

リーはタオルで髪を拭いた。

「カレン・ウィーヴァー。ロンドン在住のジャーナリスト。専門は海洋。コンピュータ・フリーク。グリーンランド海で、のちに乗員もろとも沈没する船に乗っていた。この船の沈没のように、ほかの事件についても明白な絵が描ければいいわね?」

彼女の口もとに、雪のように白い歯がのぞいた。

ピークも笑みを浮かべた。

「確かに。ただ、その話になると、ヴァンダービルトは固まってしまいますよ」

「当然だわ。ＣＩＡは情報を整理できないのが嫌いだから。彼は現われたの？」

「その予定です」

「予定とは？」

「ヘリコプターでこちらに向かっているところです」

「わたしたちの航空機の積載能力には驚かされるわ。あの脂ぎったブタが乗っているかと思うと、手に汗握るわね。ところで、画期的な展開があれば、漏れる前に知らせるように」

ピークは躊躇した。

「全員に口止めするのは無理ですよ」

「そのことなら、もう千回は話し合ったはず」

「そうですが、千回では少なすぎます。ここには秘密保持を期待できない人物がかなりいる。彼らには家族や友人がいるのです。ジャーナリストの大群が気づいて、いろいろ訊いてくるでしょう」

「わたしたちの問題ではないわ」

「われわれの問題になるかもしれませんよ」

リーは両手を広げた。

「軍隊にリクルートしてやればいい。箝口令が敷かれて、口を開けば射殺される」

ピークは凍りついた。

「冗談よ。ハロー！　冗談を言っただけ」

リーは彼に手を振ってみせた。

「私は冗談を言う気にはなれませんね。ヴァンダービルトはすべて軍規で切り抜けるつもりだが、それは現実的ではない。ここに集まったのは半分が外国人で、たいていはヨーロッパから来ている。彼らが約束を破ったとしても、こちらは文句をつけられません」

「わたしたちにそれが可能なように思わせれば？」

「圧力をかけろと？　それはうまくいきません。圧力をかけられて協力する者はいない」

「誰が圧力なんて言ったかしら？　これ以上、問題を増やさないでほしいわ。彼らはわたしたちを助けたいのよ。だから、秘密は守る。それに、信頼を疑われるようなことをすれば、牢屋にぶちこまれるという印象を与えてやれば、より効果的だわ」

ピークは疑うような目で彼女を見た。

「ほかに何か？」

「いいえ。そろそろ仕事を始めましょう」

「わかりました。では、のちほど」

彼は部屋を出ていった。

彼を見送るリーの顔に笑みが浮かんだ。あの男は人というものを知らなさすぎる。優秀な兵士で卓越した戦術家だが、人を機械と区別するのは苦手だ。人間の体には確実に命令を実行するプログラムが組みこまれていると、彼は考えているようだ。ウエストポイントの卒業生の大半が、こうした間違った考えを持っている。アメリカ最高の士官学校は仮借ない訓練で有名だ。訓練の終わりには、ボタンを一つ押すだけで無条件に服従する人間が完成する。彼の考えはまんざら悪くはないが、集団心理については思い違いをしている。

リーはジャック・ヴァンダービルトのことを考えた。彼はＣＩＡ側の最高責任者だ。リーは彼が嫌いだった。汗かきで臭いし、口臭もひどい。しかし仕事はできる。先週、驚異的な津波が北ヨーロッパを壊滅させてからというもの、彼の職場は絶好調だった。彼らは今後の見通しをつけ、事態の解決には至らないまでも、疑問点をもれなく並べあげていた。

彼女はホワイトハウスに連絡するべきか迷った。新たな報告は少ないが、彼女の知性に感嘆する大統領は彼女と雑談をするのが好きなのだ。そういう二人のあいだの空気を彼女は察していたが、決して口外はしなかった。それが最も賢明なことだ。リーは数少ない女性の将官の一人だった。しかも参謀の平均年齢からすると、恐ろしく若い。階級の高い軍人や政治家には、そのため彼女を信用しない者もいる。世界で最も権力のある男との親しい関係は、明るい将来に貢献するとはかぎらない。だから、彼女はゴールをめざして慎重に行動していた。決して人の注目を浴びない。大統領との関係を決して人に気づかれないようにした。大統領の頭は複雑さからほど遠いため、事態を複雑に描写する者が嫌いだ。たいてい彼女が複雑な事態を簡単な言葉で説明してやる。国防長官や安全保障問題を担当する補佐官の意見が理解できないときは、彼はリーに質問をする。彼女はすぐさま国務省の立場を説明してやる。このような関係を彼女は決して口外しなかったのだ。

大統領のアイデアは、もとをただせば自分の考えだとは間違っても口にしない。問われれば、「大統領のお考えは……でしょう」とか、「これに関する大統領のご意見は……でしょう」と必ず答える。彼女がホワイトハウスの主人に教養を身につけさせ、知性の幅を広げ、意見を持たせてやったということを、誰も知る必要はないのだ。

側近たちは事情を知っていた。彼女が適切な時期に認められたのは、陸軍大将ノーマン・シュワルツコフによるところが大きい。一九九一年、湾岸戦争の折に、彼は政治手腕にも長け、何ごとにも何者にも動じない戦略家の彼女を見いだしたのだ。そのときまでに、彼女はすでに驚異的な成果を上げていた。女性で初めてウエストポイントを卒業し、自然科学の学位を持ち、海軍の士官養成コースを修了し、指揮幕僚大学、国防大学へ進み、デューク大学で政治学と歴史で博士号を取得していたのだ。シュワルツコフは彼女の面倒を見た。各種セミナーや会議に招かれ、適切な人々と知り合えるように取り計らった。〝嵐のノーマン〟と呼ばれたシュワルツコフ自身は政治に興味がなかったが、軍事と政治の接点となる新たな世界に彼女のための道をつけてやった。

強力なパトロンは、まず中央ヨーロッパ連合軍の副司令官という役職を彼女にもたらした。彼女はすぐにヨーロッパの外交団の中で高い人気を集めた。それまでに受けたしつけや教育、天性がついに役立つときが来たのだ。彼女のアメリカ人の父親は立派な将軍の家系の出身で、ホワイトハウスの国家安全保障会議で重要な地位についていたが、健康上の理由から退任を余儀なくされた。中国人の母親はチェリストとしてニューヨーク・シティ・オペラのオーケストラで一世を風靡し、数多くのレコード録音を行なった。両親は一人娘に自分たち以上に多くを望み、バレエやフィギュアスケート、ピアノやチェロを学ばせた。彼女は小さい頃から父親といっしょにヨーロッパやアジアを訪れ、文化の違いを肌で感じた。民族の特殊性や歴史的背景に強い魅力を感じ、人々に質問を次々と浴びせかけた。しかも、その国の言語で。十二歳で母親の母国語である北京語を完璧にマスターした。十五歳でドイツ語、フランス語、イタリア語、スペイン語を流暢に話し、十八歳では日本語と韓国語で、おおよその意思疎通ができるまでになった。両親は礼儀作法や服装、社会の規則の遵守を非常に厳しくしつける一方で、それ以外には驚くほど寛大だった。父親の長老教会的な信条と、母親の仏教的な人生哲学の出会いは、二人の結婚生活と同じく調和のとれたものだった。

ところが驚いたことに、父親は結婚する際に妻の苗字を名乗ることに決め、役所と長らく争うことになった。愛のために祖国を捨てた妻に報いる父親の態度を、ジューディス・リーは熱烈に賞賛する。父親は進歩的な考えと、非常に保守的な考えを併せ持つ男性だった。彼女も厳しい性格を持たなければ、すべてに完璧をめざす努力は破綻したかもしれない。しかし、このような環境で成長した少女は二学年を飛び級し、輝かしい成績で高校を卒業した。彼女は、志せば何ごとも成し遂げられると確信を深めた。アメリカ合衆国大統領にも手が届くのだ。

一九九〇年代の中頃、彼女は陸軍参謀本部で作戦計画担当の参謀次長になり、ウエストポイント士官学校で歴史の教授も務めることになった。その頃、彼女は国防総省内で高く評価されるようになった。さらに、彼女の政治への高い関心も印象づけられた。唯一、彼女に欠けるものは軍人としての成功だった。ペンタゴンがさらに高い地位を授けるには、彼女は戦争経験を重要視する。彼女は世界的な危機が勃発するのを心から願ったが、長く待つ必要はなかった。一九九九年、コソボ紛争において副司令官を拝命し、ついに彼女は功労者名簿に名を連ねたのだった。

次に帰国すると、フォートルイス基地での司令官のポストが彼女を待ち受け、ホワイトハウスの国家安全保障会議に招集された。国家安全保障に関してまとめたメモランダムの一つが、ホワイトハウスに強い印象を与えたからだ。彼女はメモの中で強硬派路線を代表し、多くの点で共和党政府よりも妥協しなかった。何といっても、愛国者だったのだ。アメリカ合衆国ほど自由と正義の国はないと確信し、この意味において鋭いテーマをメモの中で取り上げた。

突如として彼女は権力中枢の仲間入りをした。

冷血な完璧主義者のリーは、じっと隠れてチャンスを待つ野獣が自分の中にいることをよく知っていた。これからのやり方次第では大いに役立つ、熱く激しい危険な感情だ。虚栄心をのぞかせたり、自分の能力を見せびらかしてはならない。夜になれば制服から魅惑的なドレスに着替え、ショパンやブラームス、シューベルトを演奏してホワイトハウスの客をうっとりさせる。大統領のダンスの相手を務め、名ダンサー、フレッド・アステアのように軽やかなステップを踏んでいると感じさせてやる。大統領の家族や共和党の友人たちには、古きよき時代の歌を聞かせた。こうした彼女らしい演出で、個人的な関係を巧みに築き上げた。国防長官とは野球の話題を、女性国務長官とはヨーロッパの歴史を分かちあう。個人的な招待を受けることが頻繁になり、週末は大統領の農場で過ごすまでになった。

外部に対しては控えめな態度を続けた。政治的な意見は自分の胸にしまい、軍事と政治の世界をとりなした。常に場にふさわしい服装を心がけ、上品で魅力的な悠然とした姿で現われた。しかし、決して堅苦しい印象を与えたり、威張ったりはしなかった。大きな影響力を持つ男性たちとの関係を取り沙汰されたが、一つとして事実はない。すべて悠然と笑みを浮かべて無視した。彼女は何ごとにも動じなかった。ジャーナリストや議員、部下には確実で納得のいく、わかりやすい知識を与える。そのおかげで、彼女のもとには常に膨大な情報が届き、それを圧縮ファイルのように蓄積し、いつでも呼びだした。

海で何が起きているのかはわからないが、今回も大統領には詳細な状況報告はできる。CIAの膨大な資料から、重要なポイントをいくつか絞りこんだからだ。その結果として、彼女は〈シャトー・ウィスラー〉にやって来た。そして、その意味することも明白だった。

彼女が踏みださなければならない、最後の大きな一歩。

大統領には電話をしておくのがいいだろう。簡潔に。それが彼の好みだ。伝えることはいくらでもある。科学者や専門家が揃ったこと。つまり、彼らは自分の研究所ですべきことが山ほどあるのに、アメリカ合衆国の非公式な招聘(しょうへい)に従ったということ。海洋大気庁(NOAA)が未確認音波信号の中に類似点を発見したこと。大統領は気に入るだろう。〝大統領、わたしたちはさらに前進しました〟という響きが好きなのだ。もちろん、彼が未確認超低周波音の〝ブループ〟とか、〝アップスウィープ〟とか聞いても、何もわからないだろうし、NOAAが〝スローダウン〟を解明できたと考える理由などまったく理解できないのだ。これらは詳細すぎるが、不必要な情報というわけではない。確信ある言葉を盗聴の恐れのない衛星回線を通じて聞けば、大統領は喜ぶはずだ。そして、幸せな大統領こそが、役に立つ大統領なのだ。

彼女は電話をすることに決めた。

彼女のフロアの九階下で、レオン・アナワクは白髪まじりの髪に豊かな髭をたくわえた、ハンサムな男に気がついた。ホテルの正面玄関に向かって歩いてくる。小柄で肩幅の広い女性を伴っていた。ジーンズに革のジャケット姿のよく日焼けした女性は、二十代後半だろうか。栗色のウェーブした髪がふわりと背中にかかっていた。二人は荷物をポーターに渡したところだ。女性は髭の男に短く言葉をかけてあたりを見まわした。瞬間、アナワクと目が合った。彼女は髪を額から払い、ロビーに消えた。

彼は、彼女が立っていた場所を呆け面をして見つめていた。やがて顔を上げ、傾いていく午後の日差しを避けるように額に手をかざす。視線が〈シャトー・ウィスラー〉の新古典様式の正面玄関をさまよった。

この豪華ホテルは、誰もが夢見るカナダのイメージの中に必ずそびえ立っている。バンクーバーからホーシュベイ沿いに九九号線を北上すると、緩やかに傾斜する森に抱かれた巨大ホテルに到着する。ホテルからは、夏でも真っ白な万年雪が輝く山々を間近に眺めることができた。ウィスラー・ブラッコムは世界屈指のスキーリゾートの一つだが、五月はゴルフ客やハイキング客が多い。あたりには静かな湖が点在しており、マウンテンバイクで探索に出かけるのもいいし、ヘリコプターで万年雪の山頂をめざすことも可能だ。ホテルには洗練されたレストランがいくつもあり、あらゆる快適さを提供している。

人々は、ここに日常の世界とは隔絶されたものを期待してやって来るのだろう。もちろん、それは一ダースもの軍用ヘリコプターではないのだが。

アナワクは二日前に到着し、ジューディス・リーのプレゼンテーションの準備を、カナダ対策本部で科学調査を束ねるジョン・フォードとともに手伝っていた。フォードはバンクーバー水族館、ナナイモの生物学研究所とホテルのあいだを何度もヘリコプターで行き来しては、資料を調べ、データを分析評価し、最終報告書をまとめ上げた。アナワクの膝はまだ痛むが、脚を引きずることはなくなった。澄んだ山の空気で頭が明晰になり、飛行機の墜落事故からの脱力感は行動意欲に変わっていた。

　ドックで軍のパトロールに拘束されたのは遠い昔の話のようだ。それからさまざまなことがあった。リーとはあのとき初めて出会ったが、まだ二週間も経っていなかった。情けない出会いだったと白状するしかない。彼女は、アナワクの素人まるだしの行動を面白がっていた。当然のことながら、彼が港に着き、車から降りて歩きだしたときから監視されていたのだ。彼の目的を探るために、泳がされていただけだ。結局、アナワクは捕らえられ、決して戻れないだろうと思った。

　しかし、彼はふたたび姿を現わした。自らがブラックホールと呼んだ対策本部に情報を吸いとられる立場は終わり、フォードや最近加わったナナイモ生物学研究所のスー・オリヴィエラ所長とともに、その中心に現われたのだ。船舶会社イングルウッド社のロバーツと話すこともできた。ロバーツはまず、上層部から命じられて居留守を使ったことを謝罪した。リーから口止めされて電話に出なかったのだが、曖昧な言いわけをする秘書の横に立っていたこともあったそうだ。

　プレゼンテーションの準備が終わり、あとは待つだけとなった。世界はカオスに陥り、ヨーロッパは波の山に沈んだというのに、膝の回復具合を確かめようと彼はテニスをした。相手は小柄なフランス人で、濃い眉と巨大な鼻の持ち主だ。ベルナール・ローシュという名の分子生物学者で、昨夜リヨンから着いたばかりだった。北米が地球最大の動物に襲われるあいだ、ローシュはフランスで、地球最小の生物と絶望的な戦いを繰り広げていたのだ。

アナワクは腕時計を見た。あと半時間もすれば一同が集まる。政府がホテルを押さえ、一般客は締めだされていたが、ハイシーズンのように混み合っていた。二、三百人の人間がいるだろう。その半分以上が、アメリカのインテリジェンス・コミュニティのいずれかに所属する者たちだ。大半はCIAの職員で、ホテルを短期間で参謀本部に変えたのは彼らだった。国家安全保障局（NSA）は丸ごと一部門を派遣している。NSAはアメリカ最大の情報機関で、電子機器を使った諜報活動を行ない、セキュリティ技術や暗号に権限を持つ。そのNSAは四階に、五階はペンタゴンとカナダ安全情報局（CSIS）の職員が占拠していた。六階はイギリス情報局秘密情報部（SIS）と、ドイツ連邦国防軍情報センターおよび連邦情報局（BND）に割り当てられていた。フランスも国土監視局（DST）の職員を派遣し、スウェーデンやフィンランドは軍情報部から職員が参加していた。まさに情報機関の歴史的な会合だった。世界をふたたび把握しようという比類ない目的のために、人と情報が一堂に集まったのだ。

アナワクは脚をさすった。

突然、刺すような痛みを感じた。テニスをするには早すぎたかもしれない。頭上に影が差した。軍用ヘリコプターがノーズを下げて着陸態勢をとっている。彼は巨大ヘリが着陸する様子をしばらく眺めてから、身を引き締めてホテルに戻っていった。

そこらじゅうを人が行き来していた。すべてが滞りなく進行するが、あわただしさはない。切妻天井の教会で演じられるバレエを見ているようだ。ロビーにいる半分の人が常に電話をかけていた。残りの半分は、教会でいうなら身廊にあたるロビーと側廊の境に立つ石柱のまわりに配されたソファーに座り、ノートパソコンを開いてキイをたたいているか、画面を凝視している。アナワクは人にぶつからないように注意して、フォードとオリヴィエラが待つバーに向かった。そこに、もう一人の人物がいた。口髭を生やした背の高い男で、悲しい目をしている。

フォードが二人を引き合わせた。

「彼がレオン・アナワク。こちらはゲーアハルト・ボアマン。レオン、ゲーアハルトの手は強く握らないように」

「テニス肘ですか？」

アナワクが尋ねた。

ボアマンは苦笑した。

「ボールペンの持ちすぎだ。二週間前ならマウスをクリックするだけで呼びだせた資料を、丸一時間かけて書き取った。中世に戻った気分だな」

「衛星回線が使えるのでは？」

フォードが説明した。

「衛星はパンク状態だ」

「今朝から元どおりになったわ。このホテル用に専用回線が開通したそうよ」

オリヴィエラが言って、紅茶をすすった。

「キールからは衛星回線にうまくつながらないんですよ」

ボアマンは陰気な声で答えた。

「誰もこんなことになるとは思いませんよ。こちらにはいつ着かれたのですか？」

アナワクは言って、水を注文した。

「一昨日着いて、ずっとプレゼンの用意をしていた」

「ぼくもです。今まで会わなかったとは不思議ですね」

ボアマンは首を振った。

「そうだね。このホテルは迷路のようだから。ところで、きみの専門は？」

「海棲哺乳動物。知能の研究です」

「レオンはザトウクジラと嫌な遭遇をしたんですよ。クジラは、彼に頭の中を覗き見されていると曲解し……あれを見て！　あの人、ここで何をしているのかしら？」

オリヴィエラの言葉に、三人は振り返った。バーの前を、男がエレベータに向かっていく。アナワクはすぐにわかった。数分前に、栗色の髪の女性とともに到着した男だ。

「誰だというんだ？」

フォードが眉根を寄せた。

オリヴィエラは首を振った。

「あなたたち映画を観ないの？　ドイツだかの俳優で、名前は……何だったかな。マクシミリアン・シェル！　そっくりだと思わない？　映画で観るより素敵ね」

「おいおい、映画俳優がここにいるはずはないだろう」

フォードが言った。

「スーの言うとおりだ。ぼくの記憶が間違いでなければ、確か『ディープ・インパクト』に出てなかったか？　彗星が地球に落ちてくる……」

アナワクの言葉をフォードがさえぎった。

「われわれ全員がホラー映画に出演しているんだ。気づいてないとは言わないでくれよ」

「じゃあ、次にブルース・ウィリスが登場するというわけだ」

「それで、彼なの、彼じゃないの？」

オリヴィエラが横目で見て言った。

ボアマンは笑みを浮かべた。

「サインをせがむ必要はないでしょう。あれはマクシミリアン・シェルではない」

「違うの？」

彼女はがっかりしたようだ。

「あれはシグル・ヨハンソン。ノルウェー人だ。北海で何が起きたか説明してくれるでしょう。彼と私、ゲオマールとスタットオイルの人間は……」

ボアマンの視線が男を追った。彼の顔がまた暗くなった。

「だが、彼が自ら話しだすのを待つのがいちばんいい。トロンヘイムに住んでいたのだが、トロンヘイムの町は跡形も残っていない。彼も家をなくした」

彼は大惨事を体験した。テレビで見た光景は真実なのだ。アナワクは無言で水を飲んだ。

「さあ、おしゃべりはこれくらいにしよう。上に行って、説明を聞こうじゃないか」

フォードが腕時計に目をやり、言った。


大小さまざまな会議室がある中で、リーは中規模の部屋を選んだ。プレゼンテーションに出席する情報機関のエージェント、各国代表や科学者の数を考えると、小さすぎる会議室だった。人は狭い空間に押しこめられると、いがみ合いを始めるか、強い連帯感を持つかのどちらかになることを彼女は経験から知っていた。とにかく、互いからもテーマからも逃れられない。

席順は決められておらず、国籍や専門分野に関係なく着席した。一人用の小さなデスクには、メモ用紙とノートパソコンが備えつけてある。視聴覚資料は縦三メートル、横五メートルのスピーカーつきスクリーンに、パワーポイントを使って遠隔操作で表示される。落ち着いたインテリアの真ん中にハイテク機器がある光景は異様で、誰もが現実に引き戻された。

ピークが現われて演説者用の席の一つに座った。よく肥えて、皺だらけのスーツを着た男が続いて入ってきた。上着の腋の下に黒い染みが広がっている。プラチナブロンドの髪は薄く、大きな頭にまばらに貼りついていた。喘ぎながらリーの右側の席に向かった。五本の指は膨らんだ風船のようだ。

「やあ、スージー・ウォン」

彼は言った。

リーはヴァンダービルトと握手すると、こらえきれずズボンで手を拭った。

「ジャック、来てくれてありがとう」

ヴァンダービルトはにやりと笑った。

「いつだってやって来るさ、ベイビー。さあ、連中に素敵なショウを披露しておやり。拍手がなければ、あんたがストリップを見せればいい。私が必ず拍手してやるよ」

彼は額の汗を拭うと、親指をしゃぶってウインクした。ピークの隣に腰を下ろす彼を、リーは氷の微笑をたたえて見つめた。ヴァンダービルトはCIA副長官で、有能な男だ。有能すぎるくらいだから、CIAは彼を失うことになるだろう。彼女は時期が来れば、ゆっくりと彼の息の根を止めてやるつもりだ。まだ先のことだが、わめきたてるブタを街路に放りだしてやる。彼が栄光に輝きたいと願っていたとしても。

会議室は人で溢れていた。

出席者の多くは互いを知らないため、席についても私語を交わす者はいない。リーは椅子を引く音や、資料をめくる音が静まるのを辛抱強く待った。ごく普通の緊張感が伝わってくる。席についた一人ひとりの瞳をちらりと見るだけで、それぞれの気分を描写できただろう。彼女は人の心を覗くことも学んでいたのだ。

リーは演台に立ち、笑みを浮かべた。

「どうぞ、リラックスしてください」

小さなざわめきが部屋に走った。一人、二人と足を組み、椅子の背に体を預けた。ただ一人、無造作に首にスカーフを巻いたノルウェー人の教授だけが、飽きた表情を浮かべて座っていた。彼の頭の中には、周囲の者が観ているのとは違う映画が上映されているようだ。その瞳はリーに向けられている。彼女はヨハンソンの心を読もうとしたが、心の扉は開かなかった。それはなぜか。彼は家を失った。ここにいる誰よりもつらい目に遭った。陰鬱な気分のはずだが、まったくそうは見えない。彼は今日ここで、新しい情報が得られるとは期待していないからだ。彼は苦悩や絶望を遥かにしのぐ独自の理論を持っている。誰よりも事態の核心に迫っているのだ。あるいは、彼がそう思っているだけかもしれないが。

彼女はこのノルウェー人をずっと見ていたかった。

「皆さんが途方もない重圧にさらされていることは承知しています。この会議の開催を可能にしてくださり、心から感謝いたします。特に、お集まりの科学者の皆さんには大いに感謝したい。皆さんのご協力のおかげで、事態を希望の光の中で判断することができる。あなた方からわたしたちは勇気を与えられるのです」

リーは一人ひとりに目を向け、優しく静かな口調で語った。皆の視線が自分に注目するのを感じた。その中には、歯をむきだしたヴァンダービルトの顔もあった。

「皆さんの多くは、なぜこの会合をペンタゴンで行なわないのか、ホワイトハウスやカナダの首都で開かないのか、疑問に思われていることでしょう。一つには、わたしたちは皆さんに快適な環境を提供したかった。〈シャトー・ウィスラー〉の素晴らしさは、もはや伝説的ですから。けれども、優先されるのは立地です。山地は安全ですが、海岸はそうではない。カナダやアメリカの沿岸都市で会合を持つことは、今や安全ではないのです」

彼女の視線が参加者の顔をさまよった。

「これが第一の理由です。第二の理由は、ブリティッシュ・コロンビアの海岸に近いこと。わたしたちの直面する問題は、クジラの異常行動や突然変異です。メタンハイドレートを有する大陸斜面もあり……それらは同時に起きている。ヘリコプターを使えば、このホテルから短時間で現場に直行できます。ナナイモ生物学研究所など多くの研究機関にもアクセス可能です。わたしたちはすでに数週間前から、このホテルに拠点をおいてクジラの異常行動を観察していました。ヨーロッパでの惨事をまのあたりにして、この拠点を世界中で起きた異常事態の解決をする参謀本部に拡張しようと決めたのです。そして、最高のメンバーは、まさに皆さんなのです」

彼女は間をおいて、言葉のもたらす効果を見た。この部屋の人々に、自分自身の重要性を気づかせたかった。悲劇的状況にもかかわらず、自分たちがエリートの一員となる誇りを持つのはいいことだ。矛盾にも聞こえるが、それは彼らが秘密を守る手助けとなる。

「第三の理由は、ここには邪魔が入らないということです。ホテルはメディアを全部シャットアウトしてあります。もちろん、人気のあるホテルが突然に閉鎖され、軍用ヘリコプターが飛びまわれば、すぐに気づかれるでしょう。しかし、ここでわたしたちが行なっていることは決して公表されません。問われれば、これは訓練だと答えます。マスコミはいろいろ書き立てるでしょうが、確かなことは何も書けない。結局、何も報道できないのです」

リーはひと息おいた。

「皆さんがマスコミに語ることは不可能ですし、決して許されません。パニックは終わりの始まりなのです。冷静さを守ることは、行動能力の維持を意味します。正直に言わせてください。戦争において最初の犠牲者は真実です。そして、わたしたちは戦争の真っ只中にいる。勝つためには、まず戦争がどのようなものであるかを知らなければならない。それにはわたしたち自身や、ほかのすべての人々に義務を課すことが不可欠となります。つまり、皆さんは今から、この参謀本部での任務を誰にも、家族や友人にさえ話してはなりません。皆さんには秘密遵守の誓約書に署名していただきます。何らかの疑念をお持ちでしたら、プレゼンテーションの前に教えていただければ幸いです。当然のことながら、サインを拒否されても結構です。それによって皆さんに不利益が生じることはありません。

ですが、拒否される方は今すぐ退出してください。直ちにご自宅までヘリコプターでお送りします」

彼女は心の中で賭けた。誰も出ていかないだろう。だが、質問は出るかもしれない。

手があがった。

ミック・ルービンだ。マンチェスターの生物学者で、専門は軟体動物。

「つまり、ホテルを出られないということですか？」

「ホテルは刑務所ではありません。お好きなときに、どこにでも行けますよ。ただ、あなたの任務については秘密を厳守しなければなりません」

「では、もし……」

ルービンは言いよどんだ。

リーは心配そうな顔をした。

「もし約束を破ったら？　そうお尋ねになりたいのでしょう。その場合、わたしたちはあなたの発言のすべてを否定し、あなたが二度と約束を破らないことを確認させていただきます」

「それは……つまり……あなたにそうする力があると？　つまりあなたは……」

「権限がある？　皆さんもご存じのとおり、三日前ドイツがイニシアチブをとって、今回の事件をEUの枠組み内で協力して調査しようと提唱しました。そして、ドイツの内務大臣が議長になることで合意した。同時に、NATO軍も同盟を慎重に宣言しました。ノルウェー、イギリス、ベルギー、オランダ、デンマーク、フェロー諸島では国家規模で、あるいは個々の地方で戒厳令が発令されています。カナダとアメリカは合衆国権限のもと、すでに協力関係にある。ほかの国々も寄与したいでしょう。今後の世界の動向次第では、国連が先頭に立つというスタンスも除外できません。しかし、既存のルールが効力を失い、権限が新たに分与される。この特別な状況を見れば——わたしたちには権限があるのです」

ルービンは下唇を噛んでうなずいた。ほかに質問する者はいなかった。

「では、始めましょう。ピーク少佐、よろしくお願いします」

ピークが前に進みでた。天井灯の光が、彼の磨き抜かれた黒檀のような顔に輝いた。遠隔操作のボタンを押すと、衛星画像がスクリーンに映しだされた。かなりの高度から撮影した海岸地帯の画像だ。彼が口を開いた。

「異変はどこかで始まった。しかも、かなり以前に。そして今日、始まりはペルーだったたとお伝えしよう。中央に見えるかなり大きな町はウアンチャコだ」

彼はレーザーポインターを使って、海上のいくつかのポイントを光らせた。

「この海域では、わずか数日間に二十二名の漁師が行方不明となった。例外なく、申し分のない天気の日に。のちに、何隻かの漁船は海上を漂流しているのを発見された。それに続いてレジャーボート、小型クルーザーやヨットが消息を絶った。船の残骸が発見されたケースもある」

彼は新しい画像を映しだした。

「海洋は常に監視されている。自動モニタリング・フロートは大量に海に投入されており、海流、塩分濃度、海水温、二酸化炭素濃度など、あらゆるデータが送られてくる。海底に設置された計測ユニットでは、海水と堆積物とのあいだの物質交換の状況を記録している。海洋調査船は世界中の海を航行しており、宇宙には何百という民間および軍事衛星がある。したがって、船舶の行方不明事件はすぐにも原因の解明ができると考えた。だが、そう簡単ではなかった。ご存じのように目を持つあらゆるものと同じで、偵察衛星にも盲点がある」

地球の一部が描かれた図がスクリーンに現われた。地球の上空には、さまざまな高度に大きさの異なる人工衛星がさながら昆虫のように飛んでいる。

「さて、これらすべてを考慮に入れてもらっては困る。マゼランやハッブルなどの宇宙望遠鏡は別として、三千五百基の人工衛星があるが、地球をまわる衛星のほとんどが鉄屑だ。機能しているのはおよそ六百。その中のいくつかを皆さんが使用することになる。ちなみに軍事衛星も含まれる」

最後の言葉はしぶしぶ言っているように聞こえた。レーザーポインターが、太陽電池パネルを開いたドラム缶型の衛星を指した。

「これはアメリカのKH－12キイホール衛星。光学システムを搭載し、日中の解析度は五センチメートル。個々の顔がほぼ認識できる。夜間の撮影には、赤外線およびマルチスペクトルイメージを用いる。残念ながら、雲がある場合には使用できない」

ピークは次の衛星を指した。

「そのため、多くの偵察衛星はレーダーあるいは超音波を使う。雲はレーダーにとって遮蔽物ではない。これらの衛星は撮影するのではなく、センチメートル単位で地上をスキャンし、3Dモデルを作りだす。しかし、ここにも弱点がある。レーダー画像は解析が必要となる。レーダーは色を認識できないし、ガラスも通過できない。レーダーの世界は影で形成される」

「二つの技術を組み合わせたらどうです？」

ボアマンが尋ねた。

「可能だが、コストがかかり歓迎されない。これはすべての衛星による監視の大きな問題点だろう。国を丸ごと、あるいはかなりの海域をカバーするには、広大なエリアをスキャンできるシステムがいくつも必要となる。限定された地域の鮮明な画像を望めば、スナップショットはあきらめなくてはならない。たいていの衛星は約九十分で地球を一周するから、再度同じ地点に来るのを九十分待たなければならない」

「静止衛星の一つで問題の地点を観測することはできないのですか？」

フィンランドの外交官が尋ねた。

「高度が高すぎる。静止衛星は高度三万五千八百八十八キロメートルの円軌道を周回している。そこからだと、解析度の最高は八キロメートル。ヘルゴラント島が海に沈んだのさえ、確認できないだろう」

ピークはひと息おいた。

「もちろん、監視対象が判明してからは、われわれのシステムをそれに対応させた」

次は、低い高度から撮影した海の画像だった。太陽光線が斜めに波に反射し、海はウェーブしたガラスのようだ。小さな船と、細長い人影が見えた。画像を拡大していくと、淡黄色をした船に人がしゃがんでいる。

「KH－12の拡大画像だ。ウアンチャコ沖の大陸棚水域で、この日、多くの漁師が行方不明になった。早朝のため、太陽光線の反射は多くない。こうして撮影できたのは幸運だ」

次の画像は、広い海原に銀色に輝く部分が映っていた。そこに二隻の船が見える。

「魚だ。かなり大きな群れだ。ちょうど海面から三メートル下を泳いでいるのがわかる。海を監視する際の問題は、海水は電磁波をほとんど通さないということだ。だが、光学システムは、水が透明であれば海面下にあるものも撮影できる。また、赤外線を使って、水深三十メートルにいるクジラのサーモグラフィ画像を捉えることが可能だ。潜航する潜水艦も探知できるから、軍では赤外線が好んで使用される」

「どういう種類の魚ですか？　ヘダイでしょうか？」

若い黒髪の女性が質問した。ネームプレートから、レイキャビクから来たアイスランド環境省の専門家だとわかる。

「あるいは、イワシかもしれない」

「何百万匹もいそうですね。信じられません。聞くところによると、南米沿岸では魚の乱獲が続いているとか」

「おっしゃるとおりです。しかし、この種の魚群が海水浴客やダイバー、小型漁船が行方を絶った水域で目撃されたことに、われわれは頭を抱えている。まさに魚の異常発生だ。

三ヵ月前には、ノルウェー沖で全長十九メートルのトロール漁船をイワシの大群が沈めた」

「その事故の話は聞きました。船の名前はシュタインホルム号でしょう？」

彼女が言った。

ピークはうなずいた。

「魚が網にかかった。船員たちが網を引き上げようとすると、魚は船体の真下で網の中を泳ぎまわった。船が傾き、船員が網を切ろうとしたときには手遅れだった。結局、船員たちは船を脱出するしかなく、沈没するのに十分もかからなかった」

「アイスランドでもそのあとに同様の事故があり、二名の船員が死亡したわ」

彼女は考え深げに言った。

「承知しています。それぞれ稀(まれ)な事故だと考えるべきかもしれない。しかし、世界中で起きた個々のケースを集めると、この数週間の魚群による沈没事故は、かつてないほど多い。偶然だと言う者もいる。魚は生きのびようと抵抗しただけだと。だが、共通する状況の中に、ある種の戦略を認める者もいる。魚は船を転覆させる目的で、網にわざとかかったのではないかという考えを除外できないのだ」

「そんなばかな！　魚はいつから意志を持ったというのですか？」

ロシアの代表が信じられないというように、大声を出した。

「トロール漁船を沈没させてからです。大西洋でもそうだし、太平洋の魚は網の中を泳ぎまわる方法をついに習い終えたようだ。どのように学習したかは想像もできない。だが、とにかく魚群は何らかのプロセスを経て底引き網を認識し、網は魚を捕らえるものだと知ったとしか、われわれには結論できないのです。しかし、たとえ魚が学習能力を高めたとしても、さらに魚は、ものを測る視力を獲得しなければならない」

「魚、あるいは魚群が、高さ百十メートル、幅百四十メートルの開口部を持つ網を視野に捉えられるはずがない」

「それでも魚は網を識別しているようなのだ。多くの漁船団が多大な損害を訴えている。水産業全体が被害に遭っているのだ」

ピークは咳払いをした。

「さて、船舶や人間が行方不明になった第二の理由は明白だ。もっとも、KH－12がその事件を撮影するまでには、かなりの時間がかかったが」

アナワクはスクリーンを凝視した。次の画像が何か知っている。何度も見た写真で、彼自身が準備したのだ。しかし、見るたびに恐ろしさで声を失ってしまう。

スーザン・ストリンガーのことを思った。

写真は非常に短い間隔で撮影されているので、映画のワンショットに見えた。沖合に、全長十二メートルほどのヨットが浮かんでいる。風もなく、海は鏡のようになめらかで、帆は下ろされていた。艉尾（スターン）に男性二人が座り、デッキで女性たちが日光浴をしている。

巨大なものがヨットのすぐ脇を泳いでいた。巨体の各部まではっきり見える。大人のザトウクジラだ。さらに二頭が続いた。背が波を切り、男性の一人が立ち上がって指さした。女性たちが顔を上げている。

「これだ」

ピークが言った。

三頭のクジラがヨットを追い越したそのとき、濃紺の海の中から左舷に何かが現われた。やはりクジラだ。海面から垂直に飛びだし、尾びれを支えに空中にそそり立った。ヨットの人々は振り返ると、魔法にかけられたように身動きができない。

クジラの巨体が傾く。

ヨットを直撃し、船体が真っ二つに割れた。破片が渦巻く。人々は人形のように宙を舞った。マストが折れると、二頭目のクジラがジャンプしてヨットの残骸に乗り上げた。平和な光景が一瞬で地獄と化した。ヨットは沈んでいった。泡が大理石模様を描きながら海に広がる。その中に破片が引きずりこまれて消えた。人々の姿はどこにも見えなかった。

「このような襲撃を体験された方は、皆さんの中には少ないはずだ。だから、お見せしたのです。しかし、クジラの襲撃事件はカナダやアメリカにとどまらない。世界中で小型船舶の航行が麻痺してしまった」

アナワクは目を閉じた。

自分が乗っていたDHC‐2がザトウクジラと衝突したシーンは、上空からどのように見えたのだろう。その画像も記録されたのだろうか。しかし、尋ねる勇気はなかった。無関心なガラスのレンズが一部始終を見ていたと想像するだけで、耐えられなかった。

アナワクの心情に応じるかのように、ピークが言った。

「皆さんの目には、このような映像は無情に映るだろう。しかし、われわれは覗き趣味で行なっているのではない。可能なかぎり、救出に向かった。しかし残念ながら多くの場合、手遅れだった」

ピークはパソコンの画面から目を上げた。その目には何の感情も浮かんでいなかった。彼は薄氷を踏む思いだった。事故現場を監視していたと、ほのめかしたのだ。なぜ、事故を回避する努力をしなかったのかと、問われてもおかしくない。

「このような襲撃事件が伝染病のように広がったと想像してみよう。すると、事件はバンクーバー島から始まったといえる。最初に確認された事件はトフィーノだ。そして、信じられないだろうが、どの事件にもクジラの連携した戦略が見てとれる。コククジラ、ザトウクジラ、ナガスクジラ、マッコウクジラなど大型のクジラが船を襲い、小型で敏捷(びんしょう)なオルカが海中を漂う人間を片づける」

ヨハンソンが手をあげた。

「どういう理由で、伝染病だと仮定するのですか？」

「伝染病だとは言っていない。伝染病のように広がったと言ったのだ。トフィーノに始まり、わずか数時間で、南はバハ・カリフォルニア、北はアラスカまで広がった」

「伝染したとは、私には思えないが」

「明らかに広がったように見えるのだ」

ヨハンソンは首を振った。

「私が言いたいのは、見た目だけで判断すると間違った結論に至るということです」

「ドクター・ヨハンソン、もう少し時間をいただければ……」

ピークのいらいらとした口調を、ヨハンソンはさえぎった。

「完全には一致しないが、同時期に起きた事件と関係があるとは考えられませんか？」

ピークは彼を見つめた。

「あるかもしれない」
彼はしぶしぶ答えた。

リーにはわかっていた。ヨハンソンは自身の理論を提起したのだ。ピークは、民間人に話の腰を折られるのが我慢ならない男だ。きっと腹を立てているだろう。

彼女は愉快だった。

脚を組んで椅子の背にもたれると、ヴァンダービルトの不審そうな視線に気がついた。ヨハンソンに前もって何か説明したのではないかと、疑っているのだろう。彼女は見返すと首を振った。それから、ピークの言葉に耳を澄ました。

「攻撃的な行動をとるクジラは、回遊型のクジラに限定されることがわかった。定住型のクジラは文字どおりある水域に定住するもので、回遊型はコククジラやザトウクジラのように、長距離を移動する。あるいは沖合型オルカのように外洋に生息するクジラもいる。そこで、われわれは慎重に結論を導きだした。クジラの異常行動の原因は外洋にあるのだと」

世界地図が現われた。クジラによる襲撃事件の発生場所を示していた。アラスカからチリ南端のホーン岬までが赤く色づけされている。さらにアフリカの東西海岸、オーストラリア大陸沿岸もだ。新たな地図が現われた。その地図では沿岸地域が色づけされている。

「人間を襲う海棲哺乳動物の数は劇的に増加した。さらに、オーストラリアや南アフリカではサメの攻撃被害が集中し、人は泳いだり漁に出たりできない。普通ならサメよけのネットで、被害を防ぐことができる。ところがネットは切り裂かれてしまい、その犯人は何なのか確かなことはわからない。偵察衛星でも謎の解明はできないし、発展途上国ではカメラロボによる調査は困難な状況だ」

「偶然の積み重ねだとは考えておられないのですね？」

ドイツの外交官が尋ねた。

ピークは首を振った。

「海軍に入隊して初めに習うのは、サメの危険性を正しく判断することだ。サメは危険な生き物だが、本来は攻撃的ではない。サメからすると、人間は特においしいものではない。たいていのサメはすぐに脚や腕を吐きだす」

「それは救われる話だ」

ヨハンソンがつぶやいた。

「ところがサメの多くの種類は、人間の肉の味覚について嗜好（しこう）を変えたらしい。二、三週間で、サメの攻撃は十倍にも増加した。外洋に生息するはずのヨシキリザメは、大陸棚水域に侵入し、アオザメやホホジロザメ、シュモクザメはオオカミのように群れをなして現われ、甚大な被害をもたらした」

「被害とは？　死亡事故ですか？」

フランスの国会議員が強いフランス語訛り(なま)の英語で訊いた。

ほかにどんな被害があるというのだ。ピークは呆れた顔をした。

「そうです、死亡事故です。サメも船を襲った」

「何てことだ(モン・デュ)！　どうやってサメが船を襲うんです？」

ピークは薄笑いを浮かべた。

「見そこなわないように！　大人のホホジロザメなら船体に突っこんだり、嚙みついたりして小型船を沈没させられる。海に落ちた人間をヒレで攻撃する。一度に複数のサメに襲われれば、助かる希望はまずない」

彼はタコの画像を映しだした。体表に青い輪の模様が輝き、見た目はかわいらしい。

「これは学名ハパロクレナ・マクロサ。体長二十センチメートルのヒョウモンダコだ。オーストラリア、ニューギニア、ソロモン諸島に生息する、世界で最も強い毒を持つ生き物だ。嚙みついて傷口から神経毒を注入する。人は嚙まれたことにまるで気づかず、二時間後には必ず死亡する」

次々と生物の画像が現われ、中には異様な姿のものもあった。

「オニダルマオコゼ、ミシマオコゼ、フサカサゴ、ウミケムシ、イモガイ。海には猛毒を持つ生き物が多い。たいていの場合、毒は自己防衛に使われる。だが、このような生物による人的被害は明白に増加傾向にある。特に一部の生物による事故件数は右肩上がりで急増したが、それには単純な理由が考えられる。つまり、今までひっそりと生息していた生物が、人間を襲いはじめたということだ」

ローシュがヨハンソンのほうに身を乗りだした。

「サメの性質を変えた何かは、カニの性質も変えられるだろうか？」

リーはローシュがささやくのを聞いた。

ヨハンソンが彼のほうへ振り返って答えた。

「絶対に可能だ」

ピークはクラゲの異常発生について報告した。巨大な群れをなして発生したクラゲは、もはや侵入生物そのもので、南米、オーストラリア、インドネシアを脅かしている。ヨハンソンは半ば目を閉じて話に聞き入った。数秒で人を死に至らしめるような毒を、今ではカツオノエボシが撒き散らしている。

「われわれは、世界で起きた事件を大きく三つに分類した。行動異常、突然変異、自然災害。これら三つは互いに関連性を持つ。ここまでは異常な行動について話してきたが、クラゲに関しては突然変異と見るのがいいだろう。ハブクラゲにはもともと航海能力があるが、最近その能力は飛躍的に発達した。それは哨戒活動のような印象を受ける。人間に抵抗する隙を与えず、海から人間の存在を一掃しようとするかのようだ。ダイビング産業はほぼ死に絶えたも同然だが、いちばんの被害者は漁業従事者だ」

スクリーンに漁船の写真が現われた。甲板に魚の貯蔵施設がある大型漁船だ。

「これはアンサネア号。二週間前、膨大な数のキロネックス・フレケリ——ハブクラゲの入った網を引き上げてしまった。すぐにクラゲを海に放すべきだったのだ。かつてキロネックスだったクラゲと表現するのがいいかもしれない。甲板で網を開いてしまったのが間違いだった。結果、何トンもの毒がデッキに撒き散らされた。数名の漁船員が即死し、一メートルもある細い触手がデッキに広がる頃には、さらに大勢が死亡した。その日は雨が降っていたため、クラゲの体は船のあらゆるところに流されていった。どの経路で毒が飲料水に混入したかは不明だが、ついにアンサネア号は幽霊船と化したのだ。この事件以来、漁に出かけるには慎重になり、防護服を用意したが、被害を根本的になくすことにはならない。世界の広い範囲で、トロール漁船は魚を一匹も獲れなくなった。網にかかるのはこの毒だけだ」

釣果は皆無。なぜなら、そこに魚は一匹もいないから。ヨハンソンは思った。ピーク、事実は順序どおりに伝えるべきだ。たとえ、それが事態の根本的な原因ではないとしても。

いや、根本的な理由なのか？

当然そうだ。無数にある理由の一つなのだ。

彼はゴカイのことを考えた。

生物は突然変異を起こし、新たに獲得した能力を発揮しているようだ。何が起きているのか、誰の目にも見えないのだろうか？　隠れた病原体が病気を引き起こすことは知られている。病原体は巧妙にカモフラージュしているのだ。人間は海の魚を獲りつくした。わずかに残った魚の群れは死の罠をよける術を学び、自分たちの代わりに、毒で武装した兵士を使い古された魚網の中に送りこむ。

海が人間を殺す。

だが、ティナ・ルンを殺したのは自分だと、ヨハンソンは冷めた気持ちで考えた。コーレ・スヴェルドルップをあきらめるなと強く言ったのは、この自分なのだ。その言葉に耳を傾けなければ、彼女はスヴェッゲスンヌには行かなかっただろう。

私の責任なのか？

何が起きるのか、予見などできなかった。スタヴァンゲルにいたとしても、彼女は死んだだろう。次のフライトでハワイかフィレンツェに飛べと、言ってやれただろうか。そうすれば、自分は今ここに座って、彼女を救えたと喜んでいられたのだろうか。

誰もがそれぞれの悪魔と戦っている。ボアマンは、もっと早くに警報を出せたのではないかと苦しんでいた。警報は出せたかもしれない。だが、何に対して警戒せよと伝えるのだ。大惨事が起きるかもしれないと言うのか。いつか、そのうち起きると警告するのか。正しい答えを獲得しようと、彼らは懸命に働いた。結果として間に合わなかったが、とにかく努力はした。それでも、ボアマンに責任があるのか。

では、スタットオイル社はどうか？　役員のフィン・スカウゲンは死んだ。津波がスタヴァンゲルを襲ったとき、港にいたのだ。いつの頃からか彼に対する印象は変わっていた。彼は言葉を巧みに操る男だった。よこしまな業界の良心を演じて得意がっていたが、正しい行動をしていたのだろうか。クリフォード・ストーンも大惨事の犠牲となった。スカウゲンは彼のことを計算ずくの怪物だと決めつけたが、本当にそうだったのだろうか。

ゴカイ、クラゲ、クジラ、サメ。

知能を持つ魚。連携。戦略。

ヨハンソンは津波にさらわれたトロンヘイムの自宅のことを思った。不思議なことに、家を失ってもそれほど意気消沈していない。本当のわが家は別にあるからだ。満天の星を映す鏡のような湖の畔(ほとり)に。その家で彼は自身を見つめ、美と真実を創造してきた。湖の別荘は自分自身の創造物であり、わが身の化身だ。都会の借家には決して感じないくつろぎが、そこにはある。

別荘に行ったのは、ルンと過ごした週末が最後となった。あそこも変わってしまっただろうか。湖は安全なはずだが、それでも心配になった。機会を見つけて、別荘の様子を見にいかなければならない。たとえ、これから山ほどの仕事があるにしても。

ピークが新しい画像を呼びだした。ロブスターだ。いや、ロブスターの残骸だ。爆発したように見える。ピークは口もとを歪めた。

「ハリウッド映画なら、これを悪魔の使いと呼ぶだろう。的を射た描写だ。ヨーロッパの内陸部では伝染病が広がったが、病原体はこの種の生物の中に隠れていた。病原体を識別してくれたドクター・ローシュには感謝したい。それは、学名フィエステリア・ピシシーダという単細胞の藻類だった。毒性があるとされる約六十種の渦鞭毛藻(うずべんもうそう)の一つで、殺人藻類の中でも最強の種だ。合衆国の東海岸、特にノースカロライナ沿岸は、何年も前からすさまじい被害に遭っている。何十億匹という魚が死に、無残にも傷だらけの死骸が水面を覆いつくした。漁業関係者はかなりの経済的打撃を受けたが、健康被害も大きかった。漁師の多くが意識障害を訴え、腕や脚には内出血を伴う腫れ物ができ、仕事を辞めざるを得なかったのだ。フィエステリアを調べた研究者たちも、のちに健康被害を訴えた」

彼はしばらく間をおいた。

「一九九〇年、ノースカロライナ大学で藻類を研究するハワード・グラスゴーが、特別仕様の水槽を掃除した。その際、奇妙な症状が彼に現われた。頭はフル回転しているのに、体はスローモーションのようにしか動かず、四肢がまったく言うことを聞かないのだ。彼の症例は、フィエステリアの毒に空気感染した最初の例となった。つまり、安全であるべき研究室に、いつの間にか生物が侵入していたのだ。研究棟を建てたときに、誤って空調パイプが彼の個室につなげられてしまったためだ。そうとは知らず、彼は六カ月間その部屋の空気を吸い続けた。結果、仕事ができないほどの頭痛に悩まされた。体の平衡感覚が麻痺し、肝臓と腎臓の機能が低下した。五分前にかけた電話を忘れてしまう。道に迷い、家に帰れなくなる。自分の電話番号や名前まで忘れる。多くの者が、彼は脳腫瘍かアルツハイマーにかかったのだと考えたが、本人はそう思いたくなかった。そこで、デューク大学で精密検査を受けたところ、予想もしない事実が判明する。彼の神経系は、数カ月にわたって化学物質に攻撃されていた。フィエステリアと接触した別の研究者も、のちに肺炎と慢性気管支炎に見舞われる。彼らは次第に、だが確実に記憶を失っていった。正体不明の生物に記憶を奪われたのだ」

ピークは電子顕微鏡の画像を次々と紹介した。さまざまな形をした生物の写真だ。星形をしたアメーバのようなものもいれば、うろこや毛の生えた球体の生物もいた。また、螺旋状の触手のあるハンバーガーのような形をしたものまでいた。

「すべてフィエステリアだ。この藻類は数分で形を変え、十倍まで大きくなる。胞嚢の中で休眠し、それを突き破って無害の単細胞から、猛毒の遊走子に変異する。フィエステリアは二十四の異なる形に変わるとされ、毎回その性質も変わる。さて今回、その毒素の分離に成功したが、それはドクター・ローシュたちの懸命な働きによるものだ。とはいえ、研究チームの全員にお集まりいただくのは難しかった。ところで、上水道に紛れこんだ生物はフィエステリア・ピシシーダそのものではなく、比較にならないほど毒性の強い変種だった。フィエステリア・ピシシーダはラテン語で、魚を食い殺すフィエステリアという意味だ。ドクター・ローシュはご自身が発見された生物を、フィエステリア・ホミシーダと名づけられた。人間を食い殺すフィエステリアだ」

ピークはこの藻類を退治する困難さを説明した。新種の生物は、胞嚢に包まれた状態で爆発的に数を増しているようだ。したがっていったん水循環に紛れこむと、もう追いだすことはできない。地中に染みだして毒素を分泌する。毒は決してフィルターで濾過できない。そこがまさに問題だった。犠牲者はフィエステリアに徹底的に食いつくされる。満身創痍となり、傷は炎症を起こして化膿し、決して治らない。しかし、もっと恐ろしいのは毒のほうだ。水路や水道をどんなに掃除しても、この生物が広がるのを食い止めることは不可能なのだ。熱や酸や化学薬品を使って殺菌しようとしても無駄だった。次々と姿を変えていくからだ。

フィエステリア・ホミシーダにはまったくダメージを与えられない。

フィエステリア・ピシシーダは神経障害を引き起こすが、新種のフィエステリアの攻撃力はすさまじい。感染すれば数時間以内に体が麻痺し、意識を失って死に至る。この毒素に対する免疫力を持つ人間はわずかだ。ローシュはいまだに毒素の構造を解明できないでいる。免疫システムの解明にも取り組んだが、時間ばかりが過ぎていった。感染は抑制されないまま拡大を続けた。

「殺人藻類はトロイの木馬の中に入りこんだ。甲殻類の体内、つまりトロイのロブスターと呼んでもいいかもしれない。とにかく甲殻類の体内に入りこむが、甲殻類は藻類に入りこまれても生きている。ただ、肉はゼラチン質に変わり、それに包まれるようにフィエステリアの群れが巣くっているのだ。ＥＵは甲殻類の捕獲および輸出を禁止した。現在のところ、感染と死亡例はフランス、スペイン、ベルギー、オランダ、ドイツに限られている。最新の情報では、死者数は一万四千人に達した。アメリカ沿岸では、ロブスターはまだ健全なロブスターのようだが、甲殻類の販売禁止が考慮されている」

「恐ろしいことだ。そんな渦鞭毛藻はどこから現われたのだろう」

ルービンがつぶやいた。

ローシュが彼を振り返った。

「人間が創りだしたのだよ。アメリカ東海岸の養豚業者が、大量のブタの排泄物をそのまま河川に流した。富栄養化となった水中で、フィエステリアは増殖した。農地に撒かれた糞尿肥料から燐や硝酸塩が河川に染みだし、フィエステリアの餌となった。産業排水も大好物だ。有機物質がいっぱいにつまって流れる都市の下水も、渦鞭毛藻には快適な環境だ。われわれがフィエステリアをこの世に生みだしたんだよ。彼らを怪物に変えてしまった責任は人間にある」

ローシュはふたたびピークを見つめて言った。

「過去にあったように、バルト海が汚濁して魚が大量死したら、それはデンマークの養豚飼料が原因でしょう。動物の排泄物により、藻類は爆発的に増殖する。藻類が増えると水中の酸素濃度が低下し、魚が死んでいく。毒性を持つ藻類が増殖すれば、もっとひどい状況になる。どこにも安全な場所はない。そして今、われわれは最悪の状況の真っ只中に立たされているのだ」

「なぜ、そこまでひどくなる前に手を打たなかったのですか？」

ルービンが訊いた。

ロージュは笑った。

「ひどくなる前にだって？　もちろん抵抗したよ。あなたはどこから来たの？　研究者は懸命に研究を続けようとしたが笑いものにされ、生命の危険を感じるほどの脅しまで受けたんだ。二、三年前にスキャンダルが発覚した。ノースカロライナ州の環境当局が、偶然にも養豚業を営む有力な議員に考慮して、フィエステリアの事件をもみ消した。もちろん今回、どこの狂人がフィエステリアに汚染されたロブスターをわれわれに送りつけてきたのか、解明する必要はある。だが、われわれ自身がこの惨事の発生に手を貸したという事実は変わらない。どんなことをしても、人間には常に責任がある」

「この貝はゼブラ貝の全特徴を備えている。しかし、普通のゼブラ貝にはない能力も持っている。すなわち航海ができるのだ」

テーマは貨物船の海難事故に移行していた。一同がフィエステリアの猛威に苦しめられたのち、ピークは悲惨さでは負けない話を紹介する。世界地図には色分けされた線が引いてあった。彼は図の解説を始めた。

「これらは貨物輸送の主な航路だ。物資の流れは決まっており、一般に、原料は北半球に向けて輸送される。オーストラリアはボーキサイトを輸出し、クウェートは原油、南米からは鉄鉱石というように。原材料はヨーロッパや日本に向けて最長で一万一千海里を運ばれ、シュトゥットガルト、デトロイト、パリ、東京で車や電子機器や機械が製造される。製品はコンテナ船に積みこまれ、ふたたびオーストラリア、クウェート、南米に向けて輸送されるのだ。アジア太平洋地域における貨物の海上輸送量は世界の四分の一を占め、五千億米ドルに相当する。大西洋地域ではわずかにそれを下まわる——海上交通の密集水域には、地図上に影をつけてある。ニューヨークを中心とするアメリカ東海岸、ドーバー海峡、北海、バルト三国までのバルト海、リビエラを中心とした地中海全域。ヨーロッパの海は、世界貿易にとって重要な役割を果たしている。さらに地中海は北アメリカ東海岸から、スエズ運河を経由して南西アジアに向から重要な海路だ。ペルシャ湾や、日本も忘れてはならない！　東シナ海も、北海と並んで最も海上交通が密集する水域だ。世界の海上輸送を理解するには、航路のネットワークを把握しなければならない。コンテナ船がこちらの水域で沈むということは、あちらの水域にも大きく関係する。どこの製品輸送航路が寸断されるのか。どれだけの労働者が失業を迫られるのか。誰の存在、あるいは生存が危ぶまれるのか。事故で儲けるのは誰なのか。人員輸送はもはや船舶から航空機に移行した。しかし、貿易は海上輸送に頼っている。航路に代わるものはないのだ」

ピークはひと息おいた。

「その背景にある数字を挙げよう。マラッカ海峡と隣接する狭い海域には、一日二千隻が殺到する。スエズ運河は年間、大小合わせて約二万隻が通過する。これは世界の貿易量の十五パーセントだ。一日に三百隻がイギリス海峡を通って、最も通航量の多い北海に向かう。年間で約四万四千隻が香港と世界を結ぶ。無数の貨物船、タンカー、フェリーが一年中地球をまわっている。漁船、カッター、ヨット、レジャーボートについては言うまでもない。数えきれない船舶が大洋を、沿岸を、運河や海峡を旅している。それを考えると、たまに大型タンカーやコンテナ船が沈んだだけで、海上交通の危機だと結論するのは大げさかもしれない。錆びついたタンカーに原油を満載して航行することを、誰も思いとどまりはしない。ちなみに、七千隻ある石油タンカーの大半がひどい状態だ。その半数を超える船が二十年以上にわたって使用されてきた。スーパータンカーの多くはスクラップも同然だ。しかし、まだスクラップにはしない。事故の可能性は潜在的にあり、それは誰もが知っている。そこでリスク計算を行なう。さまざまなファクターを認め、あとはギャンブルだ。全長三百メートルのタンカーが波の谷間に落ちれば船体の真ん中に一メートルの損傷を受けるとしても、タンカーは航海を続ける。結果をいいほうに計算するからだ」

ピークは薄笑いを浮かべた。

「しかし、まるで説明のつかない現象が沈没事故を引き起こせば、リスク計算は不可能になる。すると、まったく異なる心理が前面に出てくる。ちなみに、これをシャークアタック症候群と呼ぶ。今どこにサメがいるのかわからない。次に誰が襲われるのかもわからない。数千人の海水浴客の足を海岸から遠ざけるには、サメ一匹で充分だ。理論的には、サメ一匹で観光業に大打撃を与えるのは無理だろうが、実際にはその効果は絶大なのだ。では、わずか数週間で原因不明の海難事故が、以前の四倍にも増加したと想像していただきたい。説明のつかない恐るべき現象は、ベストコンディションの船でさえ奈落の底に突き落としてしまう。どの船が、どこでその現象に遭遇するかわからない。身を守る術もまったくわからない。船体の錆や嵐で受けた損傷、操船ミスが話題にのぼることはない。人々が口にするのは、海に出るのはやめようという言葉だけだ」

ピークはこのように語って、貝のテーマに行き着いた。スクリーンに映しだされた貝はきらきらと輝いている。ピークは、縞模様の殻から突きでた糸状の器官を指した。

「この足糸を用いて、ゼブラ貝は海流によって流れついた先で自身を固定する。足糸は粘性のある蛋白質の束で形成されている。新種の貝は足糸をプロペラのように進化させた。泳ぐ原理は、フィエステリア・ピシシーダが鞭毛を使って水中を進むのと似ている。収斂進化はよく知られる現象だが、進化を完成させるには悠久の時を要する。したがって、この貝は今までに発見されなかっただけなのか、一夜にして新たな能力を身につけたということになる。急速な変異と考えるのがいいかもしれない。この貝はどこをとっても、まだゼブラ貝だからだ。ただ一つ違うのは、どこに行きたいのか意志を持っているように見えること。たとえば、バリア・クイーン号のシーチェストには一つもいないが、ラダーには覆いつくすほど密生していた」

ピークはバリア・クイーン号の海難事故の成り行きと、タグボートがクジラに襲撃された事件を報告した。船は港になんとか曳航されたにせよ、貝とクジラとのあいだの協力的な戦略が窺い知れる。コククジラ、ザトウクジラ、オルカのあいだに役割分担があるように。

「ばかげた話だ」

ドイツ連邦軍の大佐の声が後方から聞こえた。

「とんでもない、それが手法なのです」

アナワクが振り返って言った。

「そんなばかな！　貝がクジラと話し合って決めたとでも言うのか？」

「いいえ。ですが、それでも共同作業なのです。あなたがクジラの攻撃を体験されれば、見方が変わるでしょう。ぼくたちは、バリア・クイーン号襲撃は単なるテストだったと考えている」

ピークが遠隔操作で、横倒しになった大型船の映像をスクリーンに映しだした。巨大な嵐の波が船体を洗っている。雨が激しくたたきつけ、船の詳細は見通せない。

「さんしゅう丸。日本で最大級の自動車運搬船の一隻だ。最後の航海の積荷はトラックだった。船はロサンジェルス沖で大量の貝に侵入された。バリア・クイーン号と同様、貝はラダーに密生したが、こちらは外洋での出来事だった。巨大な波が左舷に襲いかかり、船は浸水を始めた。これは想像だが、砕け波の衝撃でトラック何台かが飛ばされた。バラストタンクに激突し、一台が壁を突き破る。この写真は、ラダー操作が不能になって十五分経過したときに撮影された。さらに十五分後、さんしゅう丸は真っ二つに折れて沈没した」

ピークはひと息おいた。

「この種の遭難事故のリストは日々長くなる一方だ。大半のケースではタグボートが攻撃され、救難作業は中断される。損失額はうなぎのぼりに膨らんだ。ドクター・アナワクが言うとおり、驚くべき手法なのだ。その証拠に、われわれはバリエーションを発見した」

ピークは、一キロメートルもたなびく黒雲の衛星写真を紹介した。雲は陸に向かっており、発端は海岸の手前の海上にあった。まるで海底火山が爆発したかのように、海が濃い赤色に変色していた。

「雲の下には、フェボス・アポロン号の残骸がある。液化ガスタンカーで、ポスト・パナマックス級のうちで最大の船だ。四月十一日、東京沖五十海里を航行中に突然、機関室から出た火が四つのタンクを次々と襲い、爆発炎上を引き起こした。フェボス・アポロン号は模範的な船で、定期的に整備されて状態はよかった。ギリシャの船会社が原因を徹底究明しようと、カメラロボを投入した」

スクリーンに光が点滅し、数字が列挙された。やがて、濁った背景にまるで吹雪のようなものが現われた。

「ガスタンカーが爆発すれば、残骸は多くは残らない。船は海中で四つの部分に吹き飛んだ。本州の手前の海底は水深九千メートルまで落ちこんでいる。残骸は周囲数平方キロメートルに散らばって沈んだ。ついに、カメラロボは船尾を捉えることができた」

った。

カメラロボはその上を進み、鋼鉄の外殻に沿って潜っていった。魚が一匹、レンズを横切った。

「海底の流れはプランクトンや岩屑など、あらゆる有機物を運ぶ。このような深海でカメラロボを操作するのは容易ではない。全映像をお見せするつもりはないので、次のシーンに注目していただきたい」

突然、カメラが船体に急接近した。外殻に何かが群れになって貼りついている。カメラのライトを浴びると、溶けた蠟のようにきらきらと輝いた。

ルービンが興奮した面持ちで身を乗りだすと、大声で言った。

「こいつら、どこから来たんだ？」

「これは何だと思いますか？」

ピークが尋ねた。

「小型のクラゲだ。無数にいるようだが、どうして船の外殻に貼りついているんだ？」

「なぜ、突然ゼブラ貝は航法を覚えたのでしょうか？　ねばねばしたものの下にシーチェストがある。おそらく、すっかり口を塞がれてしまったにちがいない」

外交官の一人がおずおずと手をあげた。

「それは……どのような……？」

「シーチェストですか？」

やれやれ、何でも説明しなければならないようだ。

「船体にある箱型の窪みで、そこに海水を取り入れるパイプの口がある。氷塊や海草が入りこまないように、入口は格子状の金属カバーでおおわれている。パイプは船体に入ると枝分かれし、吸入した海水を必要な機関に供給する。真水への転換用、消火タンク用、特に重要なのがエンジンの冷却用だ。いつ、クラゲが船体に貼りついたかを特定するのは難しい。おそらく船が沈没してからだろう。あるいは……次のようなシナリオを想定してみた。クラゲの大群がタンカーのすぐ脇にやって来た。無数のクラゲはひと塊に見えただろう。数秒後、クラゲはシーチェストに密集した。どろどろしたクラゲが格子の穴からパイプを通って船内に入りこんだため、海水は吸入できなくなった。クラゲは次から次へと入ってくる。残った水はエンジンの冷却用にまわされ、やがてパイプは空になる。そして、フェボス・アポロンの冷却水循環システムが一つずつ途絶えていった。エンジンはオーバーヒートを起こし、潤滑油が沸騰した。シリンダーヘッドの温度が上昇し、バルブの一つがはじけ飛んだ。灼熱する燃料が溢れだして連鎖反応を誘発する。消火システムは機能しなかった。海水を汲み上げられないからだ」

「クラゲがシーチェストをつまらせただけで、最新鋭のタンカーが爆発する?」

ローシュが尋ねた。

滑稽な質問だと、ピークは思った。傑出した科学者が一堂に会しているのに、最新技術が機能しなかったと聞いて、子どものように失望している。

「タンカーや貨物船の構造は半分がハイテク技術でできているが、あとの半分は大昔から変わらない。ディーゼル機関やラダー装置は高度な技術を用いた複雑な構造だが、結局はスクリューをまわしたり、鋼鉄の舵板の方向を変えるだけの機械なのだ。GPSを利用した航法システムを備えるが、冷却水はポンプで汲み上げる。それでかまわないではないか。船はそれでも走る。シーチェストは、海草などが入ってつまる場合もあるが、すぐに異物は取り除かれる。穴が一つつまっても別の穴がある。自然がこれほど執拗にシーチェストを攻撃することは、今までなかったのだ。吸水システムの構造を変更しようと思いつくはずがない」

彼はしばらく間をおいた。

「ドクター・ローシュ、ごく小さな昆虫が、あなたの鼻の穴をつまらせようと攻撃を始めたら、あなたの複雑で繊細な体は生存の危機にさらされる。そんなことが起きると、一度でも考えたことがありますか? まさに問題は、われわれがそのように攻撃されていることとなのです。そんな事態を一度でも想像したことがありますか？」

ヨハンソンは集中して聞くのをやめた。次のテーマは隅々まで知りつくしている。ボアマンとともに、ピークのプレゼン用に準備したからだ。テーマはゴカイとメタンハイドレート。ピークが話しているあいだ、彼は思いつくままをノートパソコンに密かに書きこんだ。

神経系に影響を及ぼすものは……

何と言えばいいのか？

その名前を考案しなければならない。毎回、長々と描写するのは面倒だ。ふたたびパソコンの画面を凝視した。参謀本部は私のプログラムにアクセスしただろうか？　リーたちがこちらの考えを探りだせるのではないかと思い、急に不愉快な気分になった。独自の理論を持っているが、自分で決めた時期が来るまで参謀本部には話さないつもりだ。

それはまったくの偶然だった。突然、彼の指がキイボードの上で動いて画面に文字が現われた。言葉にもならない、たった三つの文字だった。

Yrr（イール）。

彼は消去しようとした手を止めた。

なぜ消してしまうのだ？

どれでも同じだ。しかも、意味のある言葉よりずっといい。誰にも解読できないからだ。そもそも、彼でさえ何と書いたのかわからないのだ。まったく意味のない言葉、抽象的な言葉のほうがいいだろう。

イール。

響きもよかった。しばらくこのまま残しておこう。

ウィーヴァーは鉛筆をかじりながら話を聞いていた。これで三本目だ。

ピークは余談の締めくくりに差しかかっていた。

「おそらく、これは破滅的な洪水だったのだろう。洪水にまつわる話は、伝説や宗教的な伝承の中に見られる。最古の津波の記録と考えられるのは、紀元前四七九年、エーゲ海を襲った自然災害の話だ。もっと最近では、一七五五年、ポルトガルを高さ十メートルの津波が襲い、リスボンで六万人が死亡した。詳しい記録が残るものとして、一八八三年のインドネシア、クラカタウ火山島の噴火がある。山頂の大部分が吹き飛んでなくなり、海底にあったカルデラはマグマ溜まりの中に崩落した。二時間後、高さ四十メートルの津波がスマトラ島とジャワ島の海岸に押し寄せた。三百を超える集落が津波に洗い流され、三万六千人が死亡した。一九三三年、日本の三陸海岸が津波に襲われた。規模はインドネシアの津波より小さいが、三千人が死亡し、家屋九千棟が倒壊、八千隻の船が沈没した。しかし、北ヨーロッパを襲った津波は、これらとは比べようもない。隣接する国々は例外なく先進工業国だ。総人口は二億四千万人だが、そのほとんどが海岸地域に暮らしている」

彼は一同を見まわした。会議室は死んだように静まり返っている。

「全地域で地形が一度に変わってしまった。人類に与える結果は予想できないが、経済は崩壊してしまった！　世界の主要な港が全壊したか、深刻な損害をこうむった。つい先日までは、ロッテルダムは世界最大の貿易港だった。北海は化石燃料の宝庫の一つだった。一日に四十五万バレルの油が生産されていたのだ。ヨーロッパの石油埋蔵量の半分が、ノルウェー沖とイギリス沖にある。かなりの天然ガスも埋蔵されている。この巨大資源産業は、わずか数時間で殲滅(せんめつ)された。死者の数は慎重に見積もって二百万人から三百万人だ。負傷者や家を失った者の数はそれを遥かに上まわる」

ピークは天気予報を読み上げるように、感情を交えず事務的に数字を読み上げた。

「何が海底地滑りの引き金になったかは不明だ。明らかにゴカイは、われわれがここで取り上げてきた突然変異を遂げた。ゴカイとバクテリアの合同部隊が何十億倍にも膨らむことは、普通ではありえない。ドクター・ヨハンソンとキールのゲオマール研究所の皆さんは、このパズルにはあと一つ断片(ピース)が欠けていると考えておられる。ゴカイとバクテリアの侵入がハイドレート層を不安定にしたのだが、それだけでは、これほどの大惨事は考えられないのだ。津波を引き起こした、さらなるファクターが必ず存在する」

ウィーヴァーは背筋を伸ばした。首の産毛(うぶげ)が逆立っていくのを感じた。スクリーンに衛星画像が現われた。たとえ、高空から撮影されたために不鮮明で、人工的に照度を増したものであっても、そこに映る船に即座に気がついた。

「これらの画像から、私の言いたいことがおわかりいただけるだろう。われわれはこの船を衛星から監視し……」

何と言ったの？　ウィーヴァーは耳を疑った。

彼らがバウアーを監視していた？

「ジュノー号という海洋調査船を、軍事衛星ＥＯＲＳＡＴが夜間に撮影した映像だ。幸運にも視界は良好で、海も非常に穏やかだ。異常なのは海面だ。このときジュノー号はスピッツベルゲン島の沖にいる」

黒い海面に船の灯りが浮き上がっていた。突然、海に白い斑点(はんてん)がはじけて広がっていき、まるで海が湧き立つように見えた。

ジュノー号は右に左に傾くと、転覆した。

すぐに、石のように沈んでいった。

彼女は凍りついた。このような映像を見せられるとは思ってもいなかった。ついに、ルーカス・バウアーの消息がわかった。ジュノー号はグリーンランド海の底に横たわっている。彼女はバウアーの憂いに満ちた手記のことを思った。彼の懸念や恐れを思い出した。それを知るのは、この自分をおいてほかにいない。それは彼の遺産となったのだ。

「異変が始まってから、われわれが異常現象を実際に目にするのはこれが初めてだった。この水域では、ずいぶん前からメタンガスのブローアウトは知られていた。もちろん……」

ウィーヴァーが手をあげた。

「あなた方は、それを予想していたのですか？」

ピークは彼女を見つめた。彼の顔は彫像のように表情が変わらない。

「いいえ」

「ジュノー号が沈んだとき、何かしてくれたのですか？」

「何も」

「衛星から海とこの船を見張っていたのに、何もできなかったのですね？」

ピークはゆっくりと首を振った。

「われわれは情報を収集するために、多くの船を監視している。しかし、同時にすべてを見るのは不可能だ。ましてや、この船が……」

彼女はピークをさえぎって強い口調で言った。

「わたしの思い違いでなければ、ブローアウトが引き起こす現象は充分に知られていたのでは？　いわゆる、バミューダ・トライアングルの謎とか」

「ミス・ウィーヴァー、われわれは……」

「では、過去にこうして船が沈んだことをあなた方が知っていたなら、北海のメタン濃度が上昇しているのを知っていたなら、ノルウェーの大陸斜面がどうなるか予想していたのでしょう？」

ピークは彼女をじっと見つめた。

「何をおっしゃりたいのです？」

「あなた方は何か行動をとれたはずだわ！」

ピークの表情は変わらなかった。視線はウィーヴァーに貼りついたままだ。気まずい沈黙が流れ、ついに彼が口を開いた。

「われわれは間違った評価をしていた」

リーはこの展開を充分予想していた。ピークには、衛星監視が機能しなかったことを一部認めるしか選択肢はない。事実、ノルウェー沿岸でブローアウトの発生数が増えていることは知っていた。しかし、そのほかの現象をすべて把握していたのではない。ゴカイの話は初めて聞いたのだ。

彼女は立ち上がった。ピークに手を貸すときだ。静かに口を開いた。

「わたしたちはそもそも何もできなかったかもしれません。そこで、判断を下すのはあとにして、少佐の説明をよくお聞きくださるようお願いします。ご承知いただきたいのは、お集まりの科学者の方々は二つの観点で選ばせていただきました。すなわち、専門知識と経験です。実際に事件に巻きこまれた方も何名かいらっしゃる。ドクター・ボアマンが何か阻止できたでしょうか？　ドクター・ヨハンソンやスタットオイルは？　ミス・ウィーヴァー、あなたはどうでしょう？　衛星監視は、どこで何が起きようとも、すぐに救援に駆けつける特殊部隊ではないのです。それとも、わたしたちは目を閉じているべきですか？」

ウィーヴァーが額に皺を寄せる。

彼女に反論の隙を与えず、リーは強い口調で続けた。

「わたしたちは批判し合うために集まったのではありません。罪のない者が最初に石を投げなさい。そう教わりましたよ。聖書に書いてあります。聖書が正しいこともたくさんある。わたしたちはこれ以上の惨事を回避するために集まった。そうではありませんか？」

「ハレルヤ」

ウィーヴァーはつぶやいた。

リーはしばらく沈黙した。

やがて笑みを浮かべた。飴の時間だ。

「わたしたちはずいぶん興奮してしまいましたね。ミス・ウィーヴァー、あなたの気持ちはよくわかります。ピーク少佐、続けてください」


ピークは不愉快だった。兵士は批判や疑念を口に出さない。もちろん、批判や疑念に反対するのではない。不愉快なのは、批判に対して、短い命令で自分の権威を主張できなかったことだ。突然、ウィーヴァーに重苦しい憎しみを感じた。山のような科学者たちと、これからうまく付き合っていけるのだろうか。

「皆さんがご覧になったのは、大量のメタンガスが放出された瞬間だ。乗員の死は遺憾に思うが、われわれはガスの放出により、より大きな問題の前に立たされたのだ。海底地滑りの結果として、ジュノー号を沈めた何百万倍もの量のメタンガスが大気中に放出された。

同様に、世界中でメタンガスが噴きだす可能性があるが、その結果は死刑宣告に等しい。大気のバランスが完全に狂ってしまうかもしれない」

彼はひと息おいた。ピークは屈強な精神を持つ男だが、自分で口にした事象に心から不安を感じた。ふたたびゆっくりと口を開いた。

「ゴカイは大西洋と同様、太平洋にも現われたことをお伝えしなければならない。同じゴカイが南北アメリカ大陸、カナダの西海岸および日本沿岸の大陸斜面で発見された」

誰もが息を呑んだ。

誰かの咳払いが小さな爆発音のように響いた。

「これは悪いニュースだ」

「いい知らせは、ゴカイの侵入がノルウェー沿岸の規模には達していないこと。まばらに生息しているだけだ。その程度の数であれば、甚大な被害を及ぼすには至らない。しかし、ゴカイはいつであろうと増大することを前提としなければならない。昨年ノルウェーで、スタットオイルが新型の海底ユニットをテストしたときには、わずかな数のゴカイしか確認されていなかったのだ」

「われわれの政府はそれを証明できませんが」

最後列に座るノルウェーの外交官が言った。

ピークは嘲るような笑みを浮かべた。

「承知しています。プロジェクト関係者はほとんどが亡くなられたため、ドクター・ヨハンソンとゲオマール研究所から情報をいただいた。さて、われわれは猶予を手にした。このチャンスを利用して、いまいましい生き物に早急に対抗手段をとらなければならない」

一瞬、彼は言葉につまった。いまいましい生き物。感情的になりすぎるのはよくない。思わず口走ってしまったのだ。

「神に誓って、本当にいまいましい生き物だ！」

太い声が響いた。

人目を引く外見の男が立ち上がっていた。オレンジ色のオーバーオールを着こんだ巨体が、岩のようにそびえ立っている。野球帽の下から、黒く硬い縮れ毛がはみだしていた。薄い色のレンズの途方もなく大きい眼鏡は、小さな鼻から落ちそうだ。カエルのように幅の広い口に反発するように、鼻の先は上を向いていた。その巨大な顎が開いたら、誰でも『マペット・ショー』の人形を思い出さずにはいられない。

ドクター・スタンリー・フロスト、火山学者――巨人の名札に、そう書いてある。

「私はあらかじめ資料に目を通した。どうも気に入らない。あなた方は、ゴカイが密生する大陸斜面に興味があるのだね」

フロストの声は説教のように響いた。

「そのとおり。なぜなら、ノルウェーのパターンに一致するからだ。初めはわずかだが、一夜にして大群となる」

「そのような場所だけに注目すべきではない」

「第二の北ヨーロッパを期待されるのか?」

「ピーク少佐! 私は、大陸斜面に注目するのをやめろと言いましたか? 言っていない! 私が言いたいのは、ゴカイが集中する場所だけに注目するのは大きな過ちだということだ。そういう場所は人目を引きすぎる。悪魔はもっと賢いはずだ」

ピークは頭を掻(か)いた。

「詳しい話を聞かせてください」

フロストは深々と息を吸いこんだ。胸が大きく膨らんだ。

「断わる」

「私の聞き違いだろうか?」

「そうではない。動揺させたくないからだ。まず明白な事実を手に入れなくてはならない。だが、私の言葉は忘れないでほしい」

彼は言って、決然と一同を見まわした。それから巨大な顎を突きだして腰を下ろした。

なんと素晴らしいことだ。ピークは思った。ばかが次々と現われる。

ヴァンダービルトが肥えた体を揺らして演台に近づいた。リーは目を細めてその姿を追った。ＣＩＡ副長官の鼻には滑稽なほど小さな眼鏡がのっていた。それを見ると、愉快さと嫌悪感が入り混じった気持ちになる。

「ピーク、いまいましい生き物とは、うまい表現ではないか」

ヴァンダービルトは上機嫌で言った。目を輝かせて会議室を見わたした。まるで、いい知らせを伝えに来たと言わんばかりだ。

「だが、われわれはそのいまいましいチビどもに火をつけて、灰になるまで焼いてやる。皆さんに約束しますよ。さて、話はどこまで来たかな。それほど進んじゃいないが。そう、われわれが中毒になるほど依存する貴重な石油が台無しにされちまった！　経済用語で言うと、世界の石油生産量が激減したということだ。ＯＰＥＣのラクダ使いにとっては素敵な話だ。ピークが饒舌に詳しく説明したように、海上輸送は新手の自然に襲われて麻痺した。とにかく恐怖の効き目は抜群だ！　ここだけの話だが、クジラやサメの攻撃なんか正直言って、ガキの糞みたいなもんだ。まったくばかげた話だ。まっとうなアメリカ人家族が釣りに出かけられないのは本当に腹立たしい。人類がそっくり絶滅しちまう。発展途上国の漁師は釣ったイワシで、十七人の子どもと六人の女房を養わなきゃならんのに、呆けた顔で海辺に座ってる。海に食われちまうんじゃないかと怖がってるんだ。不愉快な話じゃないか。だが、われわれは心底びびって何にもできないでいる。ほかにも心配はたくさんあるぞ。豊かな国が損害をこうむった。怒った魚は網に入る代わりに、突然変異した毒クラゲを網に送りこむ。トロール漁船を沈没させる。たとえ個々の事件であっても、糞みたいにたくさんある。貧しい国にとっては困ったことだ。われわれから何も分けてもらえないからな」

ヴァンダービルトは眼鏡の縁からずる賢い目をのぞかせた。

「世界を滅ぼそうと企むとする。大国や豊かな国をがんじがらめにすれば、まず世界の三分の二が簡単に死に絶える。豊かな国々が自分たちの問題を解決できなくなるまで痛めつけるんだ。第三世界は大国の援助に頼っている。彼らが生きていくには、たまにアメリカの正義の怒りを感じ、小さな政権を交代させ、麻薬商人のボスと話をつけ、経済援助を要求すればいい。だが、そんな時代は終わった。クジラが船にジャンプしても、われわれは真に受けないかもしれない。われわれの経済の豊かさは帆船や葦舟に依存してるんじゃないからな。ところが、もはや欧米の生活レベルは立派なものとはほど遠い。夕食のビュッフェに行けばわかるだろう。第三世界にとって、異変が起きれば一巻の終わり！　エルニーニョも退場、ラニーニャも退場。この数カ月に自然の異変からわれわれが受けた損害に比べたら、懐かしい友人みたいなもんだ。またビールでも飲みに寄ってくれとでも言いたいよ。で、今は別の客が来ている。ヨーロッパじゃ非常事態だ。夜はおっかなくて外を歩けない。つまり、ヨーロッパは、この思いやりいっぱいのカタストロフィを把握できない。赤十字もユネスコもマルタ騎士修道会も、どんな援助組織もテントや食料の供給に追いつけない。金持ちのヨーロッパで、人々は餓死したり伝染病にかかるんだ。ヨーロッパで伝染病が蔓延(まんえん)するんだ！　フィエステリアやバクテリアの共同体だけでは足りないからな。ノルウェーじゃコレラだ！　怪我人には充分な医薬品が届かない。土曜の夜にテレビのクイズ番組を楽しんでいたまっとうなヨーロッパ人の傷口には蛆(うじ)がわき、ハエが飛びまわって病気を広めている。皆、気分は悪くないか？　これは序の口だ。津波は何もかも水浸しにしたが、津波が去ると何もかも爆発炎上した。消火活動は追いつかない。海岸はまず水に呑まれて、それから焼け落ちた。まだある。津波の引き波は、海岸にある原子力発電所の冷却水循環システムを破壊した。ノルウェーとイギリスでは放射能漏れ事故が起きた。これぐらいで充分か？　電力供給が全面崩壊した話も聞かせようか？　紳士淑女の皆さん、悪いがヨーロッパは計算に入れないでくれ。第三世界も。ヨーロッパは絶滅したのだ！」

ヴァンダービルトは白いハンカチを取りだすと、額の汗を拭いた。ピークは吐く寸前だった。この男が嫌いなのだ。ヴァンダービルトは誰からも好かれない。おそらく、彼は自分自身のことも好きではないのだろう。そういう男がピークは嫌いだった。敗北主義者、皮肉屋、下卑(げび)た口をきく男。何よりも嫌なのが、ヴァンダービルトの言うことのほとんどは、まちがっていないということだった。ヴァンダービルトを嫌う点では、ジューディス・リーと同意見だ。

だから、ピークはリーも嫌いだった。

リーの服を引きはがしていまいましいルームランナーに押し倒し、良家出身で外国語を操り、高い教養を鼻にかける、お嬢さんの傲慢(ごうまん)さを取り去ってやる。そんな想像にとらわれたことがある。サロモン・ピークの心の中には、軍人にならなければ、ギャングのボスか、泥棒、強盗か殺人者になっていた自分が必ず姿を現わすのだった。

彼はもう一人のピークを恐れた。もう一人のピークは、ウエストポイントの理想を信じない。栄誉も名声も祖国も信じない。ヴァンダービルトのように何もかもを中傷し、ゴミ溜めが現実だと知らしめる。もう一人のピークはゴミ溜めで育った。ブロンクスのゴミ溜めに生まれた黒人なのだ。

ヴァンダービルトが楽しそうに口を開いた。

「ヨーロッパの飲み水は小さくて愉快な生物でいっぱいだ。さあ、どうする？　薬品でやっつけるか？　水をぐらぐら煮たり、化学薬品で溺死させたりもできる。だが、いまいましい生き物は殺せるだろうが、人間もあとを追うはめになる。すでに水不足だ。ヨーロッパじゃあ、ばかな連中が船乗りの歌を口ずさみ、三時間もシャワーを浴びていたからな。そんな時代はおしまいだ。われわれの国で、いつロブスターが爆発するのかは知らない。けれど、神様の国もそうなる運命に備えておいたほうがいい。神様は忍耐をなくしてしまったんだ。おっと失礼、アラーと言うべきだったか？　諸君、映画『来るべき世界』の開演だ！　センセーショナルな暴露話を楽しみに待っててくれ。まずはコマーシャルを」

彼は甲高い声で笑った。

何を話しているのだと、ピークは思った。ヴァンダービルトは気でも違ったのか？　そうにちがいない。あのように話すのは頭のいかれたやつだけだ。

ヴァンダービルトは世界地図をスクリーンに映しだした。国や大陸が色とりどりの線で結ばれている。イギリスやフランスから出た太い束が大西洋を横断して、ボストンやロングアイランド、ニューヨーク、マナスカン、タッカートンとつながっている。別の束はさらに延び、太平洋を横断してアメリカ合衆国西海岸とアジアを結んでいる。また、カリブ海の島々やコロンビア沿岸を通り、地中海からスエズ運河を経由して東アジア沿岸を東京までつなぐ太い束もあった。

ヴァンダービルトは説明を始めた。

「海底ケーブルだ。電話やチャットに使うデータの高速道路だ。ファイバーケーブルがなければインターネットは存在しない。見てのとおりノルウェーの海底地滑りは、ヨーロッパとアメリカ間のファイバーケーブル網を破壊した。大西洋間の主要なケーブルの少なくとも五つが断絶した。ところが一昨日、FLAGアトランティック1なんて洒落(しゃれ)た名前のケーブルもだめになったんだ。ニューヨークとブルターニュのサン・ブリユを結び、一・二八テラビット毎秒でデータを運んでいる。おっと失礼(パルドン)！　運んでいた、だ。FLAGアトランティックはこれまでデータを運んでいたんだ。明らかに地滑りが原因じゃない。サン・ルイス・オビスポとハワイを結ぶTPC5と同じだ。気がついたか？　誰かが朝飯代わりにケーブルを食ってるんだ。われわれの架け橋は落ちた。コンセントから電気は来るか？　とんでもない。世界は小さいか？　とんでもない！　カルカッタのポリー叔母さんに、誕生日おめでとうって電話で言おうか？　そんなことはもう忘れろ！　国際通信網はダウンして、理由はわからない。だが一つだけ確かなことがある」

彼は歯をむきだした。演台から身を乗りだすと、贅肉(ぜいにく)もいっしょに垂れた。

「背後に誰かいる。その誰かさんが、われわれを文明の滴(しずく)から引き離したのだ。さて、われわれが失ったものの話はもう充分だ。持ってるものの話をしよう」

彼は勝ち誇ったように出席者にうなずいてみせた。二重顎に何重にも皺が寄った。

アナワクはヴァンダービルトの言葉の中に、ある種の慰めを見つけた。世界を信じる気持ちの大部分を失ってから、世界はプラカードを持って彼の前を行進しているような気がしていた。プラカードには大きく太い字でこう書いてある。〝レオン、世界はきみを信じる〟

ヴァンダービルトが続けた。

「ドクター・アナワクは発光生物と遭遇した。扁平で、はっきりした形がなかったそうだ。われわれはその種の生物を、バリア・クイーン号に繁殖する貝の中に見つけることはできなかった。だが、われらのヒーローは果敢にも獲物を仕留めてくれた。断片を調べると、それは無定形のゼラチン質で、ドクター・フェンウィックとドクター・オリヴィエラが、大騒ぎが大好きなクジラの頭の中に発見したゼラチン質と同一のものだと判明した。このろくでもない関連性から、例の感染した甲殻類を思い出してほしい。フィエステリアはタクシーにつめこまれるようにして運ばれた。しかし、タクシー運転手はロブスター君ではなく、彼にとって代わった何者かだ。殻の中は正体不明の物質で満杯だったが、物質は空気に触れると分解してしまう。それでも、ドクター・ローシュは痕跡の分析に成功した。正体はわれわれらの古い友人、あのゼラチン質だ！」

フォードとオリヴィエラが顔を寄せてささやき合った。やがて、オリヴィエラが低い声で言った。

「クジラの脳内の物質と、船から採取した物質は同一のものだった。そこまでは結構です。でも、脳内の物質は明らかに軽かった。細胞の密度が低いのです」

「ゼラチン質に関して見解が分かれることは知っている。さて諸君、それはあなた方で解決してほしい。われわれにできたのは、バリア・クイーン号に無賃乗船した客を捕まえようと、船をドックに隔離したことまでだ。以来、ドックの水中に青く輝く物体を何度も観察した。だが、すぐに消えてしまう。ドクター・アナワクもご覧になったはずだ。われわれの立入禁止区域でダイビングを楽しまれたときにね。水を分析しても、海水に普通に生息する微生物しか検出できなかった。あの光は何なのか？　われわれは科学者の皆さんのように賢くないから、単純に青い靄と呼ぶことにした。ドクター・フォードに感謝しますよ。URAというカメラロボの映像の中に、同じものを見つけてくれた」

ヴァンダービルトはルーシーの群れの映像を披露した。

「この閃光はクジラを傷つけるようにも、脅かすようにも見えない。だが、明らかにクジラの行動に影響を与えている。奥に隠れる何かがクジラに物質を注入しているのだ。鞭のような形をした輝く触手を使い、注射するように。われわれの調査は進展した。この触手がゼラチン質を注入しているのではなく、触手がゼラチン質そのものだと推測できる。この触手測が正しいとすれば、ドクター・アナワクがバリア・クイーン号の船体で遭遇した小さな物体は、この映像の物体が小型になったものだと結論できるのではないか。われわれは、甲殻類を操る正体不明の生物、クジラを狂気に走らせ、船を沈める原因となる貝の中に不埒な物質を送りこむ、正体不明の生物を探りあてたのかもしれない。さあ諸君、われわれはここまで来た！　ここからは皆さん方にお願いしよう。正体を暴き、なぜ現われたのか、ゼラチン質と青い靄にはどのような関係があるのか、解明してほしい。それと、もう一つ。どこかの研究室で、ぱちゃぱちゃと派手な音をたてて水遊びしたブタ野郎が誰なのかも探してくれ。こいつを見れば役に立つはずだ」

ヴァンダービルトはもう一度、映像を映しだした。今回はスクリーンの下端にスペクトログラムが現われた。大きな振幅が見てとれる。

「URAは仕事のできるロボだ。青い靄が現われるちょっと前に、ハイドロフォンがこれを捉えた。何も聞こえないだろう。われわれはクジラじゃないからな。お粗末な人間の耳は糊でくっついて塞がってるんだ。超音波や超低周波を聞こえるようにするには、トリックを使えばいい。われらの覗き名人SOSUSを使って」

アナワクは耳をそばだてた。SOSUSならよく知っている。何度も研究で使ったことがあった。アメリカ商務省の下部機関である海洋大気庁（NOAA）は音声モニタリングプロジェクトの一環として、海中の音を捉えて分析する一連のプロジェクトを運用している。そこで使われるセンサーが、冷戦時代の遺物であるSOSUSだ。正式名称はサウンド・サーベイランス・システム。一九六〇年代、アメリカ海軍がソヴィエトの潜水艦を追跡する目的で、感度の高いハイドロフォン網を海中に敷設した。一九九一年、ソヴィエト連邦崩壊により冷戦が終結すると、このシステムから得たデータの使用をNOAAが許されたのだ。

こうしてSOSUSのおかげで、海の中は静寂とはほど遠いことがわかった。特に周波数十六ヘルツ以下の領域には、耳を聾するほどの騒音が響いていたのだ。人間の耳に聞こえるようにするには、十六倍速で再生する。すると、雷鳴のような音が海中に響く。ザトウクジラは鳥のさえずりのような鳴き音を上げる。シロナガスクジラの声はスタッカートのメッセージとなって、何百キロも離れた同種の仲間に届く。海中の音の四分の三は、砲声のように大きくリズミカルな音だ。それは石油資源探査用のエアガンの音だ。

毎年、NOAAはSOSUSに独自のシステムを追加し、ハイドロフォン網は広がっていった。そのたびに少しずつ新たな音が聞こえるようになった。

「こうして、音のひとつひとつを識別できる。小型船のものか？　速度は？　エンジンの種類は？　どこから来たのか？　距離は？　ハイドロフォンはすべてを教えてくれる。ご存じのとおり、音波は水中を遠くまで伝播し、伝播速度もきわめて速い。時速五千キロメートルから五千五百キロメートルのあいだだ。シロナガスクジラがハワイ沖で音を立てれば、一時間たらずで、カリフォルニアにいる誰かのヘッドホンに聞こえるわけだ。SOSUSは音波を記録するだけでなく、その発生源も教えてくれる。NOAAは膨大な音声データを貯蔵する。カチカチ、ドーン、ザワザワ、ブクブク、キーキー、ヒソヒソ……生物の出す音、地震や環境の出す音など、すべてを分類できるのだ。だが、わずかな例外がある。NOAAのドクター・マレー・シャンカーが、例外についてコメントしてくれる」

最前列で、控えめな小太りの男が立ち上がった。インド人の顔に金縁の眼鏡をかけている。ヴァンダービルトが新たなスペクトログラムをスクリーンに表示すると、人の耳に聞こえるように人工的に速度を増した音声が上がった。うなるような低い音が部屋に広がり、次第にトーンが高くなる。

シャンカーが咳払いをし、柔らかな声で話しはじめた。

「この音はアップスウィープと呼ばれ、一九九一年に録音された。発生源は南緯五十四度、西経百四十度のあたり。アップスウィープはSOSUSが捉えた音で、最初の未確認音となった。太平洋じゅうに聞こえるほどの大きな音だ。現在も何の音か解明されていないが、海水と流れる溶岩が共鳴した音だという説もある。ニュージーランドとチリのあいだにある海底火山のいずれかではないかと。ジャック、次のデータを」

ジャック・ヴァンダービルトはさらに二つのスペクトログラムを映しだした。

「一九九九年に録音されたジュリアと、一九九七年のスクラッチです。太平洋の赤道付近に設置された自律型ハイドロフォンが捉えた。半径五キロメートルの範囲ではっきり聞くことができる。ジュリアは動物の鳴き声のようでしょう？　周波数がとても速く変化する。クジラの鳴き音のようなトーンだが、クジラはこのように大きな音を出さない。一方、スクラッチはレコード盤の溝を滑るレコード針のような音だ。もちろん、これくらいの音を出すには大都市ほどの大きさのレコード盤が必要だ」

次の音はブレーキが軋むような長く尾を引く音で、次第に消えていった。

「一九九七年のスローダウン。発生源は南極のどこかだが、船や潜水艦は除外される。巨大な氷のプレートが南極の岩盤をこするときに発生するのかもしれない。しかし、全然違うかもしれない。NOAAでは生物に起因する音だと考えている。この音を聞いて、巨大タコの存在が証明されたと思う人もいるかもしれない。けれど、その種の生物には音を出す能力がない。いずれにせよ、いまだに何の音かわからないが……今日は、シルクハットからもう一羽のハトを出してみせましょう」

シャンカーはためらいがちに笑った。

ヴァンダービルトがURAのスペクトログラムを映しだした。今回は音声も聞こえる。

「わかりますか？　スクラッチです。しかもURAの捉えた発信源は、青い靄の中心にあった！　つまり……」

「ありがとう、ドクター・シャンカー。あなたはオスカーに値する。あとは推測の域を出ないのだ。さあ、このテーマはそろそろ終わりにしよう。諸君の頭を活性化させてくれ」

ヴァンダービルトはシャンカーをさえぎって喘（あえ）ぎながら言うと、ハンカチで額の汗を拭った。

次の映像は光の届かない深海で撮影されたものだった。水中ライトの光を浴びて、粒子がきらめいている。そのとき、平らな物体がカメラの前で弧を描き、一瞬にして消えた。

「この映像は、ノルウェーのマリンテク研究所が津波に洗い流される前に、画像処理したものだ。ここから二つの事実がわかる。一つは、この物体が巨大だということ。二つ目は、発光すること。短く光り、カメラに捕まるとすぐに消えた。明白なのは、こいつがノルウェーの水深七百メートルの大陸斜面をはしゃぎまわっているということだ。よく見てくれ。

こいつはゼラチン質のお友だちか？　答えを見つけてくれ。諸君が人類を救済してくれることを期待しているぞ」

ヴァンダービルトはにやりと笑って、一人ひとりを順に眺めた。

「正直に言おう。アルマゲドンは目前に迫っている。だから、仕事を分担しようじゃないか。諸君は、突然変異した生物に対抗する手段を見つける。素敵な調教方法か、やつらが腹を壊すような餌を考案できるだろう。われわれは、こんなひどい仕打ちをしたくそったれを探しだす。諸君は何をしてもいいが、口は閉じておけ。新聞の一面に載ろうなんて誘惑に負けるな。ヨーロッパとアメリカでは、政治攪乱目的での偽情報に対しては厳しく対処される。聖書によると、ロトの妻はパニックに襲われ、神のいいつけにそむいたために塩の柱になった。わかるか？　社会不安、政治不安、宗教不安、どんな不安も必要ない。諸君が外部に接触するときは、リー叔母さんと約束したことを忘れないでくれ」

ヨハンソンが咳払いをした。

「とても楽しいプレゼンに感謝しますよ。では、外に何があるのか見つけにいかなければなりません」

彼は愛想よく言った。

「ドクター、そのとおり！」

「あなたは、外に何があると思うのです？」

ヴァンダービルトはほほ笑んだ。

「ゼラチン。そして青い靄」

ヨハンソンはほほ笑み返した。

「わかりました。あなたは、クリスマスを待ちわびる子どものように、アドヴェントカレンダーの小窓をわれわれ自身が開けることを期待している。あなたは理論をお持ちだ。われわれ科学者に協力させたいのなら、それを教えるべきじゃないのかな？」

ヴァンダービルトは鼻の頭をこすり、リーと視線を交わした。

「そうだな……プレゼントのないクリスマスは味気ないものだ。しかたない、教えてやろう。われわれはこう考えた。問題はどこにあるか？　どこが少なくて、どこが全然ないか？　すると、まったく被害をこうむっていないのは中東、旧ソヴィエト連邦、インド、パキスタン、タイ。中国や韓国もだ。北極と南極もだが、冷蔵庫は除外しよう。被害の中心は西側だ。ノルウェーの海洋油田産業が消滅しただけで、ヨーロッパは深刻なダメージを継続的に受けることになった。われわれは依存という不愉快な状況に追いこまれたんだ」

「つまり、あなたはテロリズムをほのめかしている？」

ヨハンソンがゆっくりとした口調で言った。ヴァンダービルトが応じる。

「よくぞ言ってくれた！　大量殺人を想定するテロリズムには二種類ある。一つは、政治的、社会的な革命を目的とするもの。その際、何千人が死のうとかまわない。たとえばイスラム原理主義者は、信仰心のない者は消えればいいと考えている。もう一つは、終末論を絶対的に支持するもの。罪深い人類は神の創った美しい星に長く生きすぎた。地球から抹殺されるときが来ると言いふらす。こういう連中が金とノウハウを手にすれば、世界は危うくなる。殺人藻類だって養殖できるだろう。人を咬むように犬を訓練できる。遺伝子工学は人がＤＮＡに介入するのを可能にした。そういう方法を使えば、動物の行動をコントロールできないはずがない。わずかなあいだに突然変異が多発するのはおかしいと思わないか？　何だか実験室の臭いがするぜ。正体不明の無定形の物体。なぜ形がないんだ？　あらゆるものには形があるのに！　形なんか必要ではないからだ。一種の原形質かもしれないな。有機的に結合したねばねばした物質が、クジラの脳やロブスターを占拠した。諸君、これは偶然じゃない。全部を企んだ黒幕がどこかにいるはずだ。北ヨーロッパの石油産業の崩壊が、中東の石油政策とどう関係するか考えてみてくれ。あいつらには動機がある」

ヨハンソンは彼を凝視した。

「どうかしている」

「そうかい？　ホルムズ海峡では一件も衝突事故や海難事故は起きてない。スエズ運河だってそうだ」

「それにしても、アラブの石油業界にとって潜在的な得意先を、なぜ津波や伝染病で殲滅するのだ？」

「まったく狂ってるよ。私も意義があるとは言っていない。意義が生じると言いたいのだ。考えてもみろ、地中海はこれまでのところ無傷だ。それでペルシャ湾からジブラルタルまでのルートは確保できる。一方、ゴカイはどこにいる？　西欧や南米の海洋油田地帯だ」

「ゴカイはアメリカの北東岸にも現われたのだ。ヨーロッパを襲ったのと同じ規模の津波が来れば、石油テロリストの上得意もマーケットから洗い流されてしまう」

ヴァンダービルトは笑みを浮かべた。

「ドクター・ヨハンソン、あんたは科学者だ。科学では論理を追求する。だが、ＣＩＡでは何年も前にそんなことはやめた。自然の法則は論理的だろうが、人間は違う。何十年も前から核戦争の危機が、ダモクレスの剣のようにわれわれの頭上にぶら下がっているんだ。ドクター・ヨハンソン、ジェイムズ・ボンドの映画に出てくるような、世界を脅かす狂人たちは本当にいるんだよ。現実は、ボンドがいないだけだ。一九九一年、サダム・フセインがクウェートの油田に火を放ったとき、彼は何十年も続く核の冬の引き金になりかねないと、彼の側近たちでさえ予言した。だが、彼らはそれで正しいことをしたか？　やつを制止したのか？　それからもう一つ。海に眠るメタンガスが全部大気中に放出されたら、実際に何が起きるか、キールの同僚に尋ねるといい。すべて推測でしかないがね。いずれにせよ、海水面の上昇は恐るべきことだ。ヨーロッパはおしまいだ。まあ、ベルギーやオランダ、北ドイツは水上スポーツで栄えるだろうが。ところが、中近東の砂漠は花畑に一変する。津波で全人類を滅亡させる必要はない。アラブの石油を買ってくれる客が生き残ればいいのだ。このテロは人類の終焉を意図するものではない。欧米と極東を衰退させるためだ。そうすれば戦争を起こさず、世界地図を塗り替えられる。いつの日か地球は落ち着きを取り戻す。賭けてもいいぞ。さて諸君、怪物は海からやって来たが、黒幕は陸にいる」

リーがプロジェクタのスイッチを切り、口を開いた。

「各国外交団の皆さん、情報機関の皆さん、こうしてサミットを開く機会を与えてくださったことに感謝の意を表します。今日お帰りになる方もいらっしゃいますが、ほとんどの皆さんはこれから数週間、わたしたちのゲストとして残ってくださる。科学者の皆さんと同様、共同作業の進捗状況や知り得た情報の秘密厳守を、再度お願いする必要はないでしょう。これは、皆さんのお国の利益にかかわることです」

彼女はひと息おいた。

「科学者の皆さん、わたしたちは全力を挙げて皆さんをサポートします。今からは、お手もとのノートパソコンだけをお使いください。バー、客室、ヘルスセンターなど、ホテル中にコネクタを設置しました。どこにいらしてもログインできます。大西洋間の接続も復旧しました。屋上はパラボラアンテナで覆いつくしましたので、すべて機能します。電話、ファックス、Eメール、インターネットは、ただ今からNATOⅢ衛星群を経由します。通常はNATO加盟国政府との接続に使用するシステムですが、それを皆さんにお使いいただきます。したがって、独立ネットワークを構築しました。極秘中の極秘ネットワークです。それを使えるのは作業チームの皆さんだけです。ネットワーク内でコミュニケーションをとり合い、秘密情報のやりとりが可能です。アクセスするにはパスワードが必要ですが、秘密保持の誓約書に署名されたのちに、お渡しします」

彼女は厳しい面持ちで一同を見わたした。

「言うまでもありませんが、パスワードはいかなる場合も権限のない者には教えないように。皆さんがログインされれば、軍事衛星や民間の観測衛星にアクセスでき、NOAAやSOSUSのデータを取得できます。現在進行中の遠隔測定(テレメトリ)データおよびアーカイブにもアクセスできます。ＣＩＡと国家安全保障局（ＮＳＡ）のデータバンクは、国際テロリズム、生物化学兵器、遺伝子工学に関してアクセス可能です。さらに、海洋技術の現状、地球科学および地球化学の情報を用意しました。さまざまな生物のカタログ、海軍が所有する深海底の地図、今日のプレゼンテーションの詳細も揃えてあります。状況が進展すれば、すぐに情報は自動的に伝達されます。わたしたちは常に情報をお知らせしますし、皆さんからも常に情報を教えていただけると期待しています」

一瞬リーの体が緊張したが、すぐに朗らかな笑顔を一同に振りまいた。

「皆さんの幸運をお祈りします。明後日の同じ時間にお目にかかりましょう。そのあいだに用があれば、ピーク少佐か、わたしに連絡してください」

ヴァンダービルトは彼女を見つめ、片方の眉を吊り上げた。

「あんたもジャック叔父さんにいい情報を報告するんだぞ」

彼はリーにだけ聞こえるようにささやいた。

「わたしがあなたの上官だということを、忘れないでね」

彼女は資料をまとめながら答えた。

「誤解しているようだな。われわれはパートナーだ。上も下もないんだ」

「あら、あるのよ。知性の点ではね」

彼女は挨拶もしないで、部屋を出ていった。

ヨハンソン

多くの者がバーに向かった。しかし、ヨハンソンはいっしょに行く気にはなれなかった。チームのメンバーと親しくなるいい機会だろうが、頭の中はほかのことでいっぱいだった。自分のスイートに戻ると同時に、ドアがノックされた。ウィーヴァーが返事も待たずに部屋に入ってきた。

「乱入する前に、年寄りにはコルセットをつける時間を与えてくれないか。きみをがっかりさせたくないからね」

彼はノートパソコンを抱えたまま、居心地のいい広いリビングルームでコネクタを探した。彼女は無表情でミニバーを開けると、缶コーラを一本取りだした。

「デスクの上にあるわ」

「あ、本当だ」

彼はパソコンをつなぐと、プログラムを立ち上げた。ウィーヴァーは彼を振り返った。

「これがテロだと思う？」

「全然思わない」

「わたしも！」

「けれど、ＣＩＡがかかっている病気は理解できる」

ヨハンソンはマウスをクリックして、いくつかのデータを呼びだした。

「彼らはそれ以外は教わらないんだ。だが、ヴァンダービルトはある意味で正しい。科学者は人間の行動と自然の法則を同一視する傾向にあるからね」

彼女は彼のほうに身をかがめた。ウェーブのかかった髪が顔にかかり、払いのけた。

「皆に知らせるべきだわ」

「何を？」

「あなたの理論よ」

彼は戸惑った。目を細めると、アイコンをダブルクリックしてパスワードを入力した。

〈シャトー・ディザスター０００５５０８９９‐ＸＫ／０〉

「不思議の国へようこそ」

彼はささやいた。

気のきいたパスワードだ。科学者、情報機関のエージェントや兵士が、怪物や津波、異常気象から地球を救うためにシャトーに集まった。シャトー・ディザスター――大惨事の館。まったく的を射た名前じゃないか。

画面いっぱいにシンボルマークが現われた。彼はデータのリストを調べ、口笛を吹いた。

「これはすごい。本当に衛星にアクセスできる」

「衛星を操作できるの？」

「それは無理だ。けれど、データは呼びだせる。これを見てくれ。気象衛星GOES－W、GOES－E。NOAAの飛行中隊の全部が使える。気流観測衛星クイック・スキャット、これも悪くない。それに一連のラクロス衛星も。これだけあれば相当なことができる。おまけにドイツのSAR－Lupeも……」

「よくわかったわ、宇宙旅行は終わりにしましょう。情報機関のデータベースや、各国政府のプログラムに本当にアクセスできると思う？」

「もちろん無理だ。アクセスできるのは、彼らがわれわれに見せたいものだけだよ」

「なぜ、あなたの考えをヴァンダービルトに言わなかったの？」

「時期尚早だからだ」

「でも、もう時間はないのに」

彼は首を振った。

「リーやヴァンダービルトのような人間を納得させる必要があるんだ。彼らが欲しいのは結論であって、推測ではない」

「結論は手に入れたわ！」

「だが、タイミングが悪い。今日は彼らにとって栄光のときだった。可能なかぎりの情報を集め、カタストロフィの発表会を効果的に仕立て上げた。ヴァンダービルトは自慢げに、太ったアラブのウサギをシルクハットから出してみせた。こちらが何か言っても、ただの文句に聞こえただけだろう。私は、彼ら自身が自分たちの陰謀論に疑問を抱くときを待ちたい。きみが考えるよりずっと早く訪れるはずだ」

ウィーヴァーはうなずいた。

「わかった。あなたはどのくらい確信があるの？」

「自分の理論に？」

「自信がないの？」

「もちろん確信している。しかし、今は彼らの見方を論破する必要が出てきた」

ヨハンソンは考えこむように画面を見つめた。

「ヴァンダービルトはたいして重要ではないな。納得させるならリーのほうだ。彼女は意志を貫く人間だ」

リー

彼女はまずルームランナーに乗った。速足程度の時速九キロメートルにセットする。それからホワイトハウスに連絡をとった。二分後、大統領の声がヘッドホンから聞こえた。

「やあ、ジュード！　連絡をありがとう。今、何をしているのだね？」

「走ってます」

「走っているのか。神に懸けて、あなたは最高だ。皆は見習ったほうがいい。もちろん私以外の人間だがね。私にはあなたはスポーティーすぎるから」

大統領は親しげに大きな声で笑った。

「さて、プレゼンテーションは満足がいったかね？」

「完璧です」

「われわれの推測を説明したのだね？」

「ヴァンダービルトの推測を彼らに伝えることに、反対はしませんでした」

大統領は笑い続けていた。

「ヴァンダービルトとの小競り合いは、そろそろやめてはどうかね」

「彼はくだらない男です」

「だが、彼は自分の仕事をしているのだ。あなたも彼と結婚するわけではないし」

「アメリカの安全保障のためなら、彼とだって結婚します。でも、彼の意見には決して賛成しません」

「もちろんだ」

「まさか大統領は、完璧とは呼べないテロリズム論を重要視されるのではないでしょう？それでは科学者たちの重荷になります。理論を展開する代わりに、理論を追いかけるのですから」

大統領は沈黙した。リーには、彼が熟考しているのがわかった。彼は単独行動をとる者が嫌いだ。そして、ヴァンダービルトは単独行動に走ってしまった。

「あなたの言うとおりだ。まだ秘密にしておくほうがいいだろう」

「まったく大統領のご意見に賛成です」

「よろしい、彼に伝えてくれ」

「大統領からおっしゃってください。彼はわたしに耳を貸そうとしませんから。たとえ愚かで軽率な行動であっても、彼が突き進むのをわたしには止められないのです」

「わかった。彼と話してみよう」

リーは心の中でにやりと笑った。

「当然、わたしはジャックを窮地に追いこむつもりはありません」

彼女は申しわけ程度に付けたした。

「それは問題ない。ヴァンダービルトの話はもう充分だ。ところで、あなたの学者諸君は事態を把握しているか？　どのような連中だね？」

「選りすぐりのメンバーです」

「特に気になる人物はいたか？」

「ノルウェー人の生物学者でシグル・ヨハンソン。彼のどこが特別なのかはまだわかりませんが、彼は独自の視点を持っています」

大統領は電話の向こうで誰かを呼んだ。リーはルームランナーの速度を上げた。

「ノルウェーの首相と先ほど電話で会談した。彼らはお手上げ状態で、ＥＵが主導権を握ることを歓迎している。だが、合衆国が同じ船に乗るのであれば、もっと嬉しいようだ。ドイツも同じ考えだ。われわれのノウハウを知りたいのだろう。われわれの能力も含めて統合した国際的な委員会に賛成だ」

「指揮を執るのは？」

「ドイツの首相は、合衆国が全権を握ってはどうかと提案した」

「本当ですか？」

「悪くない提案だと思うが」

「それどころか非常にいい提案です。国連がこれほど力のない事務総長を養うのは初めてだと、言われませんでしたか？　三週間前に催された外交団のレセプションのときです。わたしも同調し、わたしたちはいつもの陣営からいつものようにたたかれましたが」

「ああ、そうだった。彼らは虚勢を張っているのだ！　事務総長は意気地なしだ。事実を言うしかないだろう。それで、あなたの計画は？」

「今、言いました」

「そうだった。さあ、選択肢は何か教えてくれ」

「中東の代表が大勢座る委員会を選択肢にするお考えですか？」

大統領は沈黙した。

「合衆国が」

やがて彼は口を開いた。

リーは大統領の言葉を深く考えているというように、わざと間をおいてから答えた。

「いいアイデアだと思います」

「だが、われわれは全世界の問題をまた抱えこむわけだ。不愉快だとは思わないかね？」

「どのみち問題は抱えこんでいるのです。わたしたちは唯一のスーパーパワーです。そうであり続けたいのなら、これからも責任を引き受けなければなりません。それに——強い者は、悪い時代もよき時代だと言いますよ」

「あなたの中国の諺だね。いずれにせよ、仕事は銀の盆にのせてわれわれに差しだされるのではない。その時期はもっとあとだ。われわれが国際調査委員会のトップにならなければならない理由を、時間をかけて説得しなければならないからな。アラブの反応を想像してみたまえ！　中国や韓国も。アジアといえば、科学者のファイルに目を通したが、アジア人のような者が一人いた。われわれはアジア人やアラブ人は必要ないと言ったと思うが」

「アジア人？　名前は？」

「滑稽な名だった……ウェカウェカとか？」

「それは、レオン・アナワクです。彼の経歴は読まれましたか？」

「いや、さっと目を通しただけだ」

リーは走る速度を時速十二キロメートルに上げた。

「彼はアジア人ではありません。〈シャトー・ウィスラー〉のチームの中では、わたしがいちばんアジア的ですが」

　大統領は笑った。

「ジュード、あなたは火星からやって来たにちがいない。だから、全権を与えるのだよ。野球観戦に、こちらに来られないのは残念だ。何も起きなければ、いっしょに農場に出かけよう。家内がスペアリブをマリネにしておくから」

「楽しみにしています」

　彼女は心から言った。

　二人はしばらく野球の話をした。合衆国が国際的な連合のリーダーになるというアイデアは、彼女はそれ以上押しつけなかった。二日もすれば、大統領は自分自身が考えついたアイデアだと思いこんでいるだろう。注射してやるだけで充分だ。

　彼女は電話のあとも数分間走り続けた。いつものようにたっぷり汗をかいたあとは、ピアノに向かった。指を鍵盤におき、集中する。

　次の瞬間、モーツァルトのピアノソナタ第五番ト長調がスイートに響きわたった。

KH-12

リーの弾くピアノの音色は、香りが広がるように九階のフロアに流れだし、スイートルームの少し開いた窓から外にこぼれた。地上百メートルで音波は放射線状に広がる。メルヘン城のような尖塔を頂くこのホテルの最上階では訓練した耳ならピアノのかすかな音は聞こえた。音は切妻屋根の上で拡散を始め、地上百メートルを超えるとさまざまな音の波と混ざり合う。高度が増すと、混ざり合った音も小さくなっていった。高度一キロメートルでも、車のエンジンがかかる音がまだ聞こえる。小型プロペラ機の騒音や、ふだんなら賑やかだが、今は立入禁止区域のウィスラー・ヴィレッジにある、長老教会の鐘の音も聞こえた。外界との重要な交通手段となった軍用ヘリコプターのローターがまわる音は、地上二キロメートルでようやく小さくなる。

この高さから見るホテルは、息を呑むような光景の中にあった。西に向かってゆるやかに登る広い森の中に、ルートヴィヒ二世の夢の城のようなホテルが肉眼でも見えた。山脈の幾重にも皺の寄った尾根には白い雪が輝いている。

地上の音はようやく消えた。

離発着態勢に入ったジェット機がたてる音が聞こえる。高度十キロメートルで、ホテルの姿は景色に溶けこんでしまった。そこは定期航空便の飛ぶ高度だ。地平線が丸みを帯びだした。青く輝く空の下に広がる雲は、まるで氷原か氷山のようだ。さらに五キロメートルから十キロメートル上昇すると、超音速ジェット機の騒音が希薄な大気を切り裂いた。このあたりまでが対流圏で、天気の気まぐれに支配される。その上の成層圏にはオゾン層があり、紫外線をさえぎるフィルターの役目を果たしている。気温がふたたび上昇した。成層圏には、太陽光が虹色に反射することから、真珠母雲と呼ばれる特殊な雲が浮かぶ。気象観測用の気球が太陽光線を反射してUFOのように見えた。一九六二年、高度二十キロメートルの完璧な静寂の中を、アメリカのU2偵察機がキューバに偵察飛行に出かけ、ソヴィエトの中距離ミサイルを確認する。あまりに高度が高いため、パイロットは宇宙服を着用しなければならなかった。宇宙が透けて見えるような青い空を飛ぶ、史上初の大胆な飛行となった。

高度八十キロメートルでは、まばらな夜光雲が青白く輝いている。気温はマイナス百十三度。ここには人間の存在を示すものは何もない。たまに、宇宙船が宇宙をめざして飛んでいき、ふたたび地球に帰ってくるのを見かけるくらいだ。空の色はスカイブルーからミッドナイトブルーに変わった。昔ここは異教の神々の住む世界が始まるあたりだと思われていたが、近代科学によって極地のオーロラと彗星の尾だと暴かれた。高度百キロメートルから五百五十キロメートルに広がる熱圏には、神話や伝説に出てくるような特異な物理現象はない。そこに生物は生存できないのだ。頭上からガンマ線やエックス線が降り注ぎ、大気はほとんど存在しない。

その代わりに存在するものがあった。

高度百五十キロメートル、最初の人工衛星が時速二万八千キロメートルで疾走していた。地上に近いところを飛ぶ性能を持つものは偵察衛星だ。さらに八十キロメートル上空では、宇宙レーダー測量ミッション(SRTM)のレーダー衛星が地表の起伏を測定し、二十一世紀の世界地図を作っている。このように高度の低いところでは比較的に大気は密で、人工衛星を減速させてしまう。衛星が墜落を防ぐ軌道修正を行なうには燃料が必要だが、高度三百キロメートルを超えれば燃料はいらない。遠心力と地球の引力が釣り合い、衛星は安定して軌道を周回できる。まわりはすべて空なのだ。

人工衛星は、車が高速道路網を走るように地球を周回している。高度が上がれば上がるほど、衛星は混み合う。チャンプとグレースという名のエレガントな小型衛星は、地球の重力場と磁場を観察する。極地の上空六百キロメートルを飛ぶアイスサットが、地表からの反射を測定して氷床の変化を解き明かす。その七十キロメートル上空をアメリカの軍事衛星ラクロス三基が周回し、高性能レーダーで地表を探査している。高度七百キロメートルからはランドサット衛星が陸地と海岸線を観察し、氷河の増減、森林や叢氷(そうひょう)の広がり、地表の温度分布を記録する。ＳｅａＷｉＦＳは光学センサーや赤外線センサーを用いて、海草の繁殖データを取得する。ＮＯＡＡの気象衛星は高度八百五十キロメートルの太陽同期軌道に乗り、極地から極地へと周回する。人工衛星は地球の内部磁気圏を周回するが、高度九百キロメートルより上空には、ヴァンアレン帯と呼ばれる二層構造の放射線帯が存在する。ヴァンアレン帯はメディアに奇妙な現象として登場した。アポロ宇宙船は月面に着陸しなかったとする証拠として、ヴァンアレン帯が引き合いに出されたのだ。科学者たちの中にも、宇宙船がこの危険な放射線帯を通過する際、宇宙飛行士に危険が及ぶのではないかと疑う者さえいる。さて、人工衛星の周回軌道は高度により大きく三つに分けられる。高度千五百キロメートルまでの低高度地球軌道（LEO）。最も多くの衛星がまわる中高度地球軌道（MEO）。そこでは、高度二万キロメートルをＧＰＳ用衛星が周回する。高度三万五千八百八十八キロメートルの静止軌道。そこを、世界の通信を担うインテルサットを代表とする静止衛星が番人のように周回している。

モーツァルトはもちろん聞こえない。

リーのピアノの音は春の空気の中に消えていったが、大統領との通話は宇宙までの長い距離を進み、また戻っていった。二人の声は宇宙空間で交差し、宇宙空間からもたらされた情報を交換する。人工衛星がなければ、アメリカは湾岸戦争も起こせなかったし、コソボやアフガニスタンでも戦えないだろう。宇宙からの支援がなければ、正確な爆撃は行なえない。高性能カメラを搭載した衛星ＫＨ－12がなければ、見通しのきかない山岳地帯での敵の動きを察知できないのだ。

ＫＨは鍵穴(キイホール)の略だ。この最も高度なアメリカの偵察衛星は光学センサーとして、ラクロス衛星システムのレーダーと対をなす。解像度は四センチメートルから五センチメートルと高く、赤外線撮影も可能なため夜間も活動できる。大気圏外を周回する衛星と違ってロケットエンジンを搭載し、低高度地球軌道(LEO)をまわる。通常、高度三百四十キロメートルの周回軌道を飛び、二十四時間以内に極地から極地までの地球をすべて撮影できる。バンクーバー島で始まったクジラの襲撃事件に投入するため、キイホール衛星のいくつかは高度二百キロメートルにまで降下した。あの九月十一日、同時多発テロを契機として、アメリカが打ち上げた高性能光学センサーを装備する二十四基の偵察衛星とキイホール、ラクロス衛星は、ドイツのＳＡＲ－Ｌｕｐｅシステムをしのぐ一大偵察集団となった。

コロラド州デンバー近郊にあるバクリー・フィールドの地下の一室で、現地時間二十時、二人の男が電話を受けた。そこはアメリカ国家偵察局(NRO)の、数ある地上秘密基地の一つだ。ＮＲＯはアメリカ空軍の衛星監視プランニングを請け負い、国家安全保障局(NSA)とは緊密に連携する。ＮＳＡの任務の本質は盗聴だ。アメリカの当局が例外なく監視の可能性を持てるのは、この二つの情報機関の連携のおかげだった。エシュロンと呼ばれる、大部分が自動化された大規模通信傍受網の人工衛星が地球を周回し、衛星回線、ラジオからファイバーケーブルに至るまで監視しているのだ。

二人の上の地上には、巨大なパラボラアンテナがあった。二人はモニター画面に囲まれて座り、キイホールやラクロス、ほかの偵察衛星からのデータをリアルタイムで受信すると、分析・評価して該当機関に送る。任務の性質上、二人は情報機関のエージェントだが、およそそうには見えなかった。ジーンズにスニーカーという姿は、グランジ・ロックのバンドメンバーだ。

電話の相手は、ロングアイランドの北東端沖を航行中の漁船から救難信号が発せられたと伝えた。モントークの沖で衝突事故が起きた。その情報が正しければ、漁船はマッコウクジラの襲撃を受けたらしい。しかし情報は錯綜し、混乱は頂点に達していた。大型船が救助に向かったが、それも確認できない。乗員との連絡が数秒後に途絶えたのだ。

キイホール衛星の一つ、KH-12-4がロングアイランドの南東に接近していた。それは最適な位置だ。電話の指示は、テレスコープを該当する事故現場に向けることだった。

一人がコマンドを入力した。

大西洋岸の上空百九十五キロメートルを、KH-12-4は飛んでいる。衛星はテレスコープを内蔵するシリンダー型で全長十五メートル、直径四・五メートル、燃料を含めた重量は約二十トンだ。両脇には太陽電池パネルが羽根を広げていた。バクリー・フィールドから回転自在のミラーを操作することで、全方向千キロメートルまでのエリアを観察できる。今回は微調整で充分だった。夕闇が迫っていたため、イメージインテンシファイアを作動させると、昼間の映像のように明るく見える。KH－12－4は五秒に一枚の速度で撮影する。データは中継衛星を経由して、バクリー・フィールドのデータセンターに送信された。

二人はモニターを凝視した。

灯台で有名な、絵のように美しいモントークの町が現われた。だが、高度百九十五キロメートルからは、町は道路地図のようにしか見えない。明るい斑点のある風景の中に、細い道路が走っている。斑点は建物だ。灯台は、岬の突端に白い点としてしか映っていない。まわりは大西洋だ。

衛星を操作する男が船の襲撃現場に照準を合わせ、座標を入力して映像を拡大した。海岸が画面から消えて海だけになった。船はどこにも見えない。

もう一人の男は画面に視線を貼りつけたまま、紙袋の中のフィッシュナゲットをつまんで言った。

なきゃならない」

いったいどうなっているんだ？　クソみたいに広い海で、クソみたいに小さい船を見つけなきゃならない」

「彼らなんてクソ食らえ！　永遠に時間がかかるぞ、マイク。もっと速く動いてくれ！

「落ち着いている暇はない。彼らはすぐに情報を知りたいらしい」

「まあ落ち着け」

「早くしろよ」

　男は言って、テレスコープのミラーを微調整した。

「探す必要はない。ＮＯＡＡ経由の救難信号だから、場所はここに間違いない。船が見えないのなら、沈没したんだ」

　マイクと呼ばれた男が答えた。

「それじゃあ、もっとクソじゃないか」

「ああ、かわいそうに」

　マイクは言って、指を舐めた。

「かわいそうなのは、おれたちのほうだ。船が沈んだのなら、残骸探しが始まる」

「コディ、お前は本当に怠けたやつだな」

「そうさ」

「まあ、これでも食べろよ——おい、あれは何だ？」

マイクが脂ぎった指で画面を指した。海中に黒く長い物体がぼんやりと見えた。

「よく見てみよう」

コディが映像を拡大すると、波間にクジラの長いシルエットが見えた。船はどこにもない。もう一頭、クジラが画面に現われた。頭上に色褪せた染みが広がった。クジラが潮を吹いたのだ。

やがてクジラは海に潜っていった。

「おしまい」

マイクが言った。

コディは解像度を最大限まで上げた。海鳥が波に浮いている。画面では二十四個のドットの集合でしかないが、間違いなく海鳥だ。

周囲を探したが、船も船の残骸も見つけることはできなかった。

「流されたのかもしれない」

コディが言った。

「それはないだろう。情報が正しければ、この辺に見えるはずだ。船は走り去ったんだ。きっと、警報が間違いだったんだ。もうちょっと下のほうに行きたいな」

マイクはあくびをした。紙袋を丸めると、ゴミ箱めがけて投げた。わずかにそれた。

「下？」

「モントークさ。いいところだぞ。去年、サンディーと別れてすぐ男たちだけで行ったんだ。酔っ払ってるか、ドラッグをやってるかだったが、岩に寝転がって夕日を眺めるのは最高だった。三日目の夜、港の酒場の女を連れだしたんだが、なかなかだったぜ」

「お前の望みは、おれには命令だ」

「そうかい？」

コディはにやりと笑った。

「モントークに行きたいんだろう？　天上の一団はこっちのものだ。さて、どこに行く？」

「灯台に行ってくれ。どこでやったか教えてやるよ」

マイクの顔が輝いた。

「了解！」

「いや、待て。それはまずい――お叱りをくらうだろうな、もし……」

「どうってことないぜ。びびってるのか？　どこで残骸を探そうと、おれたちの勝手だ」

コディの指がキイボードの上を動いた。テレスコープが向きを変え、半島の先端が現われた。彼は灯台の白い点を探し、はっきりした形に見えるまで拡大した。長い影が差している。岩礁はピンク色の光に包まれていた。モントークの町に夕日が沈むところだ。灯台の前を、腕を組んで散歩するカップルの姿が見えた。

「いちばんいい時間だ。ロマンチックだな」

マイクが感動して言った。

「灯台の真ん前でやったのか？」

「まさか！　もっと下……ここだ、二人が向かっているあたりだ。ここは有名なんだぜ。毎晩、ここでいちゃつくやつらの行列ができる」

「おれたちも何か見えるかも」

コディはテレスコープを操作して、カップルを追い越した。黒い岩礁には誰もいない。上空を海鳥が旋回している。岩の隙間をつついて餌を探す鳥もいた。

そのとき何か異質なものが画面に映った。平らな形をしている。コディは額に皺を寄せた。マイクは画面に身を乗りだした。二人は次の映像を待った。

映像は変化していた。

「これは何だ？」

「さっぱりわからない！　もっと寄れるか？」

「限界だ」

ＫＨ－12－４が次の映像を送ってきた。ふたたび風景が変わっている。

「くそったれ！」

コディが罵（ののし）った。

「何だこれは？　どんどん広がっている。岩を登っていくぞ」

マイクが目を細めて言った。

「くそったれ！」

コディが繰り返した。これは彼の口癖だ。彼の悪態を聞いても、マイクはまったく気にならない。ところが、今は聞き逃すわけにはいかない。

今回ばかりは、それを聞いて狼狽した。

アメリカ合衆国　モントーク

リンダとダリル・フーパーは三週間前に挙式し、ロングアイランドでハネムーンを楽しんでいた。そこは映画スターよりも漁師のほうが多かった時代から、すでに物価の高い土地だった。今は、選りすぐりのシーフード・レストランが何キロも続く砂浜に面して軒を連ねている。ニューヨークの有名人たちは上品に振る舞い、アメリカ全土の億万長者の企業家たちと、イースト・ハンプトンの別荘地を仲よく分け合っていた。おかげで、絵葉書のように美しい町は、平均的なサラリーマンでは住めない土地だ。南西にあたるサザンプトンでさえ物価は安くない。しかし、弁護士ダリル・フーパーは若手の成長株として名を成した。マンハッタンの中心にある大きな弁護士事務所から、シニア・パートナーとしてスカウトされたのだ。今はまだ収入は多くないが、大金を手にする日も近いと彼は確信していた。しかも、本当にかわいらしい女性と結婚できたのだ。法学部の全学生がリンダを狙っていた。しかし、彼女はフーパーを選んだ。若くして髪が薄く、コンタクトレンズが合わず、ぶ厚い眼鏡をかけた男なのだが。

フーパーは幸せだった。今に手にする豊かさを考えて、今回は贅沢をしようと決めた。サザンプトンのホテルは非常に高い。毎晩、あちこちの洗練されたレストランでは百ドルも支払った。それでもよかった。これから二人は懸命に働く。今回はちょっとした贅沢だったが、フーパー一家は望めばいつでも最高の贅沢を満喫できるようになるだろう。

彼は妻に腕をまわして大西洋を眺めた。太陽が沈み、空は紫色に変わる。水平線にかかる雲がピンク色に輝いていた。海は、休息の必要な大都会に気をつかっているのだろう。

波は、岩に砕ける大波ではなく、さざ波が静かに岸に寄せていた。もうしばらくここで過ごしてから、サザンプトンに戻ろう。今は混み合う道も、一時間もすれば空くだろう。ハーレーを飛ばせば、五十キロメートルの道のりは二十分たらずだ。このまま帰るのは、あまりに残念だ。

それに日が沈めば、ここは恋人たちのものになる。

二人は平らな岩の上をゆっくり歩いた。数歩先に、平らで大きな窪地が現われた。理想的な隠れ家だ。フーパーは妻を愛しており、二人が誰からも見られないと想像すると胸が躍る。岩の向こうから波の音が聞こえてきた。どうやら見わたすかぎり二人きりのようだ。磯は岩角の向こうにあって、たいていの恋人たちはそちらをそぞろ歩いている。ここは二人だけの世界だった。

高度百九十五キロメートルのカメラが捉えた二人を、バクリー・フィールドの地下室で見ている男たちがいるとは、フーパーは考えもしなかった。彼は妻にキスをした。両手をTシャツの下に滑らせて脱がせた。彼女が彼のベルトをはずす。二人は互いの服をはぎとると、広げた服の上に横たわった。彼はキスをして彼女の体を撫でた。彼女が仰向けになり、彼の唇は胸から腹に這い下りる。両手は全身を撫でていた。

彼女がくすくす笑った。

「やめて、くすぐったい」

彼は彼女の太ももの内側においた右手をはずした。唇は荒々しく彼女の体を這っている。

「ねえ、何してるの？」

フーパーは顔を上げた。自分が何をした？　いつもと同じこと、彼女が喜ぶことをしているだけだ。

彼女の口にキスをすると、彼女の戸惑った視線を受け止めた。しかし、その視線は彼の背後に向けられた。彼は振り返った。

リンダの脛（すね）にカニが一匹のっている。

彼女は小さく叫んで振り落とした。カニは仰向けにひっくり返ったが、はさみを開いてふたたび足で立った。

「びっくりした」

「ぼくもだよ。こら、カニ君。残念だったな。今度は自分の彼女を探せよ」

彼はにやりと笑って言った。

リンダは笑い声を上げ、両肘を突いて体を起こした。

「変なカニね。あんなの見たことがないわ」

「どこが変なの？」

「変な外見だと思わない？」

　フーパーはしげしげとカニを眺めた。カニは小石混じりの地面にいて身動きしない。体長十センチメートルほどで、真っ白だ。暗い地面で体がほのかに輝いている。体の色も特異だが、ほかにも奇妙なところがある。リンダの言うとおり、どこか変だ。

　そのとき、彼は気がついた。

「目がないぞ」

「そうなのよ」

　彼女は腹這いになってカニに近寄った。カニはじっとしている。

「やっぱり、ない！　病気かな？」

「初めから目はないようだけど」

　彼は言って、彼女の背中を指先で撫で下ろした。

「どっちでもいいよ。放っておこう。ぼくらに何かするわけじゃないし」

　リンダはカニに見入っていた。やがて小石をつまむと、カニの前に投げた。カニは後ずさりもしなければ、何の反応も見せなかった。彼女は甲羅を軽くたたいて、すぐに指を引っこめた。それでもカニは動かない。

「きっと忍耐強いのね」

「放っておけよ」

「まったく抵抗しない」

フーパーはため息をついた。彼女の脇にしゃがむと、彼女が気に入るようにカニを軽くたたいた。

「本当だ。平然としたものだ」

彼女はほほ笑んだ。彼の首を両手で挟んでキスをした。彼は舌先に彼女の舌が触れるのを感じた。二人は舌を絡めた。彼が目を閉じ、快感に身をまかせようと……

彼女が後ろに飛びのいた。

「ダリル」

彼女が体を支える手の上に、なぜかカニがのっている。すぐ後ろに、もう一匹いた。そして、その横にも。彼の視線が窪地と海岸を隔てる岩を登った。まるで悪夢だった。黒い岩は無数のカニの下に消えていた。目のない白い甲羅のカニが見わたすかぎり覆いつくしている。

数百万匹はいるだろう。

「どうしよう」

彼女は動かないカニを見つめてつぶやいた。

その瞬間、カニが動きだした。彼は小さなカニが速足で歩くのを見たことがあった。そうでなければ、カニはぎこちない足どりでゆっくり歩くものだと考えていただろう。ところが、目の前にいるカニの動きはもっと速かった。寄せる波のように、驚異的なスピードだった。硬い足が岩の上を進む、さらさらという音が聞こえてきた。

彼女は飛びあがると、裸のまま後ずさった。彼は服をかき集めたが、よろけて半分が手から滑り落ちた。その服の上をカニの大群が突進する。彼は後ろに飛びのいた。

カニは彼を追った。

「なんにもしないさ」

彼は気休めに叫んだ。しかし、彼女は踵を返して岩に登ろうとしている。

「リンダ！」

彼女は転んで地面に長々と伸びた。彼が駆け寄ると、次の瞬間にはカニに取り囲まれた。彼女の体を乗り越え、彼の体にも登ってくる。リンダは悲鳴を上げた。パニックに駆られて泣きわめいた。彼は彼女の背中や、自分の腕から平手でカニを払い落とした。彼女は引きつった顔で跳ね起きたが、悲鳴は止まらない。髪に手をやった。カニが頭の上を歩いている。フーパーは彼女を抱えると前に押しだした。彼女を傷つけたくなかった。岩礁を乗り越え、溢れでたカニの大群から彼女を救ってやりたかった。しかし、ふたたびリンダはつまずき、彼にぶつかった。彼はバランスを失って転倒した。重い体の下でカニの甲羅が砕けた。破片が肉に突き刺さる。体の上を何百というカニが乗り越えていった。指先に血が滲んでいる。なんとか立ち上がって彼女を引き起こした。

二人はやっとの思いで岩に上がった。ハーレーまで駆けていく。足の下ではキチン質の甲羅が割れる音がした。フーパーは走りながら振り返り、うめき声を上げた。灯台のある高台からだと、海岸の全部がカニで湧き立っているのがわかる。カニは海から続々と上がってくるのだ。最初の群れはすでに駐車場にまで到達しており、平らな場所だと前進する速度が増すようだ。彼はリンダを引っ張って懸命に駆けた。足の裏には無数の破片が突き刺さっている。気持ちの悪い粘液が足に貼りつき、滑らないように走らなければならない。ついにハーレーにたどりつき、二人はシートに飛び乗った。彼はスロットルを全開にした。

バイクは駐車場の囲いから、サザンプトンへ向かう道に飛びだした。道は轢きつぶされたカニの残骸でぬるぬるしている。その上でバイクが激しく横滑りした。ようやくカニの大群から逃れ、タイヤはアスファルトを捉えた。リンダは彼にしがみついていた。反対車線をワゴン車が向かってくる。ハンドルを握る中年の男が、信じられないという顔で二人を見つめていた。こんなシーンは映画でしか見たことがないのだろう。全裸の男女がバイクで疾走する。これほどひどい状況でなければ、フーパー自身も死ぬほど笑うところだった。

モントークの町並みが見えてきた。ロングアイランドの東の端は細く、道は海岸と並行して走っている。モントークに入る手前で、カニの白い大群が左手から押し寄せてくるのが見えた。別の場所から陸に上がったのだ。岩の上に分散し、その道をめざして進んでくる。

ハーレーは速度を上げた。

白い大群はもっと速かった。

町の表示の手前数メートルでカニは道路に達し、アスファルトはカニの海となっていた。そのときピックアップ・トラックが道にバックで出てきた。フーパーはピックアップをよけようとしたが、バイクは思いどおりに動かなかった。

そんなばかな。勘弁してくれよ。

ピックアップはさらにバックで道に出てくる。バイクはそちらに向かってスリップした。リンダが悲鳴を上げ、彼はハンドルを切った。クロームの飾りがついたボンネットを間一髪ですり抜けた。ハーレーは向きを変えたが、すぐに体勢を立て直した。人々が飛びだしてきた。だが、彼にはどうでもよかった。二人の前には道が延びている。

ハーレーはサザンプトンに向けて猛スピードで走り去った。

アメリカ合衆国　バクリー・フィールド

「いったい何が起きたんだ？」

　コディの指がキイボードを激しく動いていた。次々とフィルターをかけて画像処理するが、白い塊の正体はわからない。猛烈な勢いで海から陸に向かっていた。

「波が岩に砕けるようだ。巨大な波が」

「波には見えない。波じゃないなら生き物にちがいない」

　マイクが言った。

「くそ、どんな生き物だ？」

「それは……」

　マイクはモニター画面を凝視した。一点を指すと言った。

「ここだ。ここに寄ってくれ。一メートル四方を見せてくれ」

　コディは場所を選択し拡大した。明るい部分と暗い部分が入り混じった画像が現われた。

　マイクは目を細めた。

「もう少し」

ピクセル画像がさらに大きくなり、白と灰色がかったドットに分かれた。

マイクがゆっくり口を開いた。

「おれの頭がおかしくなったのだろうか。けれど、これは……」

本当にそうか？　だが、ほかに何だと言うのだ。海からやって来て、こんなに速く動くものは？

「甲羅（こうら）。甲羅を持つ生き物だ」

彼は言った。

コディは彼をじっと見つめた。

「甲羅だって？」

「カニだ」

コディは口をぽかんと開けた。やがて、ほかの海岸線を探すように衛星に指示を送った。KH－12－4はモントークからイースト・ハンプトン、サザンプトン、さらにマスティック・ビーチやパチョーグまで撮影した。次々と送られてくる画像に、マイクは身の毛がよだつ思いがした。

「現実じゃないんだ」

彼は言った。

コディが彼を見た。

「違うのか？　いや、くそったれの現実だ！　海から何かがやって来た。ロングアイランドのすべての海岸に上陸した。これでも、まだモントークに行きたいか？」

マイクは目をこすった。電話をつかむと司令室を呼びだした。

アメリカ合衆国　グレーター・ニューヨーク

モントークをあとにすると、彼は二七号線からロングアイランド・ハイウェイ四九五号線に合流する。その道をまっすぐ進むとクイーンズまで行ける。モントークからニューヨークは約二百キロメートルの距離で、大都市が近づくほど賑(にぎ)やかになっていく。パチョーグを過ぎて半分ほど進むと、交通量がかなり多くなる。

ボー・ヘンソンは個人で配達業を営んでいた。彼はロングアイランドを一日二巡する。ハイウェイ沿いにあるパチョーグの空港で荷物を受け取って周辺の配達を終え、今はニューヨークに戻るところだ。遅くなったが、フェデックスのような大手に対抗するには、労働時間にかまっていられない。今日はこれで仕事は終わりだ。考えていたより早く終わったくらいだ。疲れてはいたが、一杯のビールが楽しみだった。

アミティヴィルのあたり、クイーンズまであと四十キロメートルという地点で、前を行く車がコントロールを失った。

彼は急ブレーキを踏んだ。前の車は体勢を立て直し、速度を落としてハザードランプをつけた。何かが道路を広く覆っていた。夕闇の中で、初めは何かわからなかった。左手の茂みから出てきた何かが動くのが見えただけだ。やがて、それが高速道路を覆いつくすカニだとわかった。小さくて真っ白なカニだ。一団となって道を横断しようとしているが、無謀な行動だ。潰れた甲羅と飛び散った肉片が、カニの命懸けの行動を物語っていた。

道が渋滞しはじめた。まるで石鹸(せっけん)の上を走るようなものだ。彼は悪態をついた。どこから現われたのだろう。新聞で読んだが、クリスマス島では年に一度、陸に住むカニが繁殖のため海に向かう。その数は一億匹だそうだ。しかし、クリスマス島はインド洋に浮かぶ島だ。しかも、写真で見たカニは大きくて真っ赤で、このように白い群れではなかった。

このような光景は見たことがない。

相変わらず悪態をつきながらラジオをつけた。カントリー・ミュージックを流す局を見つけると、シートに体を預け、運命に身をまかせることにした。ドリー・パートンがヒット曲を歌って慰めてくれたが、彼の気分は救われなかった。十分ほどしてニュースになったが、カニの侵入についてはひと言も触れない。その代わりに除雪車が現われて、のろのろと進む車のあいだで、カニを道からどける作業を始めた。おかげで道は完全に塞がってしまい、しばらく車はまったく進まなくなってしまった。ローカル局を次々と試すが、この事件を報道する局はない。惨めな状況に取り残された気がして、無性に腹が立った。エアコンからは嫌な臭いが漂ってきて、結局スイッチを切った。

左がヘンプステッド、右がロング・ビーチに通じるジャンクションを越えると、車はまた走りだした。明らかにこの付近にカニはいない。彼はアクセルを踏んだ。クイーンズには一時間以上も遅れて着いた。すっかり頭にきて、イーストリバーの手前を左折してニュータウン・クリークを渡り、ブルックリンのグリーンポイントにある行きつけの飲み屋に向かった。トラックを停め、外に出て仰天した。車はタイヤもホイールキャップも、両サイドは窓の下までカニの残骸が貼りついていたのだ。恐ろしい光景だった。明日の早朝から仕事に出なければならないが、この状態で配達には行けない。

どのみち時間は遅かった。ヘンソンは肩をすくめた。トラックを近くにある二十四時間営業の洗車場に預けるまで、ビールは待っていてくれるだろう。ふたたび車に乗りこむと、三ブロック先の洗車場に向かった。作業員に、汚物が完全に落ちるまで水でよく洗うよう厳しい口調で指示した。自分の居所を従業員に伝えてから歩いて飲み屋に引き返し、ようやくビールにありついた。

二十四時間営業の洗車場は完璧な仕事で定評があった。ヘンソンの車に付着した汚物は粘り気が強く頑固だったが、高水圧の温水を長時間浴びせてようやく流れ落ちた。温水をかけた若い作業員は、汚物はゼリー菓子が日光を浴びて溶けるのに似ていると思った。

いっさいが排水口に流れていった。

ニューヨークには上下水道網は一つしかない。イーストリバーを渡る道路や鉄道トンネルは地下三十メートルに敷設されているが、上下水道管の深さは地下二百四十メートルにまで達する。巨大掘削ドリルのおかげで常に新しい地下トンネルが建設されるようになり、巨大都市の上下水道管が途切れることはない。実は、現在使われている上下水道網のほかに、今は使われていない旧水道管がある。しかし、専門家ですらニューヨークの地下のどこにあるのかわからない。旧水道管の場所を記した地図も存在しない。いくつかのトンネルはホームレスには有名だったが、彼らは絶対に口外しない。ホラー映画のプロデューサーのインスピレーションを刺激するトンネルもある。怪物たちを創造するには最適の場所なのだ。いずれにせよ、ニューヨークの下水道に流れこんだものは、ある意味でいっさいが消えていくということだ。

この夜とその後の数日、ブルックリンやクイーンズ、スタテン島やマンハッタンでは、かなりの数の車が洗車された。排水は巨大都市のはらわたへと流れこみ、ほかの排水と混ざり合った。その水は浄水場で処理され、水道管に戻っていった。ヘンソンのトラックが二十四時間営業の洗車場でぴかぴかに洗われた数時間後には、ニューヨークの水は何もかもが混ざり合ってしまった。

六時間も経たないうちに、最初の救急車が通りを駆け抜けていった。

本書は二〇〇八年四月にハヤカワ文庫NVから三分冊で刊行された『深海のYrr(イール)』に修正を加え、四分冊にした新版の第二巻です。

アルジャーノンに花束を〔新版〕

Flowers for Algernon

ダニエル・キイス
小尾芙佐訳

32歳になっても幼児なみの知能しかないチャーリイに、夢のような話が舞いこむ。大学の先生が頭をよくしてくれるというのだ。これにとびついた彼は、ネズミのアルジャーノンを相手に検査を受ける。手術によりチャーリイの知能は向上していくが……天才に変貌した青年が愛や憎しみ、喜びや孤独を通して知る心の真実とは？　全世界が涙した名作に、著者追悼の訳者あとがきを付した新版

ハヤカワ文庫

ジュラシック・パーク（上・下）

Jurassic Park

マイクル・クライトン

酒井昭伸訳

バイオテクノロジーで甦った恐竜たちがのし歩く驚異のテーマ・パーク〈ジュラシック・パーク〉。だが、コンピューター・システムが破綻し、開園前の視察に訪れた科学者や子供達をパニックが襲う！　科学知識を駆使した新たな恐竜像、空前の面白さで話題を呼んだスピルバーグ映画化のサスペンス。解説／小畠郁生

ハヤカワ文庫

リトル・ドラマー・ガール（上・下）

The Little Drummer Girl

ジョン・ル・カレ

村上博基訳

ユダヤ人を標的としたアラブの爆弾テロの黒幕を追うイスラエル情報機関は、周到に練り上げた秘密作戦を開始した。アラブ人テロリストを拉致したイスラエル側は、イギリスの女優チャーリィに協力を依頼。彼女はある人物になりすまし、テロ組織に接近していくが……中東問題の本質に鋭く迫る衝撃作。解説／森　詠

ハヤカワ文庫

暗殺者グレイマン〔新版〕

The Gray Man

マーク・グリーニー
伏見威蕃訳

〝グレイマン〟と呼ばれる凄腕のエージェント、ジェントリーはＣＩＡを突然解雇され、命を狙われ始めた。現在は民間警備会社で闇の仕事を請け負う彼のもとに、各国の特殊部隊から次々と刺客が送り込まれる！　巧みな展開と迫真のアクションの連続で現代冒険小説の金字塔となったシリーズ第一作。解説／北上次郎

ファイト・クラブ〈新版〉

Fight Club

チャック・パラニューク
池田真紀子訳

タイラー・ダーデンとの出会いは、平凡な会社員として生きてきたぼくの生活を一変させた。週末の深夜、密かに素手の殴り合いを楽しむうち、ふたりで作ったファイト・クラブはみるみるその過激さを増していく。ブラッド・ピット主演、デヴィッド・フィンチャー監督による映画化で全世界を熱狂させた衝撃の物語！

サバイバー〈新版〉

Survivor

チャック・パラニューク
池田真紀子訳

上空で燃料が底をつき、エンジンが一基ずつ停止を始めた航空機のコクピット。ただ独り残ったハイジャック犯である僕は、ブラックボックスに自身の半生を物語る。カルト教団で過ごした過去。外の世界での奉仕活動。とある電話を通じて狂い始める日常。全てが最悪の方向へ転んでしまった人生を。傑作カルト小説！

訳者略歴　ドイツ文学翻訳家　訳書『黒のトイフェル』『砂漠のゲシュペンスト』『LIMIT』『沈黙への三日間』シェッツィング（以上早川書房刊），『ベルリンで追われる男』アンナス他多数

HM=Hayakawa Mystery
SF=Science Fiction
JA=Japanese Author
NV=Novel
NF=Nonfiction
FT=Fantasy

深海（しんかい）のＹｒｒ（イール）〔新版〕
2

〈NV1508〉

二〇二三年二月　二十日　印刷
二〇二三年二月二十五日　発行
（定価はカバーに表示してあります）

著者　フランク・シェッツィング
訳者　北川（きたがわ）和代（かずよ）
発行者　早川　浩
発行所　株式会社　早川書房
郵便番号　一〇一 - 〇〇四六
東京都千代田区神田多町二ノ二
電話　〇三 - 三二五二 - 三一一一
振替　〇〇一六〇 - 三 - 四七七九九
https://www.hayakawa-online.co.jp

乱丁・落丁本は小社制作部宛お送り下さい。
送料小社負担にてお取りかえいたします。

印刷・三松堂株式会社　製本・株式会社川島製本所
Printed and bound in Japan
ISBN978-4-15-041508-2 C0197

本書は活字が大きく読みやすい〈トールサイズ〉です。